B.C. SCHILLER

DER HUNDEFLÜSTERER

Sämtliche Figuren und Ereignisse dieses Romans sind der Fantasie entsprungen. Jede Ähnlichkeit mit echten Personen, lebend oder tot, ist zufällig und von den Autoren nicht beabsichtigt.

ISBN: 1494758830
ISBN 13: 9781494758837

Lektorat: Erika Krammer-Riedl, www.transwrite.at
Titelgestaltung: www.blue-velvet.com

ANMERKUNG

Wir haben uns erlaubt einige Namen, Örtlichkeiten und Länder aus Spannungsgründen neu zu erfinden, anders zu benennen und auch zu verlegen. Sie als Leser werden uns diese Freiheiten sicher nachsehen.

ÜBER DIE AUTOREN B.C. SCHILLER

Barbara und Christian Schiller leben mit ihrem Rhodesian Ridgeback Jabali am Land in der Nähe von Linz in Österreich. Gemeinsam waren sie über 20 Jahren in der Marketing- und Werbebranche tätig und haben ein totales Faible für rasante
Thriller.

DIE FOTOGRAFIN ist der erste Psychothriller von B.C.Schiller und Auftakt für eine Serie von spannenden Psychothrillern, die alle in sich abgeschlossen sind.

DIE TONY BRAUN THRILLER SERIE:

Der erste Tony Braun Thriller **TÖTEN IST GANZ EINFACH** und der zweite Tony Braun Thriller **FREUNDE MÜSSEN TÖTEN** gehören zu den Amazon Jahresbestsellern 2012 und somit zu den erfolgreichsten Top 20 ebook Krimi/Thrillern 2012 bei Amazon.

ALLE MÜSSEN STERBEN ist der dritte Fall mit Chefinspektor Tony Braun. Auch dieser Thriller ist in sich abgeschlossen und kann unabhängig von den ersten beiden Tony Braun Thrillern gelesen werden.

DIE DAVID STEIN THRILLER SERIE

DER HUNDEFLÜSTERER: der erste Auftrag führt den auf Mallorca lebenden Exagenten David Stein nach Berlin und St. Tropéz.

SCHWARZER SKORPION: in seinem zweiten Auftrag jagt David Stein einen gefährlichen Terroristen in Marrakesch, um tausende Menschenleben in München zu retten.

Mehr Infos zu den Büchern von B.C.Schiller finden Sie im Anhang.

Bitte unterstützen Sie uns als Indie-Autoren. Wir freuen uns über jeden Fan auf Facebook und Follower auf Twitter – DANKE!

www.twitter.com/BCSchiller

www.facebook.com/BC.Schiller

www.bcschiller.com

www.amazon.de/B.-C.-Schiller/e/B005DD6HHO

B.C. SCHILLER

DER HUNDEFLÜSTERER

THRILLER

Prolog:

KABUL, AFGHANISTAN

Der Tag, an dem Tom Nowaks Frau sterben würde, begann vielversprechend. Lange nachdem sie das Zimmer verlassen hatte, lag noch immer ihr Duft wie eine federleichte Wolke über dem Bett und Tom schlief erneut ein. Träumte von einem Haus am Meer mit einer Brandung, die selbst bei geschlossenem Fenster mit gleichförmig beruhigendem Rhythmus Sicherheit und Geborgenheit vermittelte. Träumte von einem Rudel Hunde, die durch den Sand tobten, träumte von Jane, seiner Frau, die mit verschränkten Beinen am Strand saß und den weißen Sand durch ihre schlanken Finger rieseln ließ. Ihre blonden Haare flatterten im Wind und ihr Lachen machte sie unverwundbar. Tom träumte von Hitze und Staub, von Liebe und Hitze. Vor allem von Hitze und gleißender Helligkeit, die plötzlich unangenehm wurde, eine brennende Helligkeit, die ihn aufzufressen drohte.

Verwirrt erwachte Tom durch die grellen Sonnenstrahlen, die ihm mitten ins Gesicht schienen.

„Verdammt!“ Ein Blick auf den Wecker zeigte ihm, dass er gründlich verschlafen hatte. Hastig zog er sich an, verzichtete auf ein Frühstück und auf seine morgendliche Zigarette. Stattdessen drückte er die Kurzwahl auf dem abhörsicheren Satellitentelefon und bestellte seinen Wagen.

Es war 08:10 Uhr. Als sich Tom auf den Beifahrersitz schwang und Akim, den Fahrer, mit einem Schulterklopfen begrüßte, wusste er noch nicht, dass sein Leben zwanzig Minuten später nicht mehr dasselbe sein würde.

Aber noch malte sich Tom eine Zukunft mit Jane aus, während sie im Schritttempo durch die mit Fußgängern, Mopeds, zerbeulten Autos und Eselfuhrwerken verstopften Straßen von Kabul zum Stützpunkt der geheimen Sondereinheit, kurz „die Abteilung“ genannt, fuhren.

„Spät dran heute, Boss!“ Akim bleckte seine fragmentarischen Zähne und drückte ununterbrochen auf die Hupe, um wenigstens ein Stück weiterzukommen. Als sie in die Freedom Road einbogen, war das Gebäude der „Abteilung“ schon zu sehen. Die ehemalige Schule befand sich am Ende der Straße, direkt an einem Kreisverkehr, der allerdings mit Betonreitern, die versetzt auf der Fahrbahn standen und einen möglichen Angriff von Talibanrebellen oder Terroristen verhindern sollten, zweckentfremdet war. 08:20 Uhr. Zehn Minuten später würde alles bereits vorbei sein. Doch jetzt wusste Tom nur, dass François sicher stinksauer war, weil er zwanzig Minuten länger seinen

Dienst am Scanner verrichten musste.

Wie immer war die Freedom Road vor dem Kreisverkehr verstopft und der Verkehr kam zum Stillstand. Tom lehnte sich mit einem Seufzer in seinen Sitz zurück, blickte aus dem Fenster und sah Amir Karsai, den Übersetzer, mit wiegenden Schritten am Straßenrand entlanggehen. Karsai trug neue weiße Sneaker, eine goldene Trainingsjacke und bewegte sich wie ein Rapper in einem Musikvideo.

In diesem Aufzug hatte ihn Tom noch nie gesehen, normalerweise trug Karsai einen abgewetzten schwarzen Anzug und eine spießige Hornbrille, wenn er Meldungen und Aufrufe in die Landessprache übersetzte. Dann setzte sich der Verkehr wieder in Bewegung, der Wagen fuhr an Karsai vorbei und Tom hatte ihn auch schon wieder vergessen. Zwei Minuten später erreichten sie die Schule, Tom stieg aus dem Wagen und ging mit einem breiten Grinsen über den staubigen Vorplatz auf den bewaffneten Mann am Security Point beim Eingang zu, der ihn finster musterte.

„Merde, Tom!", schnaubte François Dupont, Toms Partner bei verdeckten Einsätzen. „Du bist zu spät. Ich verpasse noch das Briefing des Drill Instructors."

„Sorry! Tut mir leid! Jane hat mich aufgehalten."

„Jane? Die sitzt doch schon seit einer halben Stunde beim Logistik-Briefing!"

„Ich weiß. Bin wohl wieder eingeschlafen!"

Tom zwinkerte François vielsagend zu und zog seine ID-Card durch den Scanner.

„Ist George auch schon oben?", fragte er François, während er seine Identifizierungsnummer eintippte. Gemeinsam mit George Schneider hatten Jane, François und er gerade die Operation „Poet" zu einem positiven Abschluss gebracht. Schon in wenigen Tagen würden sie alle wieder zurück nach Deutschland fliegen, denn dieser Einsatz sollte für sie alle der letzte sein.

„George ist in der Botschaft. Er muss die Berichte nach Berlin schicken." François grinste breit. „Gut, dass George so gerne den Papierkram erledigt."

Auch Tom lächelte, während er François abklatschte, der nach oben in den Besprechungsraum lief, wo er sich auf einen Nachschubeinsatz vorbereiten musste. Bei diesem Einsatz war Toms

Frau Jane für die Hintergrundlogistik zuständig und sie absolvierte deshalb ein Spezialbriefing mit einem Drill Instructor. Mit ihrem Ehrgeiz wird sie es in der „Abteilung“ noch weit bringen, dachte Tom stolz und blickte auf seine große Armbanduhr.

08:24 Uhr. Lebend würde David seine Frau Jane nur noch einmal sehen, doch im Augenblick dachte er noch immer an die vergangene Nacht mit ihr, während er mit den Händen nervös seine kugelsichere Camouflage-Jacke abklopfte, auf der Suche nach seinen Zigaretten.

Jane hatte noch genau sechs Minuten zu leben.

„Guten Morgen, Mister Nowak!“ Ein Adrenalinschub schoss durch Toms Venen, er schreckte hoch und vergaß für einen Moment die Zigarettensuche. Doch genauso rasch entspannte er sich auch schon wieder. Amir Karsai, der Übersetzer, stand vor ihm am Security Point und lächelte gekünstelt.

„Hallo, Amir!“, murmelte Tom und reichte Karsai eine gesprungene Plexiglasschale, ihr beinahe tägliches Ritual. Karsai leerte gehorsam seine Taschen und ließ alles in die Plexiglasschale fallen: Schlüssel, Gebetsschnur, Nagelclip, Sonnenbrille, Uhr – beides Markenfälschungen, Handy, Streichhölzer und Zigaretten.

„Die sind beschlagnahmt!“, sagte Tom mit eisiger Stimme und wies mit seinem Finger auf die Zigaretten.

„Wie? Was?“ Karsai erbleichte und feine Schweißperlen traten ihm auf die Stirn.

„Ein Scherz, Amir! Bloß ein Scherz! Ich habe meine Zigaretten zu Hause vergessen! Darf ich?“ Fragend hielt Tom die zerknautschte Marlboro-Packung in die Höhe. Karsai nickte und Tom klopfte eine Zigarette heraus, warf die Schachtel wieder zurück in die Plexiglasschale, die auf dem schwarzen Förderband langsam in den Scanner fuhr. Mit angehaltenem Atem starrte Karsai der abgeschlagenen Schale hinterher und wippte nervös auf seinen weißen Sneakern auf und ab.

„Was ist los, Amir? Du machst heute so einen gestressten Eindruck", fragte Tom zerstreut, während er sich die Zigarette in den Mund steckte. Unbewusst blickte er an der grauen Betonfront des Gebäudes nach oben, sah einen Schatten im oberen Stock am Fenster stehen. Jane hob lächelnd die Hand und schüttelte missbilligend den Kopf, während sie auf die Zigarette deutete, die Tom im Mundwinkel hatte. Er schickte ihr einen angedeuteten Kuss nach oben und zuckte entschuldigend mit den Schultern. Sie hatte ja recht, er rauchte zu viel, aber die verdeckten Einsätze waren gefährlich und die Zigaretten entspannten ihn. Tom wusste noch nicht, dass er zum letzten Mal das unverwundbare Lächeln von Jane gesehen hatte, als sie sich vom Fenster wegdrehte und ihm nur noch die Erinnerung daran bleiben würde.

Er zog ein Streichholzbriefchen aus der Gesäßtasche seiner Combathose und musste lächeln, als er das Briefchen öffnete, um ein Streichholz abzuknicken.

„Smokey Lover" hatte Jane irgendwann vor Tagen auf die Innenseite geschrieben. Ob sie ihm wohl auch noch in zehn Jahren diese spontanen Worte schreiben würde?, ging es ihm durch den Kopf. Doch Jane würde nie wieder etwas schreiben, weder für ihn noch für jemand anderen, denn Jane würde in drei Minuten sterben.

Eine Windböe fegte über den Platz vor der Schule, wirbelte den Staub auf, die rostigen Eisenrohre einer Schaukel quietschten und Tom hatte schon das dritte Streichholz verbraucht und die Plastikschale mit den Utensilien von Karsai war in der Scanneröffnung verschwunden. Der Wind heulte, Karsai wippte unruhig auf seinen weißen Sneakern und Tom trat zwei Schritte zurück, um in der windgeschützten

Ecke eines Torbogens endlich seine Zigarette anzuzünden. Er drehte dem staubigen Bildschirm des Scanners den Rücken zu, hielt das Streichholzbriefchen schützend vor sein Gesicht, „Smokey Lover" jetzt ganz nah bei seinen Augen, dann der erste Zug, wie jeden Morgen war die erste Zigarette einfach göttlich.

Als Tom sich wieder umdrehte, bemerkte er zwei Dinge: Karsai, der in seinen nagelneuen weißen Sneakern gerade durch die Halle lief und schon bei der Treppe war, die hinauf zum Besprechungsraum führte, und den Screenshot, den das System automatisch von unbekannten Objekten machte, die durch den Scanner liefen. Amir Karsais Handy war ein „unidentified object", wie die blinkenden Buchstaben anzeigten. In der Plexiglasschale lagen Zigaretten und Schlüssel, Uhr und Sonnenbrille, Nagelclip und Streichhölzer, Karsais Gebetsschnur und sein Handy waren weg.

Plötzlich erinnerte sich Tom wieder an die am Vortag gelieferte Klimaanlage, die im Besprechzungsraum stand und heute eingebaut werden würde. Die Klimaanlage in der unförmigen Verpackung, die François eigentlich gestern hätte untersuchen müssen, doch er hatte eine Verabredung mit einer Botschaftsangestellten gehabt, deshalb war der Check auf heute verschoben worden. Als Agent wusste Tom Indizien richtig zu deuten und so kombinierte er blitzschnell, dass Karsais präpariertes Handy einen elektronischen Impuls auslöste, der die als Klimaanlage getarnte Bombe in die Luft jagen würde. Es war 08:29 Uhr und Jane würde in einer Minute tot sein.

Das Leben schien sich auf diese eine Minute zu verdichten. Janes unverwundbares Lächeln vor Augen, lief Tom durch die lang gezogene Halle, verfluchte die kugelsichere Jacke und die schweren Stiefel. Als er endlich die Treppe erreicht hatte, sah er Karsai in seiner goldenen Trainingsjacke bereits die Balustrade im ersten Stock entlanglaufen.

„Jane! François! Achtung, eine Bombe!", brüllte er und seine Schreie wurden von den rohen Betonwänden in der Halle zurückgeworfen, verhallten zunächst ohne Reaktion. Dann sah er oben François, der mit gezogener Pistole in den Flügeltüren des Besprechungsraums erschien, blitzschnell die Situation einschätzte und sofort schoss. Auch Tom feuerte mit seiner Glock eine Salve nach oben, Karsai wurde getroffen, hatte aber noch die Kraft, den Auslöser seines Handys zu drücken. Eine gewaltige Detonation erschütterte das Gebäude, der Besprechungsraum und Teile der Balustrade stürzten in die Tiefe, durch die Wucht der Explosion wurde Tom in die Luft geschleudert, ein herumfliegendes Betonteil traf ihn mit voller Wucht knapp über dem rechten Auge, doch er spürte keinen Schmerz, sondern war abgetaucht in eine Welt aus Staub, Blut und Tod. Stille in seinem Kopf, Rauschen in den Ohren und Blut, das aus der Wunde über sein rechtes Auge tropfte. Das Glas seiner Armbanduhr war zersprungen und die Zeiger waren auf 08:30 Uhr stehen geblieben.

Wie in Trance wankte Tom auf die ineinander verkeilten Betonteile und Eisenträger zu, schüttelte die Sanitäter ab, die seine Wunde versorgen wollten, und blickte verwirrt umher. Dann sah er einen Arm aus dem Schutt ragen und keuchend schleppte er sich darauf zu, räumte mit seinen bloßen Händen den Schutt weg und zog einen zerfetzten blutigen Körper heraus. Mit einer zärtlichen Geste strich er den Staub aus den blutverkrusteten blonden Haaren und suchte vergeblich das unverwundbare Lächeln in Janes zerschmettertem Gesicht.

Um 08:45 Uhr hielt er Jane in den Armen und trug sie hinaus auf den staubigen Schulhof, wo der Wind gerade eine zerknüllte Zigarettenpackung hochwirbelte und schwerbewaffnete Soldaten hektisch umherliefen. Die Morgensonne strahlte über die Berge und Jane war tot.

1

ARTA, MALLORCA, SPANIEN – ZWEI JAHRE SPÄTER

Das Rasiermesser funkelte, als es der Sonnenstrahl traf, der durch das schmale Fenster in den winzigen Raum fiel. Als das Rasiermesser den Hals erreichte, zögerte die Hand, die es führte, für den Bruchteil einer Sekunde und fast schien es so, als wäre die scharfe Klinge ausschließlich dafür geschaffen, die Kehle durchzuschneiden.

David Stein verscheuchte die düsteren Gedanken und wischte sich den Rasierschaum aus dem Gesicht. Er schob Jane zurück in die schwarze Erinnerung, wo sie sich als vergilbter Schatten immer weiter auflöste, und dachte an Sancho. Prüfend betrachtete er sich im Spiegel, die scharfen Falten, die sich von den Nasenflügeln zu den Mundwinkeln zogen, hatten sich vertieft und ließen ihn älter als fünfunddreißig wirken. Mit dem Daumennagel strich er über die Narbe knapp oberhalb seines rechten Auges, die seine Braue in zwei Teile zerschnitt. Durch die gebräunte Haut leuchteten seine blauen Augen noch intensiver und seine streichholzkurzen blonden Haare wirkten von der Sonne wie ausgebleicht.

Mit einer Kaffeetasse in der Hand ging er von seinem kleinen Wohnzimmer hinaus auf die überdachte Terrasse und blickte hinunter zu dem Gitterkäfig, der versteckt am unteren Ende des Gartens stand und der oben mit Bastmatten gegen die Sonne geschützt war. Der Käfig erinnerte David immer an ein Gefängnis, aber es war die einzige Möglichkeit gewesen, um Sancho ein Gefühl der Sicherheit zu vermitteln. David streckte seinen Oberkörper und begann mit seinen täglichen Übungen auf der Terrasse, um seinen Körper, vor allem aber seinen Geist in Form zu halten. Wie jeden Tag hörte er dabei die Ambientversion von „Wait for me", während er in Zeitlupe die rituellen Tai-Chi-Bewegungen ausführte und die Erinnerung an Jane immer weiter verblasste, an Jane, die in einem anderen Leben auf ihn warten würde – „Wait for me". Nach Janes Tod war er in das nächste Flugzeug nach Berlin gestiegen, um wieder in seine Heimat Deutschland zurückzukehren. Doch die Maschine musste wegen eines Triebwerkschadens in Palma de Mallorca notlanden und David hatte das als Wink des Schicksals empfunden. Ohne Gepäck hatte er einfach die Maschine verlassen, mit einem dürren E-Mail seinen Dienst in der „Abteilung" quittiert, eine neue Identität als David Stein beantragt, die Papiere dafür waren bereits einige Tage später per Kurier in Palma eingetroffen. Seine Abfindung hatte er sich auf eine diskrete Bank in Gibraltar überweisen lassen. Niemand hatte versucht, ihn zurückzuhalten. Ein ungeschriebenes Gesetz lautete: Wer die „Abteilung" freiwillig verlässt, ist für alle

Zeiten tabu.

Nur einen Monat später war ihm auf einer seiner Fahrten quer über die Insel ein verwahrloster Stall auf einem wertlosen Grundstück in der Nähe der Stadt Arta aufgefallen und sein Herz hatte heftig zu pochen angefangen, als er das Schild „Se Vende" – „zu verkaufen" gelesen hatte. Mit seinen eigenen Händen hatte er den Stall in eine Mini-Finca verwandelt und den dürren Boden mit Hilfe eines ausgeklügelten Bewässerungssystems in eine halbwegs grüne Oase. Als er innerhalb kürzester Zeit die beiden Rhodesian Ridgebacks eines ehemaligen deutschen Tennisstars, der in der Nähe von Arta wohnte, mit einer mentalen Trainingsmethode zu gehorsamen Hunden abgerichtet hatte, begann sein Aufstieg als Hundeflüsterer von Mallorca. Jetzt arbeitete er bereits seit zwei Jahren als Hundetrainer, hatte sein Hobby zum Beruf gemacht und sich innerhalb kürzester Zeit einen Namen gemacht.

Doch an diesem Morgen war David mit seinem eigenen Problemfall beschäftigt. Er ging hinunter in den Garten und öffnete die Tür des Käfigs. Sancho hatte sich in den hintersten Winkel verkrochen, lag versteckt im Schatten, doch David wusste, dass der Hund jede seiner Bewegungen genauestens beobachtete. Vorsichtig ließ er sich zu Boden gleiten, atmete ruhig und entspannt, blieb einige Minuten in dieser Stellung, rutschte dann ein wenig auf Sancho zu und hielt ihm die geöffnete Hand mit Futter entgegen. Sancho legte die Schnauze auf den Boden und zog die Lefzen hoch, auch David legte sich flach auf den Bauch und berührte mit seinem Kinn die kühle, festgestampfte Erde. Jetzt zog David die Mundwinkel nach oben und seufzte. Sanchos Lefzen senkten sich und er schob seine Schnauze einige Zentimeter auf David zu. Langsam drehte David seine ausgestreckte Hand und ließ das Futter auf den Boden fallen, robbte dann auf dem Bauch zurück, ohne Sancho aus den Augen zu lassen. Erst als seine Fußsohlen die Tür des Käfigs spürten, richtete er sich langsam auf und setzte sich mit dem Rücken zum Gitter.

Es war knapp eine Woche her, dass David gemeinsam mit Sonja, seiner Freundin, in seinem alten klapprigen Landrover ans Meer gefahren war. Sonja Hamsun stammte aus Norwegen, hatte dort ihre Firma verkauft und in Arta eine Tapas Bar eröffnet. Dort hatte David sie auch vor knapp zwei Jahren kennengelernt. Sie war 47 Jahre alt, wirkte aber durch ihr feines Gesicht und ihre mädchenhafte Art wesentlich jünger. Über ihre Vergangenheit redete sie so gut wie nie, was David nur recht war. Im Augenblick sahen sie sich nicht sehr häufig, da in Arta Hochsaison war und Sonja in ihrer Tapas Bar alle Hände voll zu tun hatte.

Den einzigen Tag seit zwei Wochen, an dem sich Sonja freimachen konnte, wollten David und sie am Meer verbringen. Der Strand war um diese Zeit noch menschenleer, bis auf einige Jogger. Sonja hatte sich mit gekreuzten Beinen auf den Boden gesetzt und David verliebt angelächelt, während ihre langen blonden Haare im Wind flatterten. Aber David hatte keine Augen für Sonja, David konzentrierte sich auf einige Jugendliche, die plötzlich am Ende des Strandes aufgetaucht waren und laut schreiend einen großen dürren Hund umkreisten, während der Wind peitschenden Hip-Hop aus einem Ghettoblaster herüberwehte. Mit zusammengekniffenen Augen starrte David auf die Jugendlichen, Sonja lächelte noch immer und ließ Sand zwischen ihren Fingern zu Boden rieseln. Wie eine Schlange kroch sie dann auf David zu, um ihn zu sich auf den Boden zu ziehen.

„Lass das!“, zischte David, ohne den Blick von den Jugendlichen zu lassen. „Ich muss mich da um den Hund kümmern!“

„Was ist mit mir? Wieso kümmerst du dich nur um Hunde? Bin ich vielleicht weniger wert als ein Hund?“, hörte er Sonja hinter seinem Rücken maulen. Doch er zuckte bloß mit den Schultern und lief bereits auf die Jugendlichen zu.

„Stopp! Hört sofort auf!“, brüllte David, als er sah, dass einer der Jungs versuchte, den Schwanz des Hundes mit einer zur Fackel gedrehten Zeitung anzuzünden. Doch Davids Rufe zeigten keinerlei

Wirkung, unter dem Gelächter der Jugendlichen entflammte das Fell, der Hund drehte sich hektisch im Kreis, versuchte unter panischem Jaulen, die Flammen an seinem Schwanz zu ersticken. Dann war David auch schon mitten unter ihnen.

„Was willst du, Alter?“ Der älteste der Jungs, wahrscheinlich der Anführer, stellte sich David in den Weg, doch dieser schob den marokkanisch aussehenden Jungen einfach zur Seite, schaufelte mit beiden Händen Sand von einer Düne und löschte damit den brennenden Schwanz des Hundes, der geschockt und mit zitternden Flanken unfähig war, sich zu bewegen.

„Ich habe dich was gefragt, Mann!“ Erst als David die Hand an seinem Arm spürte, wurde ihm plötzlich wieder die Anwesenheit des Jungen bewusst.

„Sollen wir deinen Schwanz auch anbrennen?“ Allgemeines Gelächter und der Kreis um David und den zitternden Hund zog sich enger.

„Hört zu, Jungs. Ich will keinen Ärger. Ich nehme jetzt den Hund mit und damit ist alles erledigt, habt ihr verstanden?“

„Nichts haben wir verstanden, Alter! Das ist mein Hund. Für den will ich Geld. Viel Geld.“ Der Anführer machte eine kurze Pause, schien nachzudenken. „100 Euro. Dann gehört der verpisste Köter dir.“ Der Junge verzerrte sein mit Pusteln übersätes Gesicht, so als wäre das Denken eine unglaubliche Anstrengung für ihn. „Wenn nicht, dann verbrennen wir den Köter und dich gleich mit.“ Er lachte laut auf und bleckte seine vergoldeten Eckzähne, die ihm ein unheimliches Aussehen verliehen und sicher dafür verantwortlich waren, dass ihn seine Kumpane als Anführer akzeptierten.

„Ich wiederhole mich nicht gerne“, sagte David mit sanfter Stimme und atmete tief durch. Mit dem Daumennagel strich er sich über die Narbe und sein rechtes Augenlid begann zu flattern. Er wusste, was das zu bedeuten hatte: Ein Konflikt war unausweichlich. „Ich nehme jetzt den Hund mit und ihr haut ab! Keiner hat Ärger und der Tag verläuft weiter harmonisch“, versuchte er trotzdem noch ein versöhnliches Ende herbeizuführen.

„Hört ihr das?“ Der Anführer drehte sich zu seinen Freunden um. „Hört ihr das? Der Alte will uns Vorschriften machen!“ Wieder machte er eine Pause, um sein wohl vom Crack zersetztes Hirn in Gang zu setzen.

„Los, ersäuft den Scheißhund!“, befahl er dann zwei schmächtigen Jungs aus seiner Gang und gab dem zitternden Hund blitzschnell einen Fußtritt, dass dieser aufjaulend zu Boden ging.

Noch bevor die beiden dürren Jungen den Hund hochheben konnten, war David auch schon bei ihnen, packte sie links und rechts am Genick und knallte ihre Köpfe so fest zusammen, dass sie wie leblose Holzklötze in den Sand fielen.

„Schluss jetzt“, sagte er ganz leise zu dem Anführer und blickte ihm starr in die Augen, ohne mit den Wimpern zu zucken. „Ende des Spiels! Verschwindet!“

Als der Anführer Davids Blick nicht mehr standhalten konnte und unruhig zur Seite schielte, wusste David, dass er diese Partie für sich entschieden hatte. Er zog sein T-Shirt aus und wickelte es um den zitternden Hund, der zwar knurrte, aber zu kraftlos war, sich zu wehren. Sanft hob er ihn hoch und trug ihn zu seinem Landrover, wo er ihn vorsichtig auf die Ladefläche bettete.

„Wird heute wohl nichts mehr mit einem netten Strandausflug“, sagte Sonja, die an der Kühlerhaube lehnte und trotzig die Hände in den Taschen ihrer abgeschnittenen Jeans vergraben hatte.

„Nein, tut mir leid, Sonja! Heute wird es nichts mit unserem Strandtag.“ Er hob die Hand, um dem Hund über den Kopf zu streicheln, doch dieser zuckte zusammen und fletschte die Zähne in

Panik. Langsam zog David die Hand zurück. „Er braucht viel Liebe, um wieder Vertrauen zu den Menschen zu bekommen", sagte er leise und wies auf den Hund, der knurrend und zitternd auf der Ladefläche lag.

„Ich weiß, ich weiß", ätzte Sonja und schob sich wütend die Sonnenbrille in die Haare. „Alle Liebe gehört deinen Hunden. Da bleibt für die Menschen nichts mehr übrig! Und für mich schon gar nicht!"

„Du weißt, wie ich bin, Sonja. Ich habe dich nie über meine Gefühle zu dir im Unklaren gelassen." David rollte die Badematten zusammen und warf sie auf die schmale Rückbank des Landrovers.

„Stimmt. Hast du nicht." Sonja schob sich die Sonnenbrille wieder auf ihre Nase zurück. „Ich weiß schon, du liebst mich nicht. Ach was, lass es gut sein." Sonja zuckte mit den Schultern, deutete dann mit dem Kopf nach hinten. „Was ist das überhaupt für ein Hund?"

„Das ist ein reinrassiger Potenco, ein spanischer Windhund." David deutete auf die Ladefläche. „Setz dich zu ihm. Wir fahren in die Tierklinik nach Arta. Er braucht dringend einen Arzt."

Das war vor genau einer Woche gewesen und in der Zeit hatte die deutsche Ärztin in der Tierklinik den Potenco soweit versorgt, dass David ihn mit auf seine Finca nehmen konnte. Zwar musste ihm ein Teil seines verbrannten Schwanzes amputiert werden, aber ansonsten hatte er keine weiteren schweren Wunden, von den psychischen Verletzungen einmal abgesehen. Auch Sonja hatte den armen Kerl inzwischen ins Herz geschlossen und ihm den Namen Sancho gegeben.

„Sancho Pansa ist der Gefährte von Don Quichotte", hatte sie auf Davids Frage geantwortet.

„Ja, und?“

„Du bist wie Don Quichotte! Kämpfst gegen Windmühlen. Du wirst es nie schaffen, alle Hunde aus den Tötungsstationen zu befreien. Aber genauso wie Don Quichotte gibst du nicht auf. Und ich gebe dich auch nie auf!“, hatte sie gesagt, David einen Kuss auf die Wange gedrückt und war verschwunden.

Jetzt saß David noch immer regungslos neben der Tür des Käfigs, das Futter lag auf dem Boden und er wartete. Nach einer unendlich langen Zeit hörte er leises Scharren und er sah, wie sich Sancho langsam aufrichtete. Zitternd und mit gekrümmtem Rücken stand der Potenco in der hinteren Ecke, drückte sich ängstlich gegen die Gitterstäbe des Käfigs. David rührte sich nicht, atmete ganz leise, um den Hund nicht zu verschrecken. Wie hatte Sonja gesagt, als sie ihn nach der Arbeit besucht hatte? David sei wie Sancho: ängstlich, wenn es darum ging, anderen Menschen zu vertrauen.

Lächerlich!, dachte David, nahm das Futter wieder vorsichtig vom Boden auf und schüttete es in einen metallenen Napf. Sancho würde fressen, wenn es an der Zeit war, man durfte ihn nur nicht unter Druck setzen. Dann erhob er sich langsam und schloss leise die Tür des Käfigs. Genug für heute.

Auf dem schlichten Holztisch, der auf der Terrasse stand, lag sein Handy. David überprüfte seine Termine, aber das erste Training war erst gegen zehn Uhr gleich in der Nähe. Er hatte also noch jede Menge Zeit. Zeit, die er mit seinen Gedanken verbringen musste, leere Zeit, die mit Erinnerung aufgefüllt wurde, Zeit, die er nicht wollte.

Der Canon-Fotoapparat lag auf der weißen Couch im Wohnzimmer. Sonja hatte ihm die fein geklöppelte Spitzendecke geschenkt, die jetzt als Überwurf diente. Überhaupt hatte Sonja bereits viele Spuren in seiner Finca hinterlassen. Hier eine Vase, dort eine Zeichnung, am Tisch eine Postkarte von Trondheim mit seinen Häusern, die auf Stelzen aus dem Wasser ragen. Das war Sonjas Heimat, David hatte längst vergessen, wo seine Heimat eigentlich war.

Sonja hatte er erzählt, dass er Fotograf sei und seine Frau bei einem Autounfall mit Fahrerflucht ums Leben gekommen war. Deshalb auch der Fotoapparat, mit dem er von Zeit zu Zeit mehr oder weniger lustlos Motive schoss. Niemals hätte er Sonja erklären können, dass er früher Menschen auf die unterschiedlichste Art vom Leben in den Tod befördert hatte und dass Jane für die logistische Lösung dieser Aktionen zuständig gewesen war.

Als Tom Nowak war er mit Jane, François Dupont und George Schneider für eine verdeckte Operation nach Afghanistan gekommen. Für diesen Einsatz hatte es von der „Abteilung“ eine Sonderzahlung gegeben und die Operation „Poet“ wäre ihr letzter operativer Auftrag gewesen.

Der Warlord Al-Masur beherrschte ein riesiges Gebiet um die Provinzhauptstadt Kandahar und verdiente sein Geld mit groß angelegtem Drogenhandel. Als die alliierten Truppen seine Nachschubwege abschnitten und seine Opiumfelder bombardierten, startete Al-Masur im Gegenzug einen Rachefeldzug und befahl, alle Ausländer zu jagen und ihnen Ohren und Nasen abzuschneiden. Für jedes abgeschnittene Paar Ohren zahlte er fünfzig Dollar, für jede Nase dreißig. Sämtliche erbeuteten Nasen und Ohren ließ er dann zur Abschreckung an die Front seines Palastes in Kandahar nageln. Natürlich begann sofort eine regelrechte Hexenjagd auf Ausländer, denn fünfzig US-Dollar waren ein kleines Vermögen für die verarmte Bevölkerung.

Alliierte Kommandos hatten zwar mehrmals Kandahar bombardiert, aber Al- Masur war davon unbeeindruckt geblieben, im Gegenteil, er hatte seinen grausamen Rachefeldzug auf weitere Gebiete in Afghanistan ausgedehnt und so auch alle Hilfsorganisationen der Europäer und Amerikaner in Angst und Schrecken versetzt. Schließlich hatte man die „Abteilung" kontaktiert und Tom, Jane, George und François waren, als Soldaten getarnt, nach Kabul gereist. Tom hatte sich drei Monate lang einen Bart wachsen lassen, ihn schwarz gefärbt und sich die Haare abrasiert, ehe er nach Kandahar weiterzog. Er lernte mit einer Superlearning-Methode den örtlichen Dialekt und ging fünf Mal täglich in die Moschee, um zu beten. Hockte in seinem Kaftan am Straßenrand, aß nur ein Fladenbrot täglich, um arm und ausgemergelt zu wirken, und starrte auf die Front des Palasts mit den von Wind und Sonne schon ausgedörrten Ohren und Nasen, wartete Tag für Tag. Unter seinem Kaftan trug er die verschweißte Schriftrolle, die Al-Masur als Held pries. Al-Masur fuhr zum Freitagsgebet immer mit seinem Gefolge in die große Moschee und ließ sich von seinen Anhängern Gedichte schenken, denn es hatte sich unter ihnen herumgesprochen, dass er ein großer Freund orientalischer Lyrik war.

Janes Aufgabe war es gewesen, die Schriftrolle mit einer radioaktiven Substanz zu versehen, die über die Haut in den Körper eindringt und innerhalb kürzester Zeit zum Tod führt. François und George mussten Fahrzeuge beschaffen und Fluchtwege auskundschaften. Tom hatte dafür zu sorgen, dass Al-Masur die Schriftrolle auch berührte. Eine schwierige Aufgabe, aber nicht unmöglich. Als dichtender Bettler würde er Al-Masurs Interesse zumindest für einige Sekunden wecken. Es wurde Freitag und alle hatten sich schon an Toms Anblick gewöhnt.

Für die anderen Bettler, die Bodyguards und Scharfschützen gehörte er bereits zum Straßenbild. Demütig warf sich Tom vor Al-Masurs gepanzerten Wagen in den Staub und hielt mit zitternden Händen die Schriftrolle in die flirrende Luft. Sekunden verstrichen und der Einsatz stand auf der Kippe. Dann senkte sich geräuschlos die schwarz getönte Scheibe und die mit dicken Goldringen geschmückte Hand von Al-Masur tauchte auf, griff nach der Rolle, die getönte Scheibe schloss sich wieder lautlos und der Wagen verschwand in Richtung Moschee. Tom hielt seine Hände mit den unsichtbaren, luftdichten Handschuhen in den Taschen seines Kaftans verborgen und schlurfte mit gebeugtem Rücken in eine der Seitenstraßen von Kandahar, wo ihn ein bunter afghanischer Lastwagen mit George am Steuer erwartete, der ihn zu einer Karawanserei außerhalb des Einflussgebietes von Al-Masur brachte, wo François einen zerlegbaren Hubschrauber verborgen hatte, mit dem alle drei nach Kabul flogen und den Erfolg ihrer Mission ausgiebig feierten.

Doch es musste eine undichte Stelle in der „Abteilung" gegeben haben, denn der Anschlag von Amir Karsai war ganz gezielt gegen die Teilnehmer der Operation

„Poet" gerichtet worden. Wie sonst wäre es möglich gewesen, dass Karsai, der als Übersetzer für die Alliierten arbeitete und ein getarnter Killer war, eine Verbindung zu ihnen herstellen konnte? Aber alle internen Untersuchungen hatten nichts ergeben.

François und Jane waren tot und George war nach einem Nervenzusammenbruch, als er von dem Anschlag erfahren hatte, in einer diskreten psychiatrischen Klinik verschwunden. Tom hatte unter sein früheres Leben einen Schlussstrich gezogen, musste aber nach wie vor als David Stein mit dem Wissen und der Schuld leben, dass er vielleicht den Anschlag hätte verhindern können, wenn er nicht versucht hätte, sich eine Zigarette anzuzünden.

Von draußen war das Geräusch eines Autos zu hören, das langsam die holprige Straße näher kam. David achtete nicht weiter darauf, denn es war Sonjas freier Tag und sicher war sie auf dem Weg zu ihm. Das war ihm auch ganz recht, denn die Gespenster der Vergangenheit waren diesmal hartnäckiger als sonst und mit Sonjas Hilfe würde er sie vertreiben. Er ging in die Kochnische, um frischen Kaffee zu brauen und drehte sich nicht um, als die Tür im Flur geöffnet wurde.

„Hallo, Sonja! Ich bin wirklich froh, dass du da bist!", rief er über die Schulter und goss heißes Wasser in den Filter der Maschine. „Ich mache uns gerade Kaffee!"

„Hallo, Tom Nowak! Entschuldige, du heißt ja jetzt David Stein! Danke für den Kaffee, aber ich bin mir nicht sicher, ob du dich freust mich zu sehen!", hörte er eine Stimme, die ihm nur allzu bekannt vorkam. „Ich bin ein Schatten deiner Vergangenheit!"

2

BERLIN, DEUTSCHLAND – AUSWÄRTIGES AMT

„Das ist eine Katastrophe! Sind Sie sich völlig sicher?" Staatssekretärin von Webern zupfte hektisch an ihrer Rüschenbluse, als ihr der Chef des Nachrichtendienstes das vertrauliche Memorandum vorgelesen hatte.

„Das sind leider die Fakten. Der Präsident von Dakistan Gurbanguly Türkmenbasy ist mit Hilfe seiner Kontakte zu Nordkorea in der Lage, eine Urananreicherungsanlage zu bauen! Wie Sie wissen, haben wir dagegen auf das Schärfste protestiert und deshalb werden jetzt auch unsere Unternehmen in Dakistan verstaatlicht. Das bedeutet das Ende für Red Pluto und in weiterer Folge natürlich auch für Devil Oil. Über die wirtschaftlichen Folgen wage ich überhaupt nicht nachzudenken." Der Chef des Nachrichtendienstes schüttelte verzweifelt den Kopf.

„Ihre Panik bringt uns auch nicht weiter." Staatssekretärin von Webern atmete tief durch und erhob sich. „Krisensitzung in einer Stunde."

„Hier bei Ihnen?" Der Chef des Nachrichtendienstes hob zweifelnd die Augenbrauen.

„Manchmal weiß ich nicht, ob Sie der richtige Mann für diese Tätigkeit sind!“, fauchte von Webern. „Natürlich nicht hier! Wir treffen uns in der sicheren Wohnung in der Kantstraße.“

„Danke, dass Sie alle pünktlich gekommen sind“, eröffnete Staatssekretärin von Webern eine Stunde später die Sitzung. „Dieser Fall ist von nationalem Interesse, ich bitte Sie daher, vorgefasste Meinungen oder moralische Bedenken einfach beiseite zu lassen. Nichts, was hier besprochen wird, darf diesen Raum verlassen. Deshalb gibt es auch kein Protokoll der Sitzung. Sie hat nie stattgefunden.“

Sie schnippte mit den Fingern, ein Assistent betätigte einen mit einem Beamer verbundenen Laptop und verließ anschließend den Raum. Das Foto eines ungefähr 40-jährigen Mannes mit dickem Schnauzbart und einer schwarzen Uniform mit riesigen Goldknöpfen erschien auf der Leinwand.

„Das ist Gurbanguly Türkmenbasy. Der gewählte Präsident von Dakistan war schon bisher kein Freund der EU. Er besitzt geringe Anteile an dem deutschen Unternehmen Red Pluto, das im Kaspischen Meer Öl fördert. Eine ebenfalls deutsche Tochterfirma von Red Pluto namens Devil Oil hat entlang des Kaspischen Meeres für Milliarden Euro Raffinerien gebaut, um das fertige Öl sofort nach Rotterdam verschiffen zu können. Durch die enge Zusammenarbeit mit Dakistan ist Devil Oil und damit auch Deutschland im Begriff, einer der größten Erdölproduzenten der Welt zu werden.“ Staatssekretärin von Webern nahm das Glas, das neben ihr auf dem Tisch stand, und nippte daran.

„So weit, so erfolgreich!“ Von Webern machte eine kurze Pause und wartete auf das nächste Bild. Man sah Machatschkala, die Hauptstadt von Dakistan. „Jetzt zu unserem Problem. Gurbanguly hat sich zum

Präsidenten auf Lebenszeit wählen lassen und beginnt mit einem bizarren Kult rund um seine Person. Wie Sie wissen, ist er dabei, mit stillschweigender Duldung durch die Russen, sowohl Devil Oil als auch Red Pluto nach unseren Protesten gegen sein Atomprogramm zu verstaatlichen, um mit dem Öl Nordkorea zu unterstützen, das ihm im Gegenzug ihr Know-how für den Bau von Atomraketen zur Verfügung stellt. Nebenbei lässt er auch jeden Politiker, der sich widersetzt, in seinen geheimen Gulags grausam foltern und töten. Wir haben also einen verrückten Diktator, der Atomraketen bauen lässt und gleichzeitig mit der Verstaatlichung unsere Wirtschaft ruiniert. Es existiert sowohl eine militärische als auch eine wirtschaftliche Bedrohung."

Wieder erwies sich von Webern als eine äußerst geschickte Dramaturgin, denn in die perfekt getimte Pause platzte wütend der General des militärischen Abwehrdienstes mit erhobener Stimme.

„Hier werden internationale Abkommen gebrochen! Ein Atomprogramm ist absolut gegen die internationalen Beschlüsse. Das legitimiert eine militärische Intervention in Dakistan." Der General redete sich in Rage. „Ein begrenzter Militärschlag der Verbündeten wie im zweiten Golfkrieg. Dann zerstören wir die geheimen Atomlager dieses Diktators."

„Sind Sie verrückt, General!", unterbrach ihn der Chef des Nachrichtendienstes.

„Dakistan hat einen militärischen Beistandspakt mit Russland."

„Und wenn schon! Wir haben die Amerikaner auf unserer Seite!", ließ sich der General nicht von seiner Linie abbringen.

„Meine Herren, ich bitte Sie! Wir müssen andere Wege finden!" Von Webern hob beschwichtigend die Hände, konnte aber ein kleines Lächeln nicht unterdrücken, denn das apokalyptische Szenario, das sie entworfen hatte, würde später alle kleinlichen Einwände zunichte machen. Erneut erschien das Bild von Gurbanguly.

„Dieser Mann bewundert das System in Nordkorea, er will eine ähnliche Diktatur errichten. Neuerdings sieht er sich auch als direkter Nachfahre von Zarathustra, dem Gott der Zoroaster-Religion. Die Signalfeuer auf den Ölplattformen im Kaspischen Meer hätten ihn erleuchtet und ihm die Eingebung zugeflüstert, die Feuerreligion seiner Urväter wieder einzuführen. Das Problem ist, dass Gurbanguly bei der rückständigen Bevölkerung großes Ansehen genießt. Viele wünschen sich ein religiöses Zoroasterreich mit dem archaischen Feuerkult. Wir können Gurbanguly daher nicht einfach liquidieren oder einen Militärputsch unterstützen. Für uns wäre es ideal, wenn Gurbanguly eines natürlichen Todes stirbt und sein geheim prowestlich orientierter Vize Aratpasy die Regierung übernimmt."

„Wie soll das funktionieren? Es gibt keine undichte Stelle im Umkreis von Gurbanguly." Der Chef des Nachrichtendienstes schüttelte bedauernd den Kopf. „Er hat sogar einen eigenen Vorkoster für seine Speisen, da er der fixen Überzeugung ist, dass Hugo Chavez, der Präsident von Venezuela, vom CIA vergiftet wurde."

„Mein Gott, ist der Kerl beschränkt!" Der militärische Sonderbeauftragte verdrehte genervt die Augen. „Bombt ihn doch einfach in die Luft. Am besten während seines Sommerurlaubs in Südfrankreich."

„Gute Idee, Sonderbeauftragter." Der Chef des Nachrichtendienstes schmunzelte.

„Nur leider kommt niemand näher als zehn Meter an Gurbanguly heran. Außer natürlich die hübschen Mädchen, mit denen er sich ständig umgibt. Aber die sind ja nackt. Wo sollen die also eine Bombe verstecken – vielleicht in ihrem Vibrator?"

„Genauso machen wir das!", brüllte der General und schüttelte sich vor Lachen.

„Aber den Vibrator testen wir zuerst am lebenden Objekt.“ Jetzt stimmte auch der militärische Sonderbeauftragte in das Gelächter ein. Nur der vierte Mann am Tisch lachte nicht. Er war dünn und schlaksig, mit kurz geschnittenen dunklen Haaren, markanten Koteletten und einer schwarzen Intellektuellenbrille und saß mit versteinerter Miene übertrieben aufrecht auf seinem Stuhl, dann klopfte er mit seiner Faust laut auf die Tischplatte.

„Ruhe, bitte!“ Schlagartig verstummte das Gelächter und die Anwesenden drehten sich verblüfft in seine Richtung. „Darf ich?“ Er blickte fragend in Richtung der Staatssekretärin.

„Natürlich, Müller. Beginnen Sie mit Ihren Ausführungen!“ Müller räusperte sich und rückte seine schwarze Brille zurecht.

„Wie Sie ja bereits erwähnt haben, meine Herren, können sich Gurbanguly nur mehr oder minder unbekleidete Mädchen nähern. Aber wie immer im Leben, gibt es auch hier eine Ausnahme, einen schwachen Punkt, an dem wir einhaken können.“

Er drückte auf eine Taste des Laptops und ein eleganter weißer Windhund mit langer Schnauze und sanften schwarzen Augen erschien auf der Leinwand.

„Das ist ein Saluki. Einer der schnellsten Windhunde der Welt.“

„Was soll das! Machen wir jetzt eine Hundeshow?“, unterbrach ihn der General wütend. „Wer sind Sie überhaupt?“

„Das ist Doktor Marius Müller, Einsatzleiter der ‚Abteilung‘, antwortete Frau von Webern kurz und knapp.

„Verstehe!“, sagte der General, kniff die Lippen zusammen und lehnte sich zurück. An seinem Gesichtsausdruck erkannte die Staatssekretärin, dass der General wusste, wofür die „Abteilung“ zuständig war. In der Regel ging es um die schnelle und präzise Lösung von Problemen, die man mit Diplomatie nicht aus der Welt schaffen konnte.

„Gurbanguly hat vor einigen Monaten von einem spanischen Händler um 100.000 Euro den angeblich schnellsten Saluki der Welt gekauft“, setzte Müller unbeeindruckt von den Zwischenrufen seine Ausführungen fort. „Gurbanguly ist ein Spieler und wettet große Beträge auf Hunderennen in der ganzen Welt. Jetzt geht er erstmals selbst mit einem Hund an den Start und will damit sofort das berühmteste Hunderennen der Welt in Katar am Persischen Golf gewinnen.“

Wieder rückte Müller seine schwarze Brille zurecht.

„Eine Besonderheit dieses Rennens ist allerdings, dass die Besitzer selbst mit ihren Hunden an den Start gehen müssen. Meistens macht es ja der eigene Hundetrainer, aber in Katar ist das eben anders.“

„Worauf wollen Sie eigentlich hinaus?“ Der militärische Sonderbeauftragte schüttelte genervt den Kopf.

„Der Hund lässt sich von Gurbanguly nicht berühren. Wenn sich Gurbanguly nähert, fletscht der Hund die Zähne und beginnt zu knurren. Alle Hundetrainer, die Gurbanguly bisher engagiert hat, haben versagt. Sie sind entweder im Gefängnis gelandet oder mit Schimpf und Schande ausgewiesen worden. Natürlich verliert Gurbanguly sein Gesicht, wenn er das Rennen absagt. Das Mindeste, was man ihm vorwerfen wird, ist Feigheit, weil er Angst hat, das Rennen zu verlieren. Aber für ihn steht noch viel mehr auf dem Spiel: Als höchster Repräsentant der Zoroasterreligion verweigert ihm ein Hund den nötigen Respekt, so etwas darf nicht publik werden. Wenn es uns also gelingt, den Hund an Gurbanguly zu gewöhnen, dann können wir über den Hundetrainer in seine Nähe kommen und bringen unsere kreative Lösung zum Einsatz.“

„Also ich bin kein Hundetrainer!“, meinte der Chef des Nachrichtendienstes sarkastisch und blickte auffordernd zur

Staatssekretärin von Webern, die jedoch weiterhin interessiert in Müllers Richtung sah und ihm zunickte.

„Wir haben auch an keinen gewöhnlichen Hundetrainer gedacht", sagte Müller,

„sondern an jemanden mit einer Agentenausbildung, der aber gleichzeitig ein professioneller Hundetrainer ist."

„Das gibt es doch gar nicht!", lachte der General höhnisch. „Einen Agenten, der Hunde trainiert, so ein Unsinn! Wie sollen wir so jemanden finden? Eine Annonce aufgeben?"

„Wir haben ihn bereits gefunden", antwortete Müller. „Wir haben den Besten. Wir haben den Hundeflüsterer."

3

ARTA, MALLORCA – FINCA VON DAVID STEIN

Wenn David Stein gewusst hätte, wie das Spiel enden würde, hätte er sich dann auf ein Gespräch mit George Schneider eingelassen? Hätte er ihn nicht einfach hinausgeworfen und wäre anschließend mit seinem Landrover hinunter zu Sonja gefahren, um endlich mit ihr gemeinsam einen Schlussstrich unter die Schatten der Vergangenheit zu ziehen? Um vielleicht mit ihr neu anzufangen?

Doch David wurde wie immer von seinen Dämonen getrieben, hielt bereits zwei Tassen Kaffee in den Händen und bedeutete Schneider mit einer schnellen Kopfbewegung, ihm auf die Terrasse zu folgen. George Schneider war wie David Mitte dreißig, beide hatten die Militärakademie besucht, um sich für Spezialeinsätze ausbilden zu lassen. Gemeinsam hatten sie einige spektakuläre Einsätze in Afrika durchgeführt, dann waren Jane und François zu ihnen gestoßen und Schneiders Energie schien zu erlahmen. David überholte ihn auf der Karriereleiter, wurde operativer Leiter der Gruppe, doch Schneider machte das nicht sonderlich viel aus, er blieb auch weiterhin der eiskalte Taktiker.

„Schön hast du es hier, David! So ruhig und friedlich!“ Schneider blickte interessiert umher, strich sich durch die dünnen rötlichen Haare, nahm aber die verspiegelte Sonnenbrille nicht ab. „Das hätte sicher auch Jane gut gefallen!“

„Erwähne nie wieder ihren Namen! Hast du verstanden?“, zischte David und knallte seine Kaffeetasse so fest auf den Tisch, dass die Flüssigkeit überschwappte.

„Ist ja gut. Ist ja gut, David.“ Schneider hob beschwichtigend die Hände. „Bleib ganz cool.“

„Was willst du?“ David schloss die Augen, atmete tief durch. Jetzt hatten sie ihn wieder erreicht, die Schatten der Vergangenheit. In der Gestalt von George Schneider waren sie wieder aufgetaucht. Ein geschickter Schachzug, das musste David zugeben. Denn Schneider war nicht irgendein Kollege aus der „Abteilung“, Schneider war in seinem Team gewesen und genauso wie François so etwas wie ein Freund geworden, wenn David überhaupt wusste, was der Begriff Freundschaft bedeutete.

„Wann haben sie dich rausgelassen?“, hörte er seine eigene Stimme, leise und irgendwie resigniert, so als hätte er sich bereits damit abgefunden, dass sein Leben erneut auf den Kopf gestellt werden würde. „Das Letzte, was ich von dir gehört habe, war, dass du in einer psychiatrischen Klinik gelandet bist.“

„Langsam, David, langsam! Alles der Reihe nach. Zuallererst bin ich als dein Freund gekommen.“ Schneider schlürfte genussvoll den heißen Kaffee. „Du hast damals einfach den Dienst quittiert, ohne mir eine Nachricht zu hinterlassen. Obwohl ich dein Freund war! Nach dem Anschlag in Kabul saß ich in der beschissenen Klinik und hatte keine Ahnung, wo du abgeblieben bist. Jane und François waren tot und du einfach verschwunden. Ich war so verdammt alleine!“ Mit einer langsamen Handbewegung nahm Schneider seine verspiegelte Sonnenbrille ab und sah David direkt in die Augen. „Ich war alleine, kannst du das verstehen! Du hast mir gefehlt, David, aber du hast nie versucht, einen Kontakt mit mir herzustellen! Wir hatten doch eine gute Zeit und tolle Einsätze!“ Schneider räusperte sich und fuhr sich mit der Hand über die Augen.

„Komm endlich zur Sache, Schneider!“ David wollte sich dieses sentimentale Gerede nicht länger anhören, vielleicht weil er schon lange mit diesem Leben abgeschlossen hatte, vielleicht aber auch, weil er wusste, dass Schneider nicht um der alten Freundschaft willen zu ihm nach Arta gekommen war. Deshalb griff er auch geschäftig nach seinem Smartphone. „Ich habe in Kürze einen Termin für ein Hundetraining bei einem neuen Kunden!“

„David, dein Termin ist um zehn Uhr!“ Zum ersten Mal, seit er hier war, lächelte Schneider, aber es war kein freundliches Lächeln. „Es ist doch erst kurz nach acht, wir haben also noch jede Menge Zeit.“

„Du bist noch immer in der ‚Abteilung‘ und hackst dich ganz skrupellos in mein Handy!“ Nur mühsam konnte David seine Wut unterdrücken, doch das Tai Chi hatte ihn gelehrt, nicht sofort emotionell zu reagieren, sondern ruhig nachzudenken. „Ihr habt euch kein bisschen verändert. Setzt euch einfach über Gesetze hinweg. Aber ich arbeite nicht mehr für die ‚Abteilung‘ und bin ein anderer Mensch geworden! Du bist doch nicht hierher gekommen, weil du so Sehnsucht nach mir hast, Schneider! Egal, worum es sich handelt: Meine Antwort lautet in jedem Fall Nein!“

„Entspanne dich, David!“ Schneider machte eine beruhigende Handbewegung.

„Natürlich bin ich mit einem kleinen Anliegen hierher gekommen. Aber ich komme nicht mit leeren Händen, denn auch ich habe dir etwas zu bieten!“ Schneider legte die Sonnenbrille auf den Tisch und griff in die Tasche seines grauen Leinensakkos. Ohne David aus den Augen zu lassen, zog er ein Smartphone heraus und aktivierte es.

„Das ist mein Geschenk an dich. Du wirst überrascht sein", sagte Schneider dann und grinste abwartend.

Zögernd nahm David das Smartphone und betrachtete das Video, das Schneider eingeschaltet hatte. Eine belebte Straße in irgendeiner Stadt im Vorderen Orient war zu sehen. Mopeds, Autos, Lastwagen, Eselfuhrwerke verursachten das übliche Verkehrschaos. Die wackelige Kamera fokussierte einen Mann, der auf der gegenüberliegenden Straßenseite gerade aus einem Kaffeehaus kam, sich vorsichtig nach links und rechts umblickte, dann auf die Fahrbahn trat, sich zwischen den im Stau steckenden Autos hindurchschlängelte und direkt auf die Kamera zuging, ohne diese jedoch zu bemerken. Für einige wenige Sekunden war das Gesicht des Mannes in Großaufnahme zu sehen, dann kamen andere Passanten ins Bild und das Video war auch schon zu Ende.

Davids rechtes Augenlid begann zu zittern. Seine Fingerkuppen schwitzten, als er das Video zurücklaufen ließ, um das Gesicht noch einmal zu sehen. Wieder sah er den Mann, der sich zwischen den wartenden Autos hindurchschlängelte. Wieder sah er das Gesicht in Großaufnahme. David drückte auf Stopp und starrte in das Gesicht auf dem Display. Mit dem Daumennagel massierte er die Narbe über seinem rechten Auge, während er die leicht schiefe Nase, die aufgeworfenen Lippen, das große Muttermal auf der linken Wange auf dem Standbild registrierte. Kein Zweifel, der Mann auf dem Video war Amir Karsai, der Mann, der die Bombe gezündet hatte, der Mann, der Jane getötet hatte. Der Mann, der bei der Explosion selbst getötet worden war, so jedenfalls war es ihm nach dem Anschlag mitgeteilt worden.

„Störe ich?" Eine fragende Stimme riss David aus seiner Erstarrung.

„Sonja! Was machst du hier?", rief er und sprang auf. „Wieso bist du hier?"

„Ich habe mir heute doch extra freigenommen, das habe ich dir doch erzählt, David! Da dachte ich …", verwirrt hielt sie inne und sah an David vorbei auf Schneider, der lässig die Hand hob und ihr zuwinkte. „… ich wollte sehen, ob Sancho schon Fortschritte gemacht hat und dich fragen, ob …" Wieder unterbrach sie den Satz, schüttelte den Kopf und ihre blonden Haare flatterten im Morgenwind.

„Schön, dass du da bist", durchbrach David die angespannte Atmosphäre und drückte Sonja einen freundschaftlichen Kuss auf die Stirn.

„Das ist George, ein alter Bekannter aus Deutschland. Wir haben uns lange nicht gesehen."

„Sind Sie auch Fotograf?", fragte Sonja und lächelte Schneider freundlich an.

„Fotograf?" Unwillkürlich hob Schneider die Augenbrauen und verzog den Mund zu einem belustigenden Lächeln. „Nein, ich bin Journalist und habe früher viel mit David zusammengearbeitet. Er hat immer die tollsten Motive geschossen." Schneider bleckte die Zähne und grinste breit. „Ja, im Schießen ist er einsame Spitze."

„Ist in Ordnung, George. Das reicht", mischte sich David schnell ein, fasste dann Sonja am Arm und schob sie über die Terrasse hinunter in den Garten. „Eine gute Idee, dass du dich um Sancho kümmern willst", flüsterte er abwesend und wies auf den Käfig am Ende des Gartens. „Ich habe mit George einiges zu besprechen."

David wartete, bis Sonja die Käfigtür geöffnet hatte und im Inneren verschwunden war, dann drehte er sich um und stieg wieder langsam die steinerne Treppe zur Terrasse hinauf. In der Morgensonne wirkten Schneiders rötliche Haare wie ein Feuer. Ein Leuchtfeuer, das David wieder den Weg zurück in die Finsternis zeigen würde.

„Eine interessante Frau!" Schneider spielte mit seiner Sonnenbrille. Das Smartphone lag noch immer genauso auf dem Tisch, wie es David hingelegt hatte.

„Wieso lebt Amir Karsai?" Davids Stimme war nur noch ein heiseres Flüstern.

„Man hat mir gesagt, er sei tot. Ich habe doch mit eigenen Augen gesehen, wie er mit der Balustrade nach unten gestürzt ist."

„Wirklich eine gutaussehende Frau, diese Sonja. Da hast du ja wieder einmal Glück gehabt, David. Noch dazu, wo sie fast genauso aussieht wie Jane." Schneider ging nicht auf Davids Bemerkung ein. „Und sie hat tatsächlich keine Ahnung, was du früher so getrieben hast?"

Davids Miene versteinerte und seine Augen glitzerten bedrohlich. Ganz langsam griff er nach Schneiders rechtem Handgelenk, drückte es fest zusammen und flüsterte eisig: „Noch ein Wort über Sonja und du wirst in Zukunft mit deiner linken Hand schreiben müssen! Also lass gefälligst Sonja aus dem Spiel! Wieso lebt Amir Karsai noch?" Langsam zog David seine Hand zurück. Schneider rieb sich sein gerötetes Handgelenk und wies mit seinem Zeigefinger auf das Smartphone.

„Die Amerikaner haben ihn wieder zusammengeflickt, um etwas über die Drahtzieher des Anschlags zu erfahren. Sie wollten erfahren, wieso er wusste, wer an der Operation ‚Poet' teilgenommen hat. Vor allem wollten sie wissen, warum er dich nicht getötet hat, David!" Schneider verstummte und grinste abwartend.

„Das habe ich mich auch gefragt", antwortete David mit einem Seufzer. „Glaub mir, Schneider, ich wäre auch lieber tot gewesen! Aber wieso läuft Karsai jetzt frei herum?"

„Der CIA hat ihn umgedreht und wieder laufen lassen. Diese Vorgangsweise hat aber der ‚Abteilung' überhaupt nicht gefallen, schließlich sind ja drei Agenten getötet worden. Wir wissen jetzt auch, wo er sich derzeit aufhält!" Vorsichtig tippte Schneider mit den Fingerspitzen auf sein Kinn, fischte dann umständlich ein Taschentuch aus seiner grauen Leinenhose und schnäuzte sich theatralisch. „Aber diese Information gibt es nicht umsonst!"

„Ich dachte mir schon so etwas." David griff nach dem Smartphone und drehte es wie einen Kreisel, unterdrückte das Verlangen, sich das Video erneut anzusehen, wollte nicht daran erinnert werden, dass Amir Karsai lebte, Jane aber tot war.

„Was muss ich tun?", fragte er stattdessen und sah an Schneider vorbei auf die verwitterten Steinmauern seiner Finca, so als würde er unwiderruflich Abschied nehmen von einem Leben und einer Zeit, die nur geborgt war, die er in einer Warteschleife verbracht hatte. David ahnte, dass er jetzt wieder in seiner Welt angelangt war und diese Welt war grau und schmutzig. Es war eine Welt, die nur Betrug und Misstrauen, Intrige und Tod kannte.

„Zunächst einmal fliegst du nach Berlin." Schneider holte ein Flugticket aus der Innentasche seines Sakkos. „Die Maschine geht bereits heute Mittag! Jemand aus der

‚Abteilung' erwartet dich am Flughafen in Berlin." Er schob das Ticket über den Tisch.

„Ist leider nur Economy. Auch wir müssen sparen", fügte er mit einem Augenzwinkern entschuldigend hinzu.

„Was ist, wenn ich ablehne und dich zum Teufel jage?" Mit dem Daumennagel fuhr sich David wieder über die Narbe, das rechte Augenlid zitterte noch immer leicht, er stand unter Stress. Er brachte es aber nicht fertig, Schneider einfach hinauszuwerfen. Das Video hatte alles wieder hervorgeholt aus den dunklen Bereichen seines Bewusstseins und die vergangenen zwei Jahre schlagartig in den Hintergrund gedrängt, wo sie wie alte Fotografien langsam vergilbten.

Er hatte damals den Anschlag überlebt, um Jane zu rächen. Er lebte nur für Jane. Schneider hatte ja so recht. Sonja war zwar älter, sah aber aus wie Jane. Wahrscheinlich mochte er sie deshalb. Weil sie ihn daran erinnerte, wie das Leben hätte sein können – mit Jane.

Das war Sonja gegenüber nicht fair, absolut nicht fair.

„Scher dich zum Teufel, Schneider! Verschwinde, sonst werfe ich dich eigenhändig hinaus!" Langsam stand David auf und ballte die Fäuste.

„Gut, David. Ganz wie du meinst." Schneider schüttelte nachsichtig den Kopf, steckte sein Taschentuch weg und erhob sich ebenfalls. „War jedenfalls nett, dass wir uns wieder getroffen haben."

David nickte abwesend und schob mit spitzen Fingern Flugticket und Smartphone zu Schneider hinüber, doch dieser winkte mit gelangweilter Miene ab.

„Kannst du behalten, David! Vielleicht überlegst du es dir ja doch noch! Das Smartphone ist übrigens ein Geschenk der ‚Abteilung'!"

Schneider schlenderte langsam über die Terrasse zum Ausgang. Ehe er um die Hausecke verschwand, drehte er sich noch einmal um und tippte zum Abschied mit dem Zeigefinger an seine rechte Schläfe. „Wir sehen uns!", rief er und lächelte zynisch.

Lange nachdem der Motorenlärm von Schneiders Wagen verklungen war, saß David noch immer regungslos auf der Terrasse, starrte auf das Smartphone, das schwarz und unheilverkündend auf der Tischplatte lag. Erst Sonjas besorgte Rufe lösten seine Erstarrung. Hastig steckte er Flugticket und Smartphone in seine Jeans und ging nachdenklich hinunter in den Garten.

„Oh, mein Gott. David, sieh nur, wie Sancho zuckt! Es geht ihm schlecht!" Völlig aufgelöst stand Sonja in der offenen Käfigtür. Sie hatte ihre blonden Haare zu zwei Zöpfen geflochten und wirkte ausgesprochen jung mit ihrem ebenmäßigen Gesicht mit den hellblauen Augen, die von vielen kleinen Fältchen umrahmt waren. Zum ersten Mal spürte David bei Sonjas Anblick kein Bedürfnis, sie mit Jane zu vergleichen. Doch jetzt war es zu spät für einen Neubeginn, jetzt gab es das Video mit Amir Karsai und draußen die graue Welt der Geheimdienste.

„David, er darf nicht sterben! Sancho darf nicht sterben!"

„Keine Angst, Sonja! Wir kriegen ihn schon wieder auf die Beine. Los, hilf mir!" Ganz langsam kroch David auf den Potenco zu, der in einer Ecke des Käfigs lag, nach Luft schnappte und trotzdem die Lefzen zurückzog und leise knurrte.

„Er braucht sofort eine krampflösende Spritze! Bleib du hier, ich hole den Arzneikasten!", sagte David nach einem Blick auf den geblähten Bauch des Hundes und sein stoßweises pfeifendes Atmen.

Als David mit der Spritze zurückkam, hatte der Potenco bereits Schaum vor dem Mund und sein Zwerchfell hob und senkte sich unregelmäßig. Sonja zitterte und war ganz bleich, trotzdem versuchte sie tapfer zu assistieren.

„Wir müssen ihm die Spritze in den Bauch geben. Das ist nicht so einfach, denn er fürchtet sich vor den Menschen. Wir müssen ihn also überraschen." Der Potenco hatte schon ganz glasige Augen, trotzdem ließ er David und Sonja keine Sekunde aus den Augen und fletschte bei jeder Bewegung die Zähne.

„Sing ihm etwas vor", flüsterte David. „Du hast doch eine so schöne Stimme. Das beruhigt ihn."

„Findest du meine Stimme wirklich schön?", fragte Sonja ungläubig, denn es war eine Seltenheit, dass David ihr Komplimente machte.

„Du bist überhaupt eine sehr schöne Frau, Sonja, aber jetzt fang endlich an zu singen!", trieb David sie an. Sonja hatte tatsächlich eine wunderschöne Stimme, als sie einen norwegischen Schlager trällerte.

Der Potenco schreckte hoch, starrte Sonja überrascht an, schien David völlig vergessen zu haben und so konnte sich dieser von der Seite her mit der Spritze unbemerkt nähern. Sancho jaulte nur einmal kurz auf, als David ihm die Nadel in die Bauchdecke stieß, doch dann entfaltete das Mittel auch schon seine Wirkung und Sancho zuckte nur noch einige Male, dann schlief er seufzend ein.

„Was war das für eine Spritze?“, fragte Sonja, als sie den Käfig abgeschlossen hatten und zurück auf die Terrasse gingen.

„Ein krampflösendes Mittel. Sancho hatte einen Zwerchfellkrampf. Das kann zu einem Atemstillstand führen. Hunde können das Atmen eben nicht so wie wir logisch kontrollieren.“

David verstaute den Arzneikoffer im Wohnzimmer, ging dann in sein winziges Schlafzimmer, blieb vor einem gebleichten Leinenvorhang stehen, den er anstelle einer Schiebetür vor das selbst gezimmerte, weiß getünchte Regal, in dem er seine Kleider verstaute, aufgehängt hatte. Als er den Vorhang zur Seite schob und eine Reisetasche hervorholte, hatte er eine Entscheidung getroffen.

„Was machst du da?“ Sonja war ihm gefolgt und lehnte am Türrahmen, die Hände wie immer in den Taschen ihrer abgeschnittenen Jeans vergraben. Mit ihren langen braunen Beinen und den blonden Zöpfen sah sie unglaublich attraktiv aus, doch das Flackern ihrer Augen wirkte neurotisch.

„Hallo, David Stein! Ich habe dich etwas gefragt!“, rief sie nervös, als sie keine Antwort von David erhielt.

„Ich muss nach Berlin. George hat mir einen Job angeboten“, antwortete David knapp und senkte den Blick. Planlos warf er Sakkos, Jeans und Shirts in seine Reisetasche, spürte, dass die Situation langsam außer Kontrolle geriet.

„Aber du hast doch um zehn einen Termin für ein Hundetraining.“ Nervös zwirbelte Sonja einen ihrer Zöpfe um den Finger. „Und du bist doch jetzt Hundetrainer! Was wird aus Sancho? Und was wird aus uns?“, fragte sie anklagend und David sah, dass ihre klaren Augen immer stärker vor Zorn flackerten. „Ich will nicht, dass du einfach abreist! Es ist doch alles in Ordnung, so wie es ist! Ich besuche dich hier und ab und zu fahren wir an den Strand!“ Sonjas Stimme wurde immer aufgebrachter. „Das hat doch bisher prima funktioniert. Das brauchen wir nicht zu ändern. Und überhaupt, Sancho braucht jetzt uns beide.“

„Ich kann diesen Fotojob nicht ablehnen“, unterbrach sie David. „Verstehst du! Ich kann nicht!“ David ließ die Reisetasche auf den Steinboden fallen und drehte sich jetzt langsam zu Sonja um. „Ich muss nach Berlin! Aber ich komme wieder, dann wird alles anders“, sagte er mit leiser Stimme und glaubte selbst nicht, was er redete. Nichts würde anders werden, alles würde immer so weitergehen. Das kurze Aufleuchten einer Zukunft und der tiefe Absturz in die Vergangenheit.

„Kümmere dich um Sancho! Du kannst natürlich hier wohnen, bis ich wieder zurück bin!“ Er machte eine Pause und fuhr sich mit dem Daumennagel über die Narbe über seinem rechten Auge. Sein Lid zuckte, die Anspannung kehrte zurück. „Ich bin bald wieder zurück, ich verspreche es dir!“

Langsam, so als würde sie einen Geist vor sich sehen, wich Sonja zurück, stützte sich mit beiden Armen an den Wänden des schmalen Flurs ab.

„Aber warum musst du denn weg? Es ist doch schön zwischen uns, so wie es ist! Was ist das überhaupt für ein Fotojob? Ist es wegen einem Model? Ist sie jung?“ Sie wich immer weiter zurück, bis sie mit dem Rücken an die Eingangstür stieß und die plötzliche Erkenntnis ihr Gesicht verzerrte.

„Es ist wegen Jane“, keuchte sie mit einer hasserfüllten Stimme, die er so noch nie von ihr gehört hatte. „Es ist wegen Jane“, stieß sie hervor und atmete schwer.

„Gib es zu! Dein sogenannter Freund hat dir etwas mitgeteilt. Ich weiß doch, dass du nach dem Fahrer gesucht hast, der sie damals überfahren hat und verschwunden ist!“ Sonja keuchte immer heftiger und ihre feine Haut war plötzlich mit roten Flecken übersät.

„Immer ist es wegen Jane!“, wiederholte sie kreischend. Wie in Trance tastete sie nach dem kleinen Tischchen, das neben der Eingangstür stand und auf dem verschiedene Schlüssel lagen. „Jane, immer wieder Jane!“ Mit zwei Fingern schob sie die Lade auf, riss sie mit einem plötzlichen Ruck ganz heraus. Briefe, Rechnungen flatterten zu Boden und Fotos. Fotos eines verliebten Paares, das konnte man sofort erkennen. Sonja hob eines der Bilder auf, hielt es David mit ausgestrecktem Arm entgegen, so als würde sie damit einen bösen Fluch bannen, und klopfte ständig mit dem linken Zeigefinger neurotisch auf das Foto.

„Hast du geglaubt, ich merke das nicht?“, schrie sie mit überkippender Stimme und ihre Augen füllten sich mit Tränen. „Lüge mich jetzt bloß nicht an! Ich bin kein kleines Mädchen mehr. Ich sehe doch genauso aus wie Jane! Ich bin aber nicht Jane!“ Hektisch atmend versperrte Sonja die Eingangstür, stieß mit ihren nackten Füßen gegen die auf dem Boden verstreuten Fotos. „Ich bin nicht Jane, ich bin nicht Jane!“, wiederholte sie ständig wie eine hängen gebliebene Schallplatte. „Ich bin nicht Jane! Denn Jane ist tot, David“, flüsterte sie nun kaum hörbar und schlug mit ihrer Faust an die Eingangstür hinter sich. „Jane ist tot! Ich gehöre zu deinem Leben, David Stein! Begreif das doch endlich: Jane ist tot! Aber wir beide leben!“

Schweigend nahm David seine Reisetasche, widerstand dem Drang, eines der Fotos von Jane aufzuheben und als Erinnerung mitzunehmen. Da Sonja noch immer an der Eingangstür lehnte, ging er zurück ins Wohnzimmer und sah den Fotoapparat auf der Couch liegen. Unschlüssig nahm er ihn hoch, wog ihn kurz in der Hand, legte ihn dann aber wieder zurück auf Sonjas weiße Spitzendecke. Es war egal, ob Sonja sich darüber wundern würde, dass er ohne Fotoapparat verreiste. Alles war egal. Oder doch nicht?

Ehe er auf die Terrasse trat, warf er noch einmal einen Blick zurück in den vom Sonnenlicht erhellten Flur, wo Sonja noch immer inmitten der Fotos mit geschlossenen Augen an der Tür lehnte, und wünschte sich mehr denn je ein unverwundbares Lächeln. Doch er hörte nur ein wütendes Atmen.

„Kümmere dich um Sancho, bis ich wieder zurück bin!"

4

SÜDLICHE SAHARA – GEBIET DER TUAREG

Am Morgen wusste Machmud, dass etwas geschehen war. In seinem durch den vielen Alkohol unruhigen Schlaf war ihm ständig ein weißes Tier erschienen, das mit anmutigen Bewegungen, schneller als der heiße Wüstenwind, über die Dünen fegte, leicht wie eine Feder und ohne den Boden zu berühren.

Diese Vision ließ ihn auch nicht los, als er sich aus seinen Decken schälte und nach seinem Kamel sah. Machmud gehörte zum Volk der Tuareg, das seit undenklichen Zeiten die Sahara von Norden nach Süden und von Westen nach Osten durchquerte. Staatsgrenzen und die damit verbundenen Passkontrollen waren für sie Vorschriften der ungläubigen Europäer. Ihr Stamm war seit jeher durch die Sahara gezogen und lebte nach seinen eigenen Gesetzen. Gestern hatte Machmud gegen eines dieser Gesetze verstoßen. Er hatte mit dem Spanier Bier getrunken, war dann auf Wodka umgestiegen und irgendwann zu Boden gegangen. Am Morgen war die Oase wie ausgestorben, die Karawane längst weitergezogen, der Spanier verschwunden und Machmud wusste, was er geraubt hatte.

Langsam und mit schmerzendem Schädel ging er zu einer niedrigen Palme, deren ausgefranste Wedel fast den sandigen Boden berührten. Doch der Palmenkorb, der darunter im Schatten stand, war leer. Machmud ballte die Fäuste und stieß einen stummen Schrei in den rötlich blauen Himmel, auf dem gerade die Sonne aufging. Zitternd vor Wut lief er zu der Palmenhütte, wo der alte Mann, der schon seit jeher in der Oase wohnte, noch vor sich hindöste. Ihm erzählte Machmud aufgeregt von dem Diebstahl.

„Das ist der Heilige Krieg, mein Sohn", murmelte der Alte und sein zahnloser Mund wurde zu einem dünnen Strich, der sein zerfurchtes Gesicht horizontal zerteilte. Hinter seiner zerlumpten Bastmatte zog er einen schwarzen, intensiv riechenden Klumpen hervor, von dem er einige Krümel herunterbrach, in eine abgeschlagene Pfeife stopfte. Er zündete sie an und reichte sie Machmud. „M'Hashish hilft dir, Allahs Visionen zu empfangen, und wird dir den Weg zu den Ungläubigen weisen."

Entrückt wickelte Machmud ein langes blaues Tuch zu einem Turban um seinen Kopf, betrachtete sein Gesicht mit dem dichten Bart in einer Glasscherbe, während er sich mit schwarzem Kajal die Augen schminkte. Er wählte einen schwarzen Burnus mit den lichtblauen Ornamenten seines Stammes und schlüpfte hinein. Barfuß schritt er dann aus der Oase, stapfte langsam am Kamm einer lang gezogenen Düne hinauf und setzte sich oben mit überkreuzten Beinen in die Sonne.

Hinter seinen geschlossenen Augen lief immer wieder der Film von letzter Nacht ab und Machmud sah mit Scham die vielen Flaschen nigerianischen Biers und russischen Wodkas, die der Spanier ausgepackt und die sie gemeinsam getrunken hatten.

„Allah ist groß und Allah wird mir verzeihen", sinnierte Machmud und wiegte den Oberkörper in diesem Singsang. Als er nach einiger

Zeit die Augen öffnete, traf ein Sonnenstrahl eine leere Blechbüchse am Rand der verwehten Piste, die nach Marokko im Norden führte. Das Blitzen und Leuchten wurde immer intensiver und Machmud schien es so, als würde ihm die Blechbüchse ein geheimes Zeichen senden.

Wieder versenkte er sich ins Gebet und die Vision, die ihn die ganze Nacht über verfolgt hatte, war plötzlich wieder gegenwärtig. Er sah das weiße Tier elegant und leichtfüßig über die Dünen jagen und an der leuchtenden Blechbüchse vorbei Richtung Norden ziehen. Ruckartig setzte sich Machmud aufrecht und die Vision verblasste. Alles, was zurückblieb, war die im Sonnenlicht leuchtende Blechbüchse, die ihm den Weg nach Norden wies.

5

BEIRUT, LIBANON – CONSULTINGUNTERNEHMEN FARRUK INC.

Zu dem Zeitpunkt, als David Stein seine Finca bei Arta verließ, um wieder in die graue und emotionslose Welt der Geheimdienste einzutauchen, leuchtete das Mittelmeer besonders einladend blau in der grellen Mittagssonne und vom

20. Stock des modernen Bürogebäudes an der Corniche von Beirut war der Blick atemberaubend. Weit draußen waren die weißen Kreuzfahrtschiffe zu erkennen, die aber aus Sicherheitsgründen derzeit Beirut nicht anliefen. Im Hafen lagen auch weniger Yachten als noch im vergangenen Jahr, denn es hatte mehrmals kleinere Explosionen und Schießereien knapp vor der schwer bewachten VIP-Area zwischen den verfeindeten Milizen gegeben. Trotzdem war der Ausblick aus dieser Höhe so außerordentlich schön, dass man nicht an den Terror im Bauch der Stadt dachte.

Doch als Leyla Khan mit dem Kopf schwer gegen das Sicherheitsglas des Fensters knallte, hatte sie nichts übrig für diese Postkartenidylle. Stattdessen versuchte sie sich aus dem Griff des Mannes zu befreien, der, ohne ein Wort zu sprechen, plötzlich in ihrem Büro aufgetaucht war. Er hatte sie so schnell gepackt, dass nicht einmal Zeit gewesen war, den Notruf für den Portier unten im Foyer zu betätigen. Jetzt spürte sie das von der Sonne erhitzte Glas hart auf ihrer Haut, als der Mann sie mit seinen Schraubstockhänden fest gegen die Scheibe drückte.

„Wo bist du gewesen, du Miststück?", hörte Leyla die gepresste Stimme von Robert Thalberg an ihrem Ohr, spürte den feinen Spuckeregen, der jedem seiner Worte folgte, spürte aber auch, dass ihn diese Brutalität ziemlich erregte. Doch jetzt war sie nicht in der Stimmung für ihr gemeinsames Spiel und deshalb rammte sie ihm ihren Ellbogen mit aller Kraft so fest in den Magen, dass er japsend von ihr abließ und in das Büro zurücktaumelte, wo er gegen einen Schreibtisch stieß.

„Warten wir bis zum Abend", sagte sie sachlich, betrachtete ihr attraktives Spiegelbild mit den kaffeebohnenschwarzen Augen, der herrischen Hakennase und den aufgeworfenen Lippen in der getönten Fensterscheibe. Dann strich sie ihre weiße Designerbluse glatt und überprüfte den Sitz ihrer hochgesteckten blauschwarzen Haare. „Verschwinde jetzt! Ich muss dringend zum Chef. Es ist nicht gut, wenn man dich hier sieht."

Thalberg nickte zögernd und an seinem frustrierten Gesichtsausdruck merkte Leyla, dass es ihm überhaupt nicht recht war, einfach das Büro verlassen zu müssen, ohne seinen Spaß mit ihr gehabt zu haben. Aber so waren die Dinge eben und Business war für Leyla wesentlich wichtiger als Sex.

Leyla Khan war trotz ihrer 29 Jahre bereits Key-Account-Managerin des Consultingunternehmens Farruk Inc., das ausländische Firmen beriet, wenn sie sich in Beirut ansiedeln wollten. Derzeit wurde eine zweite Niederlassung in Bagdad geprüft und aus diesem Grund war Leyla trotz der unsicheren Lage auch schon mehrmals im Irak gewesen. Leyla war stolz auf ihre Karriere, denn in ihrer Jugend hatte sie es nicht leicht gehabt. Sie stammte ursprünglich aus Pakistan, war aber in einem Flüchtlingslager im Südlibanon groß geworden, nachdem sie Eltern und Geschwister in den Wirren des Bürgerkriegs verloren hatte. Eine alte Frau, die sie „Auntie" nannte, hatte sich um sie gekümmert und Leyla die Abfallhaufen nach Essbarem durchwühlen lassen, denn sie waren so arm, dass sie sich nur von Abfällen ernähren konnten. Doch schon bald zeigte sich Leylas ungewöhnliches Sprachentalent und eine soziale Förderabteilung der Hamas ermöglichte ihr eine solide Schulausbildung. Vor vier Jahren war sie von Brian Farruk persönlich angeworben worden und arbeitete seither als Key-Account-Managerin für internationale Klienten.

Da Leyla sehr viel unterwegs war, verlief ihr Privatleben auch ziemlich eintönig. Den Rechtsanwalt Robert Thalberg hatte sie bei einem Geschäftsessen im Yachtclub kennengelernt. Thalberg wickelte die Verträge für ausländische Investoren im Libanon ab und war ein ziemlich langweilig aussehender Mann. Doch als sie beide zufällig nebeneinander auf der Terrasse des Yachtclubs ins Gespräch kamen, spürten beide sofort, dass weit weg von bürgerlicher Moral ein Darkroom auf sie wartete, in dem sie ihre Phantasien ausleben konnten. Denn beide verband eine Vorliebe für schmerzhaft ekstatische Sexpraktiken und das stillschweigende Übereinkommen, dass ihre reine Sexbeziehung nie bis in private und emotionelle Bereiche vordringen dürfe.

Mit dem Privatlift fuhr Leyla nach oben in den 22. Stock, wo Brian Farruk, der Inhaber des Consultingunternehmens, residierte. Farruk war ein ehemaliger britischer Militärpsychologe libanesischer

Abstammung, der mit Lobbying und Beratung in Beirut ein Vermögen verdient hatte und seine internationalen Kontakte noch immer sorgsam pflegte. Leyla konnte sich nicht erinnern, jemals ein privates Gespräch mit ihm geführt zu haben. Sie wusste nicht einmal, wo er in Beirut wohnte.

„Einer unserer Stammkunden hat uns mit einer schwierigen Aufgabe betraut", eröffnete Farruk das Gespräch und zündete sich eine dicke Zigarre an. „Da Sie meine beste Key-Account-Managerin sind, werden Sie diesen Auftrag ausführen." Das war eine Feststellung, die keinen Widerspruch duldete, und so wartete Leyla auch mit ausdrucksloser Miene auf nähere Details von Farruk. Mit seinem viel zu engen Nadelstreifenanzug, dem dicken, rasierten Schädel und seinem hochroten Hooligangesicht wirkte er fast wie die Karikatur eines Bankers. Farruk saugte sich an seiner Zigarre fest und nuschelte, ohne sie aus dem Mund zu nehmen:

„Diesmal ist es ein sehr schwieriger Auftrag, Leyla. Deshalb habe ich auch Sie dafür ausgewählt. Sie sind die Beste und dürfen auf gar keinen Fall versagen!"

„Habe ich schon jemals bei einer Mission versagt?", antwortete Leyla selbstbewusst und setzte sich auf eines der zahlreichen Sofas, die in Farruks 200 Quadratmeter großem Büro planlos umherstanden. Ohne ihr darauf zu antworten, wuchtete sich Farruk ächzend aus seinem ledernen Bürostuhl, fischte ein Blatt Papier von seinem Schreibtisch und watschelte auf Leyla zu.

„Das haben wir nur mit diesem Kunden verdient", schnaufte er und nuckelte weiter an seiner Zigarre. Leyla nahm das Blatt Papier, auf das Farruk mit einem Füller irgendwelche Zahlen geschrieben hatte. Wenn diese Zahlen allerdings stimmten, dann hatten sie alleine im vergangenen Jahr 15 Millionen Dollar an Provisionen eingestreift. Und Leyla hatte keine Zweifel daran, dass die Zahlen korrekt waren.

„Ein Triple-A-Kunde also, dem man keinen Wunsch abschlagen darf. Richtig?", fragte sie dann auch und Farruk nickte zustimmend.

„So ist es, Leyla. Genauso ist es." Farruk setzte sich wieder auf seinen Bürostuhl. Achtlos legte er die Zigarre auf ein Designertischchen und die Glut brannte auch sofort einen hässlichen schwarzen Fleck in die Oberfläche. „Sie sind bei diesem Auftrag als Key-Account-Managerin für den Kunden zuständig. Informationen und Anweisungen erhalten Sie über einen Mittelsmann, denn unser Kunde will nicht in Erscheinung treten. Wenn Sie den Auftrag positiv erledigen, erhalten Sie einen Extrabonus."

„Ein Extrabonus! Wie großzügig!" Leyla lächelte geschmeichelt und ein Kribbeln ging durch ihren Körper. Jetzt hätte sie gerne die brutalen Hände von Thalberg gespürt, aber das musste noch warten.

„Der Bonus beträgt 1 Million Dollar!" Farruk lehnte sich zurück und griff wieder nach seiner Zigarre, die mittlerweile ausgegangen war. „Sie müssen allerdings noch heute Abend nach Berlin abreisen. Dort erwartet Sie ein Kontaktmann."

„Kein Problem", sagte Leyla betont gleichgültig und vermied es, ihre Freude allzu offensichtlich zu zeigen. Sollte Farruk doch ruhig denken, dass ihr Geld nicht so wichtig sei. Natürlich brannte ihr jetzt die Frage nach genaueren Informationen auf der Zunge, doch sie wusste, dass Farruk es hasste, wenn man ihn mit Detailfragen löcherte. Deshalb stand sie mit ausdrucksloser Miene auf und strich sich den Rock glatt. „Benötige ich spezielle Unterlagen?"

Farruk nickte, erhob sich ächzend und ging zu einem hässlichen Ölgemälde, das die halbe Wand des Büros einnahm. Mit seinen dicken Fingern drückte er einen versteckten Mechanismus und das Bild fuhr langsam in die Höhe. Aus dem Safe dahinter nahm Farruk einen Umschlag, den er Leyla hinwarf, die ihn geschickt auffing.

„Ich denke, Sie kennen sich damit aus, Leyla! Es ist ja nicht zum ersten Mal! Aber denken Sie daran, diesmal ist es kein Routinejob!“, schnaufte er noch zum Abschied und hielt ihr die Tür auf.

„Warum?“, fragte Leyla

„Ein Agent wurde reaktiviert und das bedeutet Alarmstufe Rot für meinen Klienten.

Und Sie wissen ja: Sollte etwas schieflaufen, dann kennen wir Sie hier nicht!“

„Natürlich, ich weiß Bescheid! Aber es wird nichts schieflaufen!“

Im Lift hielt Leyla den Umschlag fest an ihre Brust gedrückt und atmete tief durch. Eine Millionen Dollar als Extrabonus! Nie wieder arm! Damit kann ich mir endlich den Traum vom eigenen Haus am Meer erfüllen!, dachte sie verzückt und eine Welle des Glücks durchflutete sie, denn sie zweifelte keinen Augenblick daran, dass sie den Auftrag zur vollsten Zufriedenheit von Farruk und seines Klienten ausführen würde. Dass sie auch in heiklen Situationen nicht versagte, hatte sie in der Vergangenheit schon oft bewiesen.

In ihrem Büro setzte sich Leyla sofort an ihren penibel aufgeräumten Schreibtisch und öffnete gespannt den Umschlag. Farruk hatte recht gehabt, es waren die üblichen Unterlagen. Sie blätterte die Papiere durch, studierte die beigefügten Fotos, prägte sich markante Details der Auftragsbeschreibung ein und klappte schlussendlich das Flugticket auf. Als sie den Zielflughafen sah, lächelte Leyla und freute sich schon auf ihren Aufenthalt in Berlin.

Im Machmad-Viertel von Beirut hatte man die letzten Ruinen des Bürgerkriegs bereits durch moderne und zweckmäßige Hochhäuser ersetzt. In einem dieser gesichtslosen Wohnblöcke hatte auch Leyla ihr winziges Apartment, denn die Mieten in den relativ sicheren Stadtteilen von Beirut waren in den vergangenen Jahren explodiert.

Das Licht im Badezimmerspiegel leuchtete grell in ihr Gesicht und ließ die scharfe Falte zwischen ihren Augen stark hervortreten. Das lange, blauschwarze Haar, das sie tagsüber immer hochgesteckt hatte, hing ihr jetzt schwer über die Schultern und verdeckte auch noch einen Teil ihrer Brüste. Auf dem Bord unterhalb des Spiegels stand die Digitaluhr, die sie programmiert hatte, um rechtzeitig am Flughafen zu sein. Neben der Uhr lag auch eine große, metallisch glänzende Schere. Seufzend drehte Leyla eine dicke Strähne ihres blauschwarzen Haares in der Hand, dachte an den Extrabonus, griff dann entschlossen zur Schere und begann Strähne um Strähne abzuschneiden, bis sie ihr Haar gleichmäßig auf Kinnlänge gekürzt hatte. Eine halbe Stunde später hatte sie auch das Bleichmittel aus ihren Haaren gewaschen und setzte ihre Verwandlung weiter fort. Konzentriert griff sie dann nach einem kleinen Behälter und setzte sich vorsichtig die blauen Kontaktlinsen ein. Gerade als sie zufrieden ihr Spiegelbild betrachtete, hörte sie, wie sich die Eingangstür zu ihrem Apartment öffnete.

Verdammt!, schoss es ihr durch den Kopf. Ich habe völlig auf Thalberg vergessen!

„You dirty bitch!", hörte sie ihn auch schon wütend rufen und musste lächeln. Zum Abschied wird es noch einmal richtig gut!, dachte sie.

„Bin gleich so weit!", rief sie und konnte sich nicht von ihrem stark veränderten Spiegelbild losreißen – sie war eine gänzlich andere Frau geworden!

Währenddessen rumorte Thalberg im Wohnzimmer herum, wahrscheinlich auf der Suche nach einem Drink, dachte Leyla, und begann sich die Augen zu schminken. Während sie ihre Wimpern tuschte, fiel ihr die plötzliche Stille im Wohnzimmer auf. Sonst waren immer Thalbergs nervöse Schritte zu hören oder das Knallen der Küchentür, wenn er sich frisches Eis aus dem Gefrierschrank geholt hatte. Doch jetzt hörte sie nichts. Vielleicht wollte er nicht länger warten?, überlegte sie und war ein bisschen enttäuscht. Unruhig geworden, drehte sie sich um, trat aus dem Badezimmer, sah Thalberg an ihrem Esstisch stehen und versunken in ihrem deutschen Reisepass blättern, was sie zwar ein wenig wunderte, aber nicht weiter irritierte. Lautlos ließ sie ihren seidenen Morgenmantel zu Boden fallen und ging nackt und erwartungsvoll auf Thalberg zu.

„Wem gehört dieser Pass?“, fragte er mit einer messerscharfen Stimme, so als würde er als Ankläger vor Gericht stehen, und hielt den deutschen Reisepass in die Höhe, ohne Leyla jedoch anzusehen.

Trotz seiner imposanten Größe wirkte er plötzlich wie ein kleiner, spießiger Bürokrat und schlagartig verschwand alle Lust aus Leylas Körper. Ihre Haut fühlte sich kalt und leblos an, sie wollte nur noch weg. Jetzt sah Thalberg hoch und starrte sie überrascht an, verglich ihr Äußeres mit dem Foto in dem Reisepass.

„Was geht hier vor?“ Entgeistert stierte er wieder auf Leylas blonde Haare und schüttelte den Kopf. „Du hast dir eine neue Identität gekauft! Ich kann mir auch schon denken, warum!“

„Gib mir den Pass!“, unterbrach ihn Leyla, bückte sich und zog sich den seidenen Morgenmantel wieder über. Angeekelt trat sie einen Schritt auf ihn zu, streckte die Hand aus.

„Den Pass! Ich will sofort den Pass!“, zischte sie und musterte Thalberg von oben bis unten, sein nichtssagendes Gesicht und sein langer dürrer Körper waren ihr noch nie so negativ aufgefallen.

„Wozu braucht man eine neue Identität?“, hörte sie die selbstgefällige Stimme von Thalberg. „Eigentlich nur, wenn man kriminell ist und abhauen will!“

Siegessicher deutete er auf ihre gepackte Reisetasche, die mitten im Zimmer stand. „Ist das dein Gepäck?“

„Natürlich! Das brauche ich, wenn ich verreise!“, schrie Leyla außer sich vor Wut und versuchte, Thalberg den Pass aus der Hand zu reißen. „Es ist nicht so, wie du denkst! Es ist eine geheime Mission, mit der ich betraut bin, aber nichts Illegales! Gib mir jetzt endlich den Pass!“

„Du lügst!“ Thalberg schnaubte enttäuscht, schob sie rüde zur Seite und griff nach ihrer großen Hermes-Handtasche.

„Dann wollen wir doch einmal sehen, was wir sonst noch so alles finden!“, sagte er. „Ich habe ja auch den Reisepass in deiner Handtasche gefunden!“ Er drehte die Tasche einfach um und ließ alles auf den Tisch segeln: Kamm, Creme, Parfüm, Spiegel, Lippenstift, Portemonnaie, Sonnenbrille, Haarbänder, Taschentücher, Smartphone und natürlich auch Leylas Flugticket.

„Was machst du da!“, kreischte Leyla und versetzte ihm mit ihrem nackten Fuß einen Tritt gegen das Schienbein. In ihrem Kopf rotierten die Gedanken und sie wusste, dass sie jetzt eine Entscheidung treffen musste.

„Ein Flugticket nach Berlin?“, fragte Thalheim, doch dann erregte ein Zettel, auf den ihr Farruk das Nummernkonto und dem Namen „Barrows Bank“ geschrieben hatte, sein Interesse. Langsam blickte er hoch. „Jetzt verstehe ich erst richtig, was hier vorgeht“, murmelte er und starrte vom Reisepass auf die blonde Leyla, die ihn mit ihren blauen Kontaktlinsen hasserfüllt anfunkelte. „Die Barrows Bank ist auf den Cayman Islands und das ist ein Nummernkonto. Du hast Geld unterschlagen und willst dich absetzen. Stimmt's?“

Trotz der angespannten Situation musste Leyla laut auflachen: „Du bist verrückt!

Warum sollte ich Geld unterschlagen?“

„Du hast doch immer gesagt, dass du nie mehr arm sein willst“, antwortete Thalberg. „Deshalb hast du einen deiner Klienten um sein Vermögen erleichtert.“

Leyla seufzte tief und zog den seidenen Morgenmantel enger um ihre Schultern.

„Ich erkläre dir alles", sagte sie schließlich. „Ich ziehe mir nur schnell etwas anderes an." Sie ging zurück in das schmale, muffige Badezimmer, legte den seidenen Morgenmantel in eine Ecke, warf einen Blick auf die Digitaluhr, stellte fest, dass ihr nur noch wenig Zeit bis zum Check-in blieb, zog ein Paar alte Jeans und ein verwaschenes T-Shirt über, dachte an den Extrabonus und griff nach der Schere, die noch immer auf dem Bord über dem Waschbecken lag.

„Es ist nicht so, wie du denkst!", rief sie in das Wohnzimmer, das ihr plötzlich unendlich beengt und deprimierend erschien. Eine Million Dollar Extrabonus, doch dafür musste man auch etwas leisten, das wusste sie und sie war bereit, alles dafür zu geben!

„Was willst du jetzt machen?", fragte Leyla, als sie wieder in das Wohnzimmer trat.

„Ich behalte diesen Reisepass und die Nummern für das Konto auf den Cayman Islands. Du wirst ab jetzt machen, was ich will, hast du mich verstanden?" Thalberg straffte die Schultern und steckte Pass und Zettel mit der Kontonummer in seine Sakkotasche. „Jetzt wirst du mir richtig dienen, Leyla! Ich bin dein Herr und Gebieter und du meine Sklavin!" Immer mehr steigerte sich Thalberg in diese Vorstellung hinein. Der Schweiß tropfte von seiner Stirn und gierig leckte er sich über die Lippen.

„Fangen wir doch gleich damit an! Komm her zu mir und lecke mir die Schuhe ab!" Langsam, mit fließenden, fast raubtierhaften Bewegungen ging sie auf ihn zu. Der

Teppichboden unter ihren nackten Füßen fühlte sich kratzig und feucht an. Die beiden großen getönten Fenster ihres Apartments gaben den Blick auf einen Wohnblock gegenüber frei. Erst unendlich weit dahinter war das Mittelmeer, das so blau war wie ihre Kontaktlinsen.

Von den Regalen in der winzigen Kochnische blätterte die Farbe ab. Das Bad war sowieso eine Katastrophe, keine Badewanne und Schimmel in den Ecken. Mit dem Extrabonus musste sie diesen Anblick nicht länger ertragen.

„Du warst nie arm", flüsterte sie. „Du weißt nicht, wie das ist, im Müll nach Essen zu suchen! Du weißt nichts von meinem Leben!" Geschmeidig schlich sie weiter, hörte Thalberg von weit weg sprechen.

„Verschone mich mit deinem Gerede, Leyla! Du wirst jetzt tun, was ich dir befehle, oder soll ich mit deinem gefälschten Pass zur Polizei gehen?" Wie Schallwellen schwappten die Worte wirkungslos links und rechts an ihr vorüber, Leyla spürte plötzlich den Teppich nicht mehr, schien zu schweben, war hochkonzentriert.

„Warum willst du mich erpressen?" Die Worte kamen ihr leicht von den Lippen. Thalberg wurde zum Objekt wie der zerkratzte Tisch oder die altmodische Couch. Er war nur ein Hindernis zwischen ihr und dem Extrabonus. „Warum macht es dir Spaß, mich in den Schmutz zu treten?", fragte sie, obwohl ihr die Antwort im Grunde völlig gleichgültig war.

„Leyla, wenn du nicht sofort machst, was ich dir befehle, dann rufe ich die Polizei an und sage ihr, dass du Geld unterschlagen hast und mit dem gefälschten Pass flüchten willst! Ich bin Anwalt, mir wird man glauben", sagte Thalberg mit verkniffener Miene und zog sein Handy aus der Tasche.

„Ich soll also zu deiner Sklavin werden?", fragte sie und schlich immer näher an ihn heran. Thalberg nickte zerstreut, während er darauf wartete, dass die Verbindung zustande kam.

„Du bist meine Sklavin, die alles mit sich geschehen lässt!", bekräftigte er mit leuchtenden Augen und zog den Gürtel aus seiner Hose.

Die Schere, die Leyla hinter ihrem Rücken in der Hand hielt, gab ihr eine fast magische Kraft und der kühle Stahl zwischen ihren Fingern fühlte sich beinahe erotisch an.

„Ich werde nie eine Sklavin sein", stellte sie emotionslos fest und stach zu.

6

BERLIN – SICHERES HAUS IN DER KANTSTRASSE

Die Welt rund um David Stein war grau und konturlos, obwohl es Mitte Juli war und Berlin sich im strahlenden Sonnenschein von seiner schönsten Seite zeigte. Noch zwei Wochen zuvor hatte er als Hundeflüsterer ein ruhiges Leben auf Mallorca geführt und versucht, Erinnerungen an früher nicht hochkommen zu lassen. Doch mit dem Auftauchen von George Schneider auf Davids Finca war dieses Leben von dem grauen Alltag der Geheimdienste völlig absorbiert worden.

Vor zwei Wochen hatte ihn ein schweigsamer Agent der „Abteilung" vom Flughafen Berlin-Tegel abgeholt und ohne ein Wort zu wechseln waren sie dann Richtung Innenstadt gefahren. Irgendwann unterwegs an einer Ampel war dann auch Schneider zugestiegen.

„Es freut mich, dass wir uns so schnell wiedersehen, David", hatte Schneider gesagt und David kumpelhaft auf die Schulter geklopft. Mit keinem Wort hatte er Davids Weigerung angesprochen, schon damals auf der Finca musste er sich seiner Sache sehr sicher gewesen sein. Nach der Begrüßung hatte David vom Autofenster aus die schnell vorbeiziehende Skyline bewundert, die sich seit seinem Ausstieg rasant verändert hatte.

„Ist ja ziemlich viel gebaut worden in der Hauptstadt in den letzten Jahren", hatte er gesagt. „Die Stadt sieht jetzt ganz anders aus!" Schneider hatte nur nachsichtig gelächelt.

„Es hat sich überhaupt viel verändert, David", hatte er kryptisch gemurmelt, ohne näher darauf einzugehen.

„Unser Abteilungsleiter meint, ich soll dich während der Fahrt in die Stadt briefen, damit wir keine Zeit verlieren", hatte Schneider einfach weitergeredet.

„Ist mir recht! Wo fahren wir eigentlich hin?"

„Kantstraße!"

„Noch immer das alte Büro?" Schneider hatte genickt und David innerlich grinsen müssen. Seit seinem Ausstieg hatte sich nichts geändert. Das ganze Geld wurde wie immer in teure technische Spielereien gesteckt, aber aus Kostengründen war natürlich niemand auf die Idee gekommen, das Büro aus der Kantstraße, das vielen ausländischen Nachrichtendiensten nur allzu gut bekannt war, woandershin zu verlegen.

„Auch noch immer dieselbe Tiefgarage?"

„Was denkst du denn. Glaubst du, bei uns ist der plötzliche Reichtum ausgebrochen?" Mit einer kurzen Handbewegung hatte Schneider weitere Fragen abgewürgt und David in knappen Worten über den Auftrag informiert. Als Schneider auf die überarbeitete Biografie zu sprechen gekommen war, hatte ihn David wütend unterbrochen.

„Ich soll als Hundeflüsterer David Stein den Hund trainieren?" Fassungslos hatte er den Kopf geschüttelt und mit einem Mal war ihm der Flug von Mallorca hierher und die ganze Fahrt vom Flughafen bis in die Stadt wie eine Reise in das Herz der Finsternis erschienen, wo entlang des Weges nur Unglück und Tod wüteten und am Ende keine Erlösung wartete, sondern die Hölle.

„Wie stellt ihr euch das vor? Das ist meine neue Identität, mit der ich mir mein Leben aufgebaut habe! Ich heiße David Stein und bin ein echter Hundeflüsterer!“ Nur mühsam hatte er sich zurückhalten können, um nicht einfach an einer roten Ampel aus dem Auto zu springen und für immer zu verschwinden. „Schmidt, der Abteilungsleiter, hat mir damals zugesichert, dass meine neue Identität nicht angetastet wird!“

„Worüber regst du dich auf, David Stein! Früher warst du Tom Nowak, der eiskalte Agent, jetzt bist du der sensible Hundeflüsterer David Stein!“ Aus George Schneider war in den vergangenen zwei Jahren ein Zyniker geworden, das wurde David auf der Fahrt in die Stadt richtig bewusst.

„Ich will mit Schmidt reden!“ Wäre es nicht um Jane gegangen, dann wäre er aus dem Projekt ausgestiegen, das Ganze stand unter keinem guten Stern, das konnte er fühlen.

„Schmidt?“, amüsiert hatte Schneider mit den Achseln gezuckt. „Schmidt ist schon lange nicht mehr in der ‚Abteilung‘. Er hat Selbstmord begangen. Er war zu emotionell, ihm ging alles so nahe!“ Verächtlich hatte Schneider die Mundwinkel nach unten gezogen, zeigte das typische Verhalten zynischer Agenten, die jede emotionelle Regung als ein Zeichen von Schwäche abtaten. „Das musst du mit seinem Nachfolger klären, ich bin dafür nicht zuständig.“

„Wer ist sein Nachfolger?“, hatte David gefragt und sich über seine Naivität geärgert. Er hätte wissen müssen, dass die „Abteilung“ schon lange ihr Spinnennetz nach ihm ausgeworfen hatte und es nur auf den richtigen Köder angekommen war, damit sich David hilflos darin verstrickte.

„Sein Nachfolger ist Marius Müller!“ Wie immer war Schneiders Antwort sehr kurz ausgefallen und David hatte genervt nachgehakt.

„Wer ist dieser Müller? War zu meiner aktiven Zeit noch nicht dabei!" Je näher sie der Innenstadt gekommen waren, desto vertrauter wurde David die Umgebung. Hier waren Jane und er oft entlangspaziert, dort hatten sie häufig zu Abend gegessen. Doch bevor er sich gänzlich in seinen schmerzlichen Erinnerungen verloren hatte, hatte er weitergeredet: „Also, was kannst du mir über Müller sagen? Ich will wissen, mit wem ich es bei diesem Auftrag zu tun habe!"

„Müller kommt aus dem inneren Kreis des Nachrichtendienstes. War einige Zeit in Moskau tätig, spricht daher ganz gut Russisch. Ich habe mit ihm eine Operation im Baltikum durchgeführt." Während er geantwortet hatte, hatte Schneider den Kopf zum Fenster gedreht und als David ihm einen Blick über die Schulter zugeworfen hatte, schien Schneiders roter Haarschopf im Sonnenlicht zu glühen.

„Was für ein Projekt?"

„Eine Gang aus Litauen hat sich in der russischen Enklave Kaliningrad mit Schusswaffen versorgt. Eigentlich keine große Sache und eindeutig nichts für die

‚Abteilung'. Es war allerdings eine Flugabwehrrakete mit Abschussvorrichtung dabei. Die Kerle wollten damit die deutsche Lufthansa erpressen." Ruckartig hatte sich Schneider zu David vorgebeugt und bewundernd weitergeredet.

„Also, Müller hat herausgefunden, dass der Kopf der Bande auch ein Amateur-DJ ist." Schneider war noch immer ganz fasziniert von dem Projekt gewesen. „Müller hat im Labor eine CD mit hochwirksamem Sprengstoff beschichten lassen. Durch den Kontakt mit dem Laser auf dem Mischpult ist die CD explodiert und der Kerl ist einfach in die Luft geflogen. Den Rest haben dann wir erledigt."

„Das nenne ich Glück!" Auch David war von der kreativen Idee beeindruckt gewesen.

„Nein, David, kein Glück. Müller hat die Story lanciert, dass es sich um den Remix einer russischen DJane handelt, der nie auf CD oder als Download erschienen ist, und da war der Kerl ganz heiß darauf. Es war nämlich seine Lieblings DJane."

„Müller scheint ja ein echter Musikfreak zu sein."

„Nicht nur das! Er legt auch selbst regelmäßig in der Panorama Bar im Berghain auf. Tech-House von der minimalistischen Sorte."

Als sie die Tiefgarage verlassen hatten, mussten sie die Kantstraße ein Stück entlanggehen, bis zu einem Haus mit abblätternder Fassade. Schneider hatte einen Code in ein unauffälliges Display getippt, eine Kamera, die seitlich an einer Balustrade befestigt war, hatte sich in ihre Richtung gedreht und ein kleines rotes Licht mehrmals aufgeblinkt. Als sie das verkratzte Tor geöffnet hatten, kam ihnen ein Schwall feuchtkalter Luft entgegen und David hatte für einen kurzen Augenblick das Gefühl, als würde er von einem grauen Nebel verschluckt und in das Haus gezogen. In den zwei vergangenen Wochen hatte er sich aber an das düstere Treppenhaus gewöhnt. Da der Abteilungsleiter Marius Müller bisher noch nicht aufgetaucht war, übernahm Schneider als Führungsoffizier in der Zwischenzeit die Aufgabe, David mit

allen Details der Operation vertraut zu machen.

„Traditionell verbringt Gurbanguly den gesamten August in seiner Villa bei Saint- Tropez." Schneider ließ die dazugehörigen Fotos von einem der Agenten auf einen riesigen Flatscreen im Besprechungsraum hochfahren. „Unser Hauptproblem ist, dass Gurbanguly äußerst misstrauisch ist und keine fremden Menschen in seiner näheren Umgebung duldet. Die Ausnahme sind seine Hundetrainer, die mit dem Training aber bisher komplett versagt haben. Unsere Operation muss unbedingt im August durchgeführt werden. Alles hängt jetzt von deinen kreativen Fähigkeiten ab, David. Dieser Mann ist eine

Bedrohung für unser Land und die westliche Welt. Er muss diskret von der Bildfläche verschwinden."

Einer der drei Agenten, die Informationen beschafften, lud ein Foto hoch: Gurbanguly mit schwarzem Schnurrbart in seiner schwarzen Uniform mit den schweren Goldknöpfen. Auf David wirkte er zumindest auf dem Foto dominant und furchteinflößend. Leider konnte er die Augen nicht sehen, denn Gurbanguly trug eine dunkle Sonnenbrille.

„Wie heißt sein Hund und gibt es ein Foto von ihm?", fragte David.

„Der Hund heißt Ali Baba. Es ist ein ... Moment!" Schneider blätterte in seinen Unterlagen. „Es ist ein Saluki, ein arabischer Windhund." Er hob die Hand, um Davids Frage abzuwürgen. „Nein, wir haben kein Foto von dem Hund, aber natürlich von einem anderen Saluki. Sehen ja sowieso alle gleich aus!"

„Kein Hund sieht wie der andere aus, Schneider. Mein Geheimnis als Hundeflüsterer ist, dass ich eine mentale Verbindung zu ihnen aufbauen kann. Ich lasse mich ohne Hintergedanken auf die Hunde ein, Schneider. Hunde lügen nicht, im Gegensatz zu uns Menschen!"

„Verschone mich mit deiner Tierpsychologie, David!" Schneider zog angeekelt die Oberlippe hoch, riss sich dann aber zusammen und lächelte freundlich. „Machen wir weiter", entschied er und klatschte in die Hände. „Was macht das Mentaltraining mit dem Hund draußen am Wannsee?"

Inzwischen trainierte David den Weimaraner Rüden eines bekannten TV- Produzenten – ein Job, den er Schneider zu verdanken hatte. Die Aufgabe war reizvoll und zugleich fordernd, besonders weil David mit seinen Gedanken immer woanders war und nicht bei dem Rüden, der vor ihm in der Wiese saß und ihn mit seinen grünen Augen fixierte. Es ist alles eine Lüge, schienen diese grünen Augen zu sagen. Du lügst, du bist kein Hundeflüsterer! Wie recht du doch hast, dachte David und setzte sich dem Weimaraner gegenüber auf den millimeterkurz geschnittenen Rasen und hielt seinem Blick stand. Ich bin Agent, weil ich noch eine offene Rechnung zu begleichen habe! Deshalb sage ich dir jetzt auch die Wahrheit und lüge nicht! Mit einem leisen Seufzer legte sich der Weimaraner flach auf den Boden und war mit Davids Erklärung zufrieden.

David schob die Erinnerung an das Training beiseite und konzentrierte er sich wieder auf Schneiders Briefing.

„Der Geheimdienst von Dakistan wird dich natürlich durchleuchten, David", sagte Schneider und schälte eine weiche, braunfleckige Banane, die einen intensiven Duft nach Verwesung verströmte. „Mit dem Hundetraining für den TV-Produzenten hast du einen triftigen Grund für deinen Aufenthalt in Berlin und in einigen Tagen ist ja hier auch die große Hundeausstellung, ehe du nach Saint-Tropez abreist."

„Die Operation muss also während des Sommeraufenthalts von Gurbanguly in Saint-Tropez über die Bühne gehen?", fragte David. „Das bedeutet, dass ich nur einen Monat Zeit habe, den Saluki zu trainieren?"

„Genauso ist es. Das Rennen in Katar ist in der ersten Septemberwoche. Kurz vor dem Ramadan, dem Fastenmonat."

„Ist es da nicht viel zu heiß in den Golfstaaten?" David schüttelte ungläubig den Kopf. „Wenn ein Hund diese Hitze nicht gewöhnt ist, kollabiert er doch bei der geringsten körperlichen Anstrengung."

„Es ist aber nun einmal so, David. Der Emir von Katar will natürlich auch mit allen Mitteln das Rennen gewinnen und seine Hunde sind die Hitze gewöhnt."

Viele Fragen gingen David noch durch den Kopf, aber das hatte Zeit, bis er weitere Details über die Operation „Hundeflüsterer" erfahren hatte.

„Bis jetzt hat sich aber noch niemand bei mir gemeldet“, warf David schließlich noch ein.

Vielleicht war die ganze Operation auch nur eine wahnhafte Idee, um die Existenz der „Abteilung“ zu rechtfertigen, einer grauen Wolke, die offiziell innerhalb des Auslandsgeheimdienstes tätig war und doch sehr oft außerhalb staatlicher Rechtsgrundsätze operierte.

Schneider lächelte wissend, während er ein Stück von seiner weichen Banane abbiss.

„Der Adjutant von Gurbanguly wird sich per E-Mail bei dir melden, da bin ich sicher!“

„Was macht dich eigentlich so sicher, dass ausgerechnet ich als Hundeflüsterer kontaktiert werde?“, fragte David, der der Operation zunehmend skeptischer gegenüberstand.

„Ganz einfach“, antwortete Schneider und verschlang den Rest seiner Banane.

„Du hast einen russischen Oligarchen als Referenz und das reicht.“

Schneider leckte sich die Finger und griff dann nach einer Zeitschrift, die ihm einer der Agenten reichte.

„Hier, dieses Foto!“ Er deutete auf ein Bild von David vor einer riesigen Datscha. David konnte sich nicht erinnern, jemals dort gewesen zu sein. „Die Datscha gehört dem russischen Oligarchen Oblomow. Du hast im heurigen Frühjahr seine russischen Windhunde Rasputin und Dostojewski trainiert.“ Schneider schnippte mit den Fingern und einer der anwesenden Agenten langte in eine abgegriffene Aktentasche und holte einen ziemlich gebrauchten deutschen Pass hervor. „Kann anhand der Stempel natürlich überprüft werden“, sagte er.

„Was ist, wenn Gurbanguly diesen Oblomow einfach anruft?“, fragte David und runzelte die Stirn.

„Ist schon passiert! Ein Artikel über Oblomows Hunde und deine Arbeit für ihn stand in der letzten Ausgabe von Billionaire, dem Magazin für Superreiche. Der Sekretär von Gurbanguly hat sofort mit Oblomow Kontakt aufgenommen, wir haben aber die Leitung angezapft und Müller war mit seinen Russischkenntnissen als Privatsekretär von Oblomow dazwischengeschaltet."

„War das deine Idee, Schneider? Ziemlich clever, Gurbanguly den Ball hinüberzuwerfen!" David war von Schneiders strategischem Denken beeindruckt.

„Ja, ist mir ganz gut gelungen." Schneider lächelte geschmeichelt und das Briefing ging weiter. Plötzlich wurde es ganz still, als auf Davids Laptop eine E-Mail eintrudelte, die sofort auf den Flatscreen projiziert wurde.

„Der Große Präsident von Dakistan, der ‚Hüter des Feuers von Zoroaster' Gurbanguly Türkmenbasy, gestattet in seiner Gnade dem Hundeflüsterer David Stein den Saluki Ali Baba für das Rennen in Katar zu trainieren."

Die Mail war in einem äußerst umständlichen Englisch verfasst, aber die Botschaft klar und eindeutig. Es folgten eine Mailadresse und der Name des Botschafters, mit dem sich David sofort in Verbindung zu setzen hatte.

„Jetzt geht es los, David!" Mit vor Aufregung fiebrig glänzenden Augen klopfte Schneider David auf die Schulter. „Das muss gefeiert werden. Gehen wir noch in die Paris Bar einen heben!"

7

BERLIN – INTERNETCAFÉ IN DER ORANIENSTRASSE

Die Studentin Ruth Mayer saß vor einem großen verschmierten Computer-Bildschirm und googelte durch diverse Beschreibungen von Saint-Tropez, denn sie spielte mit der Idee, die Sommerferien an der Côte d'Azur zu verbringen. Gedankenverloren kaute sie die Spitzen ihrer kinnlangen Haare, die sie zu einem Bob frisiert hatte, und bemühte sich, die anzüglichen Blicke des langhaarigen Mannes zu ignorieren, neben den sie sich an einen freien Computer gesetzt hatte.

Sie bereute es, das geblümte dünne Kleidchen ohne BH angezogen zu haben, aber jetzt war es zu spät. Unruhig kratzte sie mit ihren abgewetzten Sandaletten über den Boden, stieß an ihren schwarzen Nylonrucksack, der an dem Tischbein lehnte und den ein großer bunter Greenpeace-Aufkleber schmückte. In dem Internetcafé war es drückend schwül und Ruth spürte, wie ihr der Schweiß die Achseln hinunterlief, aber sie wollte nicht die Arme heben und sich Luft zufächeln, um ihrem Nachbarn nicht noch mehr Einblicke zu gönnen.

Einige Stunden zuvor hatte sie in einer der wenigen noch intakten Telefonzellen am Bahnhof Zoo einen Anruf erhalten. Das Gespräch war relativ kurz gewesen, aber die Informationen, die sie erhalten hatte, waren überaus wichtig, besonders der Hinweis, dass sie jetzt aktiv werden musste. Mit der U-Bahn war sie zunächst kreuz und quer durch die Stadt gefahren, um die Besorgungen zu erledigen, die man ihr aufgetragen hatte. Dann war sie in der brütenden Hitze zu Fuß bis zu dem Internetcafé in der Oranienstraße gelaufen, das sie öfters für Recherchen benutzte. Vor dem Eingang war ihr der Aufkleber auf einem schwarzen Bike aufgefallen und sofort hatte sie einen kreativen Einfall gehabt.

Mit ihrem fotografischen Gedächtnis prägte sich Ruth neben den billigen Pensionen auch alle wichtigen Clubs und Hotspots von Saint-Tropez ein, rief dann eine Website mit den europäischen Zugverbindungen auf. Auch hier machte sie sich keine Notizen, sondern merkte sich die für sie in Frage kommenden Abfahrtszeiten auswendig. Als sie einen passenden Zug herausgefunden hatte, reservierte sie einen Türplatz in der zweiten Klasse und klickte die Aufforderung, ein Online-Ticket zu kaufen weg, sie wollte lieber knapp vor der Abfahrt am Schalter bar bezahlen.

Anschließend surfte sie planlos durch verschiedene Seiten und Plattformen, vergewisserte sich durch einen unauffälligen Seitenblick, dass ihr aufdringlicher Nebenmann mit einer Recherche beschäftigt war und sie nicht mehr beachtete. Jetzt loggte sie sich schnell mit ihrem Nickname in eine Beiruter Onlinezeitung ein und scrollte durch die archivierten Beiträge der vergangenen beiden Wochen. Bald wurde sie fündig und holte sich drei Artikel auf den Bildschirm. Der erste berichtete vom mysteriösen Verschwinden des deutschen Rechtsanwalts Robert Thalberg, der nächste brachte die mehr als hilflose Theorie des Beiruter Polizeichefs über den Fall und der letzte Artikel war nur mehr eine fünfzeilige Meldung, in der stand, dass man die Leiche des vermissten deutschen Rechtsanwalts Thalberg auf einer Müllkippe im Hamas-Gebiet am südlichen Stadtrand von

Beirut gefunden hätte. Die näheren Umstände würden in enger Zusammenarbeit mit der deutschen Botschaft noch untersucht, aber ein in die Haut des Opfers geritztes Tattoo ließ Rückschlüsse auf eine radikal fundamentalistische Gruppierung zu, die in der Vergangenheit schon öfters Europäer entführt und getötet hatte.

Mit einem zufriedenen Lächeln auf den Lippen klickte Ruth das Fenster weg, strich sich über ihre Nase, trank noch den letzten Schluck lauwarmes Mineral aus der PET-Flasche, wischte mit dem Saum ihres Kleides unauffällig über die Maus und die Computertastatur, schnappte sich ihren Rucksack und verließ mit einem aufreizenden Hüftschwung das Internetcafé, ohne sich umzudrehen.

Draußen war es noch schwüler als im Café, die Luft flimmerte in der grellen Sonne und über den Häusern waren am Horizont schon dunkle, sich rasch auftürmende Wolken eines nahenden Gewitters zu erkennen. Unschlüssig stand Ruth vor dem Inernetcafé, studierte die Poster, die ihr gänzlich unbekannte Bands ankündigten, und bewunderte das schwarze Karbonbike mit dem Aufkleber eines Kurierdienstes, das mit einem schweren Stahlschloss an einen Laternenmast gekettet war.

„Na, gefällt dir mein Bike? Willst du vielleicht mal eine Runde damit drehen?“ Plötzlich stand der Typ aus dem Internetcafé vor ihr und legte seine Hand auf den schwarzen Brooks-Sattel seines Bikes. Hier draußen im hellen Tageslicht sah er älter aus, seine langen, zu einem Zopf gebundenen Haare waren schon mit einigen grauen Strähnen durchzogen und er war sehr dünn und drahtig.

„Warum nicht!“ Ruth legte den Kopf schief, kniff die Augen zusammen und betrachtete den Mann ungeniert von oben bis unten. „Und was machst du, wenn ich nicht mehr zurückkomme?“

„Eine exotische Blondine wie dich finde ich immer“, antwortete er schlagfertig und Ruth lachte laut auf. Die Atmosphäre war elektrisch aufgeladen, die Luft drückend schwül und Windböen kündigten ein baldiges Gewitter an.

„Was machst du beruflich, wenn du dir so ein teures Bike leisten kannst?“ Ruth beschattete mit ihrer flachen Hand ihre Augen, um den Mann besser sehen zu können.

„Ich bin Fahrradkurier. Das Bike ist sozusagen mein Arbeitsgerät“, antwortete der Mann und strich sich eine Haarsträhne aus dem Gesicht.

„Deshalb hast du so einen durchtrainierten Körper.“ Anerkennend verzog Ruth das Gesicht zu einer Grimasse. „Sicher hast du auch eine hautenge Uniform und eine Kuriertasche.“

„Ist zwar von der Firma, sieht aber echt geil aus.“ Beide sahen sich sekundenlang tief in die Augen. „Soll ich sie dir zeigen?“, fragte er dann mit rauer Stimme.

„Warum eigentlich nicht!“

„Ich wohne nicht weit von hier“, sagte der Mann, als sie gemeinsam auf dem Bike die Straße entlangfuhren.

„Da müssen wir hinein.“ Er deutete auf ein großes geöffnetes Tor, das in ein halb zerfallenes Mietshaus führte.

„Sieht ja nicht sehr einladend aus“, kommentierte Ruth den Anblick der abblätternden Fassade und der im Erdgeschoss mit Brettern vernagelten Schaufenster. Der Hinterhof, in dem sie nach der Einfahrt standen, war zu einer Müllhalde umfunktioniert worden und es schien, als würden die Bewohner der umliegenden Häuser ihren Müll einfach hier abladen. Der ganze Hof stank widerlich nach verfaulten Abfällen und Ruth hatte plötzlich das Gefühl, gleich kotzen zu müssen. Natürlich bemerkte der Mann Ruths Ekel und verteidigte sich lautstark.

„Das sind die verdammten Grundstücksspekulanten. In der Nacht kommen sie mit Lastwagen hierher und laden den Müll ab.

Damit wir hart arbeitende Berliner endlich ausziehen und sich die verdammten Yuppies aus der Provinz in den renovierten Wohnungen breitmachen können!“

„Ja, diese bösen Spekulanten“, stimmte ihm Ruth zu und interessierte sich in Wahrheit kein bisschen dafür. Sie gingen zu einem schmalen Durchgang und landeten in einem weiteren Hinterhof, der nicht viel besser aussah als der erste. In diesem Hinterhof öffnete der Kurierfahrer eine windschiefe Tür und sie stiegen langsam ein dunkles Treppenhaus nach oben, in dem alle Fenster mit Brettern verrammelt waren und die Stromkabel ohne Glühbirnen aus zerschlagenen Fassungen einfach wirr von der Decke hingen. Der Mann trug sein schwarzes Karbonrad auf der Schulter und wollte auch Ruths Nylonrucksack nehmen, doch sie schüttelte den Kopf und ging einfach schweigend hinterher.

„Da ist es!“, sagte er keuchend und wies mit seinem Arm auf eine massive Stahltür, die in dem verrotteten Treppenhaus das einzig neue Teil war. Er klimperte mit einem großen Schlüsselbund und öffnete die Tür. Drinnen war es vollkommen dunkel und Ruth konnte nicht das Geringste erkennen. Wachsam blieb sie bei der Tür stehen, während der Mann an ihr vorbei in das Dunkel huschte.

„Was ist das hier? Eine Dunkelkammer? Wenn das so ist, dann gehe ich lieber!“, rief Ruth in das Dunkel und tastete nach ihrem Rucksack. In diesem Moment entflammte weit hinten ein Streichholz und eine Kerze wurde angezündet. Das sanfte Licht erhellte den großen Raum nur notdürftig, aber Ruth erkannte die beeindruckenden Dimensionen des Raums. Auch hier waren die Fenster so dicht mit Brettern vernagelt, dass kein Sonnenstrahl seinen Weg durch die Ritzen fand.

Der Mann rutschte auf den Knien über einen knarrenden Parkettboden und entzündete weitere Kerzen, deren flackerndes Licht den mit zusammengewürfelten Sperrmüllmöbeln ausgestatteten Raum optisch beinahe in einen Ballsaal verwandelte.

„Das ist mein Atelier!", rief er stolz und wies mit den Armen auf die fleckigen Wände, von denen die Tapeten halb abgerissen waren. „Das Kurierfahren mit dem Bike mache ich nur, um über die Runden zu kommen, bis ich endlich berühmt bin!"

Ruth fand das armselige Atelier widerlich, so wie sie Armut überhaupt entsetzlich fand, sie jedenfalls wollte nie so tief sinken wie dieser sogenannte Künstler. Verständnislos sah sie hunderte von postkartengroßen Zeichnungen, die über die Wände verteilt über die zerfetzten Tapeten auf den feuchten Verputz gepinnt waren.

„Du bist also Künstler", sagte Ruth, schluckte ihre Abscheu hinunter und kam näher. „Kommen viele Mädchen hierher?", fragte sie und ging neugierig auf das Bett zu, das hinter einem wackeligen, mit Zeitungspapier beklebten Paravent stand und aus der Zeit gefallen zu sein schien. Es hatte hohe Beine und mottenzerfressene Vorhänge aus blutrotem Samt. Ruth blieb vor dem Bett stehen und starrte es lange an. So ein Bett hatte sie schon einmal gesehen, als kleines Mädchen in einem zerbombten Haus in der Bekaa-Ebene, aber damals lagen ein Mann und eine Frau blutüberströmt auf der Matratze und die Vorhänge wehten träge im Wind.

„Hast du etwas zu trinken?", rief sie, räusperte sich und ließ die Erinnerung verschwinden.

Gerade als der Mann antworten wollte, zerriss ein mächtiger Donner die Stille und das ganze Haus schien zu zittern. Doch noch immer regnete es nicht. Obwohl der Raum hoch war, war es drückend schwül. Ruth kickte sich ihre Sandaletten von den Füßen und ging barfuß weiter durch das Atelier, dachte nach, zog sich das dünne geblümte Kleid über den Kopf und warf es auf das schwarze

Fahrrad, das der Mann an die Wand gelehnt hatte. Nur mit einem Slip bekleidet, nippte sie an dem Drink, den ihr der Mann reichte, bevor er sich auf das Bett setzte. Es war türkischer Raki mit einem sehr intensiven Nachgeschmack. Ruth hatte davon schon öfters probiert. Langsam ging sie mit ihrem Drink auf den Mann zu.

„Zieh dich aus!", sagte sie mit einer samtweichen Stimme und ließ gekonnt ihren Slip nach unten gleiten. Dann legten sich beide schweigend in das Bett, das Ruth plötzlich nur noch an den sinnlosen Tod und vor allem an entsetzliche Armut erinnerte, und der Mann wollte gleich zur Sache kommen.

„Nicht so hektisch", flüsterte Ruth. „Warte, ich habe eine Überraschung für uns." Sie rollte sich vom Bett und holte eine dünne Lederschnur aus ihrem Rucksack.

„Ich schlinge dir die Schnur um den Hals und ziehe fest zusammen, kurz bevor wir kommen! Das magst du doch, oder?"

Natürlich bemerkte sie seinen Blick, der zwischen ängstlich und geil hin und herpendelte, doch dann nickte er zustimmend. Männer sind doch so einfach zu durchschauen, dachte Ruth, setzte sich auf den Mann und fesselte seine Arme mit bunten Tüchern an das Bettgestell.

Ehe der Mann realisierte, was geschah, sprang Ruth von seinem Bauch, huschte durch die mottenzerfressenen Vorhänge blitzschnell zum Kopfteil des Bettes und zog die Lederschnur so fest zusammen, dass der Mann mit seinen Beinen panisch um sich schlug und nur noch krächzende Geräusche von sich gab. Doch irgendwie gelang es ihm, eine Hand freizubekommen und Ruth musste ihm einen kräftigen Faustschlag mitten ins Gesicht verpassen, um seinen Widerstand zu brechen. Der laute Donner verschluckte das Gebrüll des Mannes, der nicht sterben wollte. Jetzt konnte sie aber die Lederschnur nicht mehr so fest zusammenziehen wie zuvor und der Mann schnappte wieder hektisch nach Luft. Mit seiner freien Hand versuchte er Ruth zu erwischen, konnte sich aber nicht umdrehen, da ihn die Lederschnur um den Hals fest auf das Bett drückte. Doch er wollte sich nicht in sein Schicksal fügen und deshalb musste Ruth ihm wieder die Faust in sein Gesicht rammen, so wie sie es gelernt hatte. Schlag auf Schlag, bis seine Nase mit einem lauten Knirschen einknickte, zu einem blutigen Brei wurde. Trotzdem versuchte er in Todesangst, sich die Schnur mit der Hand vom Hals zu reißen. Als die nächsten Donnerschläge das Gebäude erzittern ließen, heulte Ruth vor Wut auf wie ein Wolf und zog das Lederband mit beiden Händen enger, so lange, bis der Mann nur noch hektisch mit den Beinen und seinem freien Arm zappelte und dann jäh erschlaffte.

Keuchend sank sie auf den Boden, hörte über sich den Regen auf das Dach prasseln, der sofort überall durch die Decke tropfte und bereits große Pfützen auf dem Parkett gebildet hatte. Nachdem sie sich vergewissert hatte, dass der Mann tatsächlich tot war, wusch sie sich das Blut von ihrer Hand, ging nackt zum Schrank und holte die schwarze Kurieruniform und die große Tasche mit dem Logo des Kurierdienstes hervor. Dann streifte sie sich das dünne Blumenkleid über ihren durchtrainierten Körper, zog den Slip an, schlüpfte in ihre Sandaletten, packte die Uniform in die Kuriertasche, nahm Tasche und Rucksack über die Schulter und setzte sich auf das schwarze Karbonbike.

Ohne auch nur einen Augenblick zu zögern, holperte sie auf dem Bike die Treppe in dem düsteren Treppenhaus nach unten. Anschließend fuhr sie von heftigen Donnerschlägen begleitet durch den mit Müll übersäten Innenhof, schoss mit ihrem Bike durch die dunkle Einfahrt und raste im strömenden Regen, der Blut, Tod und Armut von ihrer Haut wusch, durch die Straßen der Stadt. Die überall über den schwarzen Himmel zuckenden Blitze wiesen ihr den Weg durch die Nacht.

Dabei dachte sie an den Extrabonus von einer Million Dollar für die Saint-Tropez- Mission und freute sich schon darauf, sich von Ruth Mayer endlich wieder in Leyla Khan zu verwandeln.

8

BERLIN – SICHERES HAUS IN DER KANTSTRASSE

Später würde David Stein die Fragmente seiner Erinnerung wieder Stück für Stück zusammensetzen und konzentriert versuchen, sich die schwarz gekleidete Person auf dem Fahrrad, mit der er auf dem Gehsteig in der Nähe des sicheren Hauses in der Kantstraße beinahe zusammengestoßen war, als konkretes Bild vorzustellen.

Nach dem nächtlichen Gewitter war die Luft am nächsten Morgen gereinigt und unglaublich frisch. David stand vor der Tür der Pension, in der er wohnte, und wartete auf ein Taxi, das ihn zur Hundeausstellung im Messezentrum bringen sollte. Dort angekommen, löste David ein Ticket und tauchte in der Masse der Besucher unter. Eine junge Frau mit knallroten Sneakern fotografierte gerade einen elegant getrimmten Königspudel, als David mit einem Programm und einer Flasche Mineralwasser in der Hand bei ihr vorbeischlenderte. In einer wenig frequentierten Ecke der ersten Halle zog er das Smartphone, das Schneider für ihn auf der Finca zurückgelassen hatte, aus seinen Jeans und rief den Lageplan des Messezentrums auf, den man ihm kurz zuvor geschickt hatte. Nach einigem Suchen fand er die Messekantine und den unversperrten

Notausgang in die wenig frequentierte Seitenstraße, wo George Schneider in dem diskreten Mittelklassewagen schon auf ihn wartete.

„Hast du das Ticket und das Programm dabei?", fragte Schneider anstelle einer Begrüßung.

„Ich bin kein Anfänger!", antwortete David sarkastisch und stellte überrascht fest, dass er sich in der kurzen Zeit, die er wieder in der „Abteilung" war, die zynische Sprechweise der Agenten erneut angewöhnt hatte.

„Heute ist das Finetuning an der Reihe!" Schneider setzte den Blinker und fädelte sich in den langsam dahinfließenden Verkehr ein. „In zwei Tagen fliegst du von Berlin- Tegel nach Nizza. Dort holt dich der Botschafter von Dakistan ab und du erfährst weitere Details."

„Wieso bist du so gut informiert?", wunderte sich David.

„Du hast heute eine Mail mit den Anweisungen bekommen." Mit dem Handrücken wischte sich Schneider die Krümel seines Frühstücks von den Lippen. „Das Honorar ist auch nicht von schlechten Eltern!"

„Die schreiben einen Betrag in eine Mail?" David runzelte die Stirn. „Das ist aber sehr ungewöhnlich."

„Der Botschafter hat das nicht direkt geschrieben." Schneider leckte sich über die Lippen. „Es wurde nur angedeutet, dass man über einen flexiblen Budgetrahmen verfügt."

Schneller als erwartet, erreichten sie die Tiefgarage in der Kantstraße, wo sie den Wagen auf ihrem gewohnten Platz parkten. Als sie hinaus auf den Gehsteig traten, blieb David kurz stehen und atmete die klare Luft tief ein.

„War ein reinigendes Gewitter, gestern Nacht", sagte er und Schneider nickte zustimmend. Schweigend gingen sie die Kantstraße entlang, plötzlich kam ihnen ein schwarz gekleideter Radfahrer mit einem Höllentempo entgegen und David konnte nur mit einem Sprung auf die Fahrbahn einem Zusammenstoß ausweichen.

„Diese verdammten Radfahrer. Passen einfach nicht auf!", fluchte er.

„Daran musst du dich hier gewöhnen, David! In Berlin ist Radfahren derzeit total in."

Wie immer tippten sie am Tor den Code ein und zufällig sah David nach oben zur Überwachungskamera, die in der Morgensonne merkwürdig schwarz aussah und nicht wie sonst blinkte.

„Schneider, die Kamera ist defekt!" David stieß seinen Kollegen mit dem Ellbogen an und deute nach oben. „Da stimmt doch etwas nicht!"

„Lass gut sein, David!" Schneider kniff die Augen zusammen und betrachtete jetzt ebenfalls die Kamera. „Waren wohl einige übermütige Jugendliche", entschied er, zuckte gleichgültig mit den Schultern und stieß mit dem Fuß das Tor auf.

Unwillkürlich verschränkte David die Hände vor der Brust, als ihm ein ungewohnter Geruch entgegenschlug.

„Riechst du das, Schneider?" Witternd, wie ein Hund, streckte David seine Nase in die Luft und hielt Schneider zurück. „Es riecht nach Rauch!"

„Stopp, David!" Schneider verdrehte die Augen. „Ich weiß ja, dass du seit Janes Tod zum militanten Nichtraucher geworden bist, aber ..."

„Das meine ich nicht!" Wut verstellt den Blick auf das Wesentliche, dachte David. Er hatte seine Tai-Chi-Lektion gelernt, deshalb ließ er sich auch durch Schneiders Bemerkung nicht aus der Fassung bringen. „Es riecht nach Rauch!"

Schneider stutzte kurz, schlug dann sein Sakko zurück und deutete wortlos auf das Holster an seinem Gürtel, in dem eine handliche Walther PPK steckte. Die kumpelhafte Attitüde, die er zuvor an den Tag gelegt hatte, war schlagartig von ihm abgefallen, seine dünnen roten Haare sträubten sich kampflustig und sein schlaksiger Körper spannte sich.

„Du hast recht, hier riecht es nach Rauch“, flüsterte Schneider, zog seine Pistole und beide schlichen vorsichtig die Treppe nach oben. Als sie die Tür zur sicheren Wohnung aufstießen, schlug ihnen etwas Rauch entgegen. Die Wohnung bestand aus drei Räumen sowie einer Küche und einem Badezimmer. Aus dem ehemaligen Salon, der ihnen als Besprechungsraum gedient hatte, kam mehr Rauch. Als David die Flügeltüren mit einem Fuß aufstieß, sah er zunächst nur den langen Konferenztisch, der bereits zur Hälfte in Flammen stand. Neben den umgeworfenen Stühlen lagen zwei Agenten, die für die Informationsbeschaffung zuständig waren, grotesk verrenkt auf dem Parkettboden. Beide waren tot und durch eine Explosion schwer verstümmelt, einem der beiden war sogar das Gesicht weggesprengt worden.

„Verdammt, David! Sieh dir das an!“, schrie Schneider plötzlich aus der Küche und David hörte die Panik in seiner Stimme. „Ganz ruhig bleiben, Schneider! Bin gleich bei dir!“

Als David in die Küche stürmte, sah er sofort den Grund für Schneiders Panik. Mitten im Raum stand ein Stuhl, auf dem ein toter Mann zusammengesunken saß. Es war der Agent Penderecki, der für den reibungslosen Ablauf von geheimen Besprechungen in dem sicheren Haus zuständig war. David hatte ihn bisher nur flüchtig gesehen. Penderecki war mit Paketklebeband auf den Stuhl gefesselt worden und sein Kopf hing grotesk verdreht auf seine linke Schulter herab. Seine Hände waren seitlich mit Paketband an die Stuhlbeine geklebt worden und von seinen grauenhaft verstümmelten Fingern tropfte noch immer Blut auf den schmutzigen Küchenboden. Auf dem Boden lagen blutige Knochen- und Hautteile und als David sich bückte, um sie näher zu untersuchen, stellte er mit Entsetzen fest, dass es die ersten Glieder aller zehn Finger waren, die in kleinen Blutlachen schwammen.

„Verdammt, Penderecki! Das hast du nicht verdient!“ Schneider schüttelte betroffen den Kopf. „Armes Schwein! Damit haben sie ihm die Finger abgeschnitten“, sagte er und deutete mit versteinerter Miene auf die blutige Geflügelschere, die noch auf der Arbeitsplatte lag.

Mit verschränkten Armen stand David neben dem toten Penderecki und studierte eingehend den Nacken des Mannes. „Genickbruch“, konstatierte er. „Ein einzelner präziser Ruck hat ihm das Genick direkt beim Schädelboden gebrochen. Deshalb auch der merkwürdig verdrehte Kopf.“ Er richtete sich wieder auf, fächelte den Rauch weg, der jetzt auch in die Küche drang. „Das waren Profis, Schneider!“

Schneider nickte abwesend und hatte bereits das Handy am Ohr. Er drehte sich zur Seite und flüsterte mit aufgeregter Stimme, ohne dass David etwas von dem Gespräch verstand. Da der Rauch immer stärker wurde, schnappte David einen Putzeimer, der am Boden stand, ging damit zur Spüle und füllte ihn bis oben hin mit Wasser.

„Los, versuchen wir drüben im Besprechungsraum das Feuer zu löschen. Mach schon, Schneider!“ Er wies auf einen zweiten Eimer. Hastig rannte er in den Besprechungsraum, stieß die Flügeltüren auf und goss das Wasser in die Flammen, das aber beinahe wirkungslos verzischte. Mit tränenden Augen tappte er durch den Rauch, packte Ordner und Unterlagen, um sie vor den Flammen in Sicherheit zu bringen, rannte hustend zurück in den Gang und prallte dort gegen einen Frau, die soeben hereingekommen war.

„Wir übernehmen!“, hörte er eine kühle Stimme, gleichzeitig wurden ihm die Ordner aus der Hand genommen wurde. David riss seine durch den Rauch tränenden Augen weit auf und sah eine junge Frau mit an den Schläfen hochrasierten weißblonden Haaren, die ein langes weißes Flatterhemd, schwarze Leggins und knallrote Sneaker trug.

Sie sah aus wie eine Kunststudentin, aber David wusste, dass die „Abteilung" hauptsächlich junge, hochintelligente und ehrgeizige Mitarbeiter beschäftigte. Mit fünfunddreißig gehörten Schneider und er bereits zur alten Truppe. In Begleitung der jungen Frau war ein ernster, vielleicht dreißigjähriger Mann mit dunklen Haaren, markanten Koteletten und einer schwarzen Intellektuellenbrille. Trotz der sommerlichen Temperaturen trug er einen dünnen schwarzen Rollkragenpullover und eine enge schwarze Anzughose.

Hinter den beiden tauchten zwei Männer in glänzenden, unförmigen Schutzanzügen auf, die große, knallrote Feuerlöscher in den behandschuhten Händen hielten und wortlos in dem verrauchten Besprechungszimmer verschwanden.

„Wie ich sehe, ist Dr. Frankenstein bereits eingetroffen", flüsterte Schneider, der soeben aus der Küche aufgetaucht war, David zu und deutete mit dem Kopf in die Richtung des Mannes mit der schwarzen Brille. „Müller – wir nennen ihn so, weil er Menschen erschaffen kann, die ihm bedingungslos gehorchen und völlig ohne Emotionen sind. So wie sie da", meinte er mit beißendem Zynismus und deutete auf die junge Frau.

„Danke für die bildhafte Einführung, Schneider. Und jetzt verschwinden Sie", sagte der Mann mit leiser Stimme und scheuchte Schneider wieder zurück in die Küche.

„Tom Nowak erscheint auf der Bildfläche und schon gibt es wieder einen Bombenanschlag mit mehreren Toten", wandte er sich dann an David. Er verzog die schmalen Lippen zu einem angedeuteten Lächeln. „Ich bin Marius Müller", sagte er dann und nickte David zu. „Ich bin der Einsatzleiter. Das ist Robyn, meine Assistentin.“ Er wies auf das blonde Mädchen an seiner Seite. „Sie wird alles hier dokumentieren.“ Robyn nickte geschäftig und schaltete einen winzigen Camcorder ein, mit dem sie von der Eingangstür den Flur entlang filmte, schließlich in die Küche abzweigte und

ohne erkennbare Gefühlsregung jedes Detail des gefolterten Penderecki filmte.

„Das ist Penderecki“, sagte Müller und hustete leicht, denn die Küche war noch immer verraucht und niemand dachte daran, die Fenster zu öffnen, denn man wollte kein unnötiges Aufsehen erregen. „Was glauben Sie, Schneider, hat er dicht gehalten, als man DAS DA mit ihm gemacht hat?“ Müller deutete auf die Geflügelschere und dann auf die Fingerglieder am Boden.

David beobachtete Müller, der sachlich und analytisch die Fakten aufzählte, als würde es sich um einen simplen Verkehrsunfall handeln. Seine Assistentin Robyn verströmte eine ähnliche Gefühlskälte. Auch sie filmte alles so kühl und emotionslos, als würde sie einen Dokumentarfilm drehen.

„Ich verstehe nicht, warum ausgerechnet Penderecki gefoltert wurde. Er war doch ausschließlich für das sichere Haus zuständig. Er weiß auch nicht, was wir konkret vorhaben, und war für den operativen Einsatz nicht vorgesehen.“ Schneider strich sich durch die roten Haare und David konnte seine Anspannung spüren, Schneider stand unter Stress und war total verkrampft.

„Warum gab es diesen Anschlag und wer steckt dahinter?“ Fragend blickte Müller von Schneider zu David und sah dann in Gedanken versunken Robyn zu, die mit dem Camcorder gerade die abgeschnittenen Fingerglieder filmte, die noch immer auf dem Boden lagen.

„Wir haben das Feuer gelöscht!" Einer der beiden Männer im Schutzanzug tauchte im Flur auf.

„Eine kurze Analyse der Brandursache?" Müller drehte sich zu ihm, steckte die Hände in die Taschen seiner engen schwarzen Hose und wippte auf den Absätzen seiner trendigen schwarzen Prada-Sandalen.

„Der Sprengsatz ist auf dem Besprechungstisch detoniert. Es war keine sehr große Menge, aber trotzdem hochwirksam. Die beiden Männer hatten keine Chance."

„Wie konnte der Sprengstoff so einfach auf den Tisch gelangen?" Müller schob sich die schwarze Brille zurecht.

„Spontan würde ich auf einen Brief oder ein kleines Paket tippen." Der Mann im Schutzanzug schien zu überlegen. „Es muss wirklich ein unglaublich effizienter Sprengstoff gewesen sein. Eine echte Punktlandung. Mehr gibt's im Augenblick nicht dazu zu sagen. Bin schon gespannt auf die Analyse!"

„Ja, ja, schon gut." Genervt winkte Müller den Mann hinaus und drehte sich dann zu David: „Wie ist Ihre Meinung, Nowak? Tut mir leid, ich meine natürlich David Stein. Als Hundeflüsterer arbeiten Sie doch mit Intuition."

David legte den Zeigefinger an seine Lippen und versuchte, ein Bild, das kurz zuvor durch seinen Kopf geschwirrt war, wieder festzumachen.

„Augenblick!" Er hob nachdenklich die Hand und schloss die Augen, ließ den Film rückwärts ablaufen. Schneider und er auf der Straße, der schwarz gekleidete Radfahrer, der ihn beinahe umgefahren hatte. Eine sehr kleine, aber durchtrainierte Person. Ziemlich sicher eine Frau. Ja, das machte Sinn. Der Anschlag war kurz vor ihrem Eintreffen verübt worden, das Blut aus Pendereckis Fingern war noch nicht geronnen und das Feuer hatte sich noch nicht ausgebreitet. Intuitiv wusste David, dass er richtig lag, als er Müller antwortete:

„Es war eine Kurierfahrerin, die diesen Anschlag verübt hat." Müller sah ihn so überrascht an, dass David innehielt, doch Müller bedeutete ihm fortzufahren.

„Frauen wirken ungefährlich. Als Kurierfahrerin konnte sie unauffällig in die Wohnung gelangen und das Paket in den Besprechungsraum bringen."

„Wie kommen Sie auf eine Kurierfahrerin?", fragte Müller kopfschüttelnd.

„Kurz bevor wir hierher gekommen sind, hat mich eine Kurierfahrerin fast niedergefahren. Sie ist die Kantstraße auf dem Gehsteig entlanggerast. Jetzt ist es natürlich zwecklos, sie zu verfolgen. Sie ist sicher schon über alle Berge." David legte seinen Kopf in den Nacken und starrte gegen die Decke. Die Szene war zwar noch immer gegenwärtig, doch die Radfahrerin in seiner Erinnerung blieb konturlos.

„Geben Sie mir ein wenig Zeit. Vielleicht kann ich mich dann an ein Detail erinnern, das uns konkret weiterhilft", sagte er zu Müller.

Dieser streckte abwartend das Kinn vor, rückte wieder seine schwarze Brille zurecht und David sprach weiter:

„Unsere Kurierfahrerin ist klein, zierlich und sehr hübsch. Von ihr scheint keine Gefahr auszugehen. Sie ist charmant, flirtet mit den Männern und ihre Ausstrahlung ist verdammt sexy. Deshalb durfte sie auch das Paket auf den Konferenztisch legen. Als Männer hatten unsere Agenten sicher etwas anderes im Kopf, als die Kurierfahrerin oder das Paket zu durchleuchten." David massierte mit den Fingerspitzen seine Schläfen, um eine beginnende Migräne zu unterdrücken, und sah Müller direkt in die Augen. „Es ist vielleicht etwas weit hergeholt, aber die Frau hat ihre Aura unter Kontrolle und kann sie steuern, wie sie es möchte."

„Aura? Stein, sind Sie jetzt unter die Esoteriker gegangen?" Ungläubig runzelte Müller die Stirn.

„Das hat nichts mit Esoterik zu tun. Ich kenne das vom Hundetraining. Ein Hund wittert die Aura der Menschen. Ob sie Angst haben oder Böses im Schilde führen. Ein Hund spürt das an ihrer Ausstrahlung. Natürlich spürt er auch, wenn sie freundlich sind." Mit dem Daumennagel strich sich David über die Narbe, die seine rechte Augenbraue teilte. „Unsere Kurierfahrerin hat das trainiert! Ich habe das schon einmal gehört. Es gibt angeblich ein Terroristencamp im Nahen Osten, wo mit Hunden gearbeitet wird. Die Terroristen können ihre Aura so steuern, dass sie sogar die Hunde täuschen."

„Wie soll das denn funktionieren?" Müller trat näher an David heran und verzog höchst interessiert die dünnen Lippen.

„Vereinfacht ausgedrückt, sie programmieren ihre Aura auf Freundlichkeit und töten dann den überraschten Hund. So einfach ist das. Ich habe das selbst auch schon erlebt."

„Was haben Sie erlebt?", fragte Müller aufgeregt und schob sich die schwarze Brille wieder zurecht.

„Vor über zwei Jahren in Afghanistan! Amir Karsai, der Übersetzer, hat diese komplett harmlose Aura verströmt und uns alle damit getäuscht." David verstummte plötzlich, als er zurückdachte, doch dann riss er sich zusammen. „Ich spüre, dass wir es hier mit demselben Phänomen zu tun haben! Amir Karsai und unsere Kurierfahrerin haben die gleiche Ausbildung gehabt. Überprüfen Sie Karsais Vergangenheit, dann gelangen wir vielleicht auch zu der Kurierfahrerin."

„Das ist doch kompletter Unsinn, David!“, fuhr Schneider dazwischen, dann wandte er sich zu Müller. „Ich habe es Ihnen doch gesagt, dass Stein seit dem Tod seiner Frau völlig durch den Wind ist!“

„Halten Sie den Mund, Schneider!“, fauchte Müller. „Helfen Sie lieber Robyn bei der Bestandsaufnahme der entstandenen Schäden. Ich will wissen, ob etwas verschwunden ist.“

„Penderecki hat doch die geheimen Treffen hier in dem sicheren Haus organisiert“, ergriff David wieder das Wort. „Details darüber wird er unter der Folter preisgegeben haben.“

„Das ist anzunehmen!“ Müller presste die dünnen Lippen zusammen und dachte angestrengt nach. „Aber er hatte keine Ahnung, worum es bei den Meetings von Schneider und Ihnen ging. Er wusste nicht einmal, dass es eine Operation

‚Hundeflüsterer‘ gibt.“

„Trotzdem sollten wir nichts riskieren und die Operation ‚Hundeflüsterer‘ stoppen!“, mischte sich Schneider plötzlich wieder ein. „Ich bin zwar der Verbindungsoffizier von David Stein, aber auch sein Freund und als solcher sage ich: Stoppen wir die Operation, denn es könnten Informationen nach außen gelangt sein und wir wissen alle, was das heißt: David Stein ist dann so gut wie tot.“

Müller kniff die Augen zusammen und eine scharfe Falte bildete sich zwischen seinen dunklen Augenbrauen.

„Wenn das so ist, dann verschieben wir die Operation ‚Hundeflüsterer‘ auf unbestimmte Zeit. Solange, bis wir die Zusammenhänge des heutigen Anschlags analysiert haben und zu hundert Prozent sicher sein können, dass keine Informationen zu Gurbanguly durchgedrungen sind.“

„Stopp! Sie können die Operation nicht verschieben“, protestierte David heftig. „Ich habe mein Leben aufgegeben, meine ganze Existenz für diesen Auftrag geopfert.“

Müller rückte wieder seine schwarze Brille zurecht, zuckte dann mit den Schultern. „Sorry, Stein. Aber Schneider hat recht. Zunächst muss Klarheit geschaffen werden."

„Verdammt, Müller! Das ist mein Leben! Ich brauche die Koordinaten von Karsai. Ich brauche seinen Aufenthaltsort. Das war der Deal! Das bin ich auch Jane schuldig!"

„David, beruhige dich!" Schneider legte die Hand auf Davids Arm und versuchte ihn zu besänftigen. „Glaube mir, es ist besser so! Du fährst zurück nach Mallorca, zu deiner hübschen Freundin und vergisst die ganze Sache!"

„Halte dich da raus, Schneider!", fauchte David und lief hinter Müller her, der mit der filmenden Robyn auf dem Weg in den verwüsteten Besprechungsraum war.

„Müller, hören Sie doch einen Moment lang zu! Wir haben schon ziemlich viel Geld und Manpower in die Operation ‚Hundeflüsterer' investiert. Außerdem habe ich vom Botschafter von Dakistan in Frankreich den Auftrag erhalten, den Hund zu trainieren! Ich bin ganz nahe daran, die Operation zum Erfolg zu führen. Ich weiß, dass die Operation erfolgreich wird! Verlassen Sie sich auf meine Intuition!"

Müller blieb stehen und drehte sich langsam zu David um, sein Gesicht war völlig regungslos, er hatte seine Gefühle komplett unter Kontrolle. Erst jetzt realisierte David, dass ihn Müllers Assistentin die ganze Zeit über gefilmt hatte.

„Robyn, schicken Sie Ihre Dokumentation an die übliche Abteilung. Die sollen entscheiden." Seine Assistentin setzte sich einfach auf den Boden, verknotete ihre Beine ineinander, verknüpfte den Camcorder mittels Bluetooth mit ihrem Smartphone und tippte hektisch auf das Display.

„Ist schon erledigt, Boss", murmelte sie, ohne aufzublicken.

„Ich muss telefonieren“, sagte Müller nach einer kurzen Nachdenkpause. Er fischte ein winziges Handy aus seiner Hosentasche und drückte eine einzelne rote Taste. Er hielt das Handy fest an sein Ohr gepresst, hörte angespannt zu, nickte, rückte mit der anderen Hand seine Brille zurecht, seine Kiefermuskeln zuckten, als er das Handy wieder in seiner Hosentasche verschwinden ließ.

„Die Operation ‚Hundeflüsterer‘ hat höchste Priorität, wurde mir soeben mitgeteilt! Wir sind die Speerspitze des Staates. Von dem Gelingen der Operation hängt es ab, ob wir alle in Frieden weiterleben können oder nicht! Deshalb wird die Operation fortgesetzt.“

Müller drehte sich zu Schneider, der ungläubig den Kopf schüttelte. „Es ist schön, dass Sie sich Sorgen um Ihren Freund David Stein machen, aber Emotionen sind in unserem Geschäft absolut fehl am Platz. Habe ich mich klar genug ausgedrückt?“

Er wandte sich wieder zu David.

„Jetzt haben Sie Ihren Willen, Stein! Konzentrieren Sie sich also mit Ihrer ganzen Kraft auf die Operation ‚Hundeflüsterer‘. Schneider bleibt Ihr Verbindungsoffizier. Denken Sie an die Koordinaten von Amir Karsai, die bei Abschluss auf Sie warten, und bringen Sie die Operation zu einem Erfolg. Ich zähle auf Sie!“

Abrupt drehte sich Müller um und winkte seiner Assistentin Robyn, die mittlerweile im Besprechungszimmer gerade den Agenten mit dem zerschmetterten Gesicht von allen Seiten filmte.

„Ich habe kein gutes Gefühl bei der ganzen Operation, David“, seufzte Schneider resigniert, doch David ignorierte Schneiders Pessimismus. Eine Frage beschäftigte ihn allerdings schon länger und jetzt war ein guter Zeitpunkt, um von Schneider eine ehrliche Antwort darauf zu erhalten.

„Schneider, was passiert, wenn es mir in Saint-Tropez nicht gelingt, diesen Saluki so zu trainieren, dass er sich von Gurbanguly führen lässt?“

Schneider legte den Kopf leicht schief und lächelte freudlos. „Dann wird dich Gurbanguly töten.“

9

TANGER, MAROKKO – FRACHTHAFEN VILLE BLANC

Der Wind aus der Sahara hatte die Visionen des laufenden Hundes von den Sanddünen hinaus auf das Meer geweht und Machmud musste ihnen folgen. Deshalb hatte er auch in dem kleinen Hotel am Hafen seinen Burnus abgelegt, sich in einem Trödelladen in dem kleinen Souk Jeans und ein bedrucktes T-Shirt gekauft und noch andere Kleidungsstücke, die ein Europäer so mit sich führt. Mit geschlossenen Augen saß er jetzt auf einem Drehstuhl in einem Barbierladen mitten im Souk und spürte, wie das Rasiermesser seinen dichten schwarzen Bart mit einem kratzigen Geräusch wegscherte. Die kühle Luft, die von dem an der Decke kreisenden Ventilator umhergewirbelt wurde, war ungewohnt auf der nackten Haut seines Gesichts.

Später schritt Machmud die Uferpromenade entlang, hielt sein Gesicht oft in die grelle Sonne, um einen gleichmäßigen Teint zu erhalten. Aus der Gesäßtasche seiner Jeans fischte er den zerknitterten Zettel, den ihm der Dorfälteste aus der Oase mitgegeben hatte, und bemühte sich, die zitternde Schrift zu entziffern. Er setzte sich auf die Kaimauer und fuhr mit dem Finger Zeile für Zeile entlang, das Lesen fiel ihm immer noch schwer, aber es wurde von Tag zu Tag besser.

„Hassan aus der Oase El-Gera schickt mich zu dir, Bruder", begrüßte er wenig später einen dicken Marokkaner mit dünnem Bart, der in einer Seitenstraße der Uferpromenade ein kleines Reisebüro führte. Der Marokkaner verzog keine Miene, sondern bot Machmud einen Platz auf dem wackeligen Sofa an. Während der Mann Tschai braute, erzählte Machmud von seiner Vision und auch davon, dass er in einem Internetcafé in Fes ein Foto des Tieres in einer Online-Zeitung gesehen hatte.

„Du brauchst zunächst einen gültigen Pass, Bruder. Sonst ist es sehr schwierig für dich, nach Frankreich zu gelangen. Hast du irgendwelche Papiere?"

Machmud verneinte und der Marokkaner klopfte mit seinen dicken, mit vielen Goldringen geschmückten Fingern auf die Schreibtischplatte. „Ich dachte mir schon, dass du als Abkömmling eines freiheitsliebenden Volkes keine Papiere besitzt. Grenzen und Ausweise sind eine Erfindung der Ungläubigen. Früher hatten wir das nicht nötig. Allah und Mohammed, sein Statthalter auf Erden, haben jedem gezeigt, wo sein angestammter Platz auf dieser Welt ist."

Der Marokkaner strich sich wieder über den dünnen Bart und schob dann seinen Fez zurück. „Doch du hast eine Aufgabe zu erfüllen und ich bin gerne bereit, dir dabei behilflich zu sein, und will alles tun, was in meiner Macht steht. In zwei Tagen geht eine Fähre nach Sète in Südfrankreich. Dort wird dich ein Taxi erwarten. Mit dem fährst du über Montpellier nach Saint-Tropez. Sei unbesorgt. Allah sagt: Folge deiner Vision und du wirst dein Ziel erreichen."

Machmud nickte bedächtig und kratzte sich sein glatt rasiertes Kinn. Allahs Mühlen mahlen langsam, aber stetig, dachte er und trank konzentriert seinen Tschai.

„Das Wichtigste aber ist ein französischer Pass und der richtige Name. In Sète wird dich dieser Mann erwarten." Der Marokkaner kramte in seiner Schreibtischlade und zog ein verknittertes Porträtfoto hervor. „Er wird dich mit seinem Taxi nach Saint- Tropez bringen."

Der Marokkaner erhob sich hinter seinem Schreibtisch und blickte mit sorgenvoller Miene auf Machmud hinunter. „Weiß deine Mutter, was du vorhast?"

„Meine Mutter billigt es ausdrücklich: Es ist wie der Dschihad, der Heilige Krieg!"

„Wie recht du hast, Bruder! Wir befinden uns noch immer im Heiligen Krieg!"

10

BERLIN, SAVIGNYPLATZ – SICHERE WOHNUNG DER „ABTEILUNG"

War es tatsächlich möglich, dass der Anschlag in dem sicheren Haus in der Kantstraße David Steins Denken so weit beeinflusst hatte, dass alles, was in den zwei Jahren zuvor passiert war, plötzlich bedeutungslos geworden war? War es nur eine Sackgasse gewesen und jetzt war David wieder zurück in der grauen Schattenwelt, in der jeder jeden belog, in der nur Falschheit und Intrigen existierten? Eine Welt der fahlen Farben, in der David nur von Rache vorwärtsgetrieben wurde? Denn er hatte nur ein Ziel im Kopf: den Aufenthaltsort von Amir Karsai als Lohn für die erfolgreich durchgeführte Operation „Hundeflüsterer" zu erfahren.

Jane war mit so schmerzhafter Wucht in seine Gedanken zurückgekehrt, dass es ihm schien, als wäre sie erst gestern gestorben. Mit dieser Operation war er einen geheimen und unsichtbaren Pakt mit der „Abteilung" eingegangen, eine stille Kapitulation vor den schwarzen Schatten der Vergangenheit, die ihn nie zur Ruhe kommen lassen würden und die vergangenen beiden Jahre seines Lebens einfach mit dem grauen Nebel der Geheimdienste auslöschten.

Dieses neuerliche, kompromisslose Eintauchen in die Welt der „Abteilung" zeigte sich auch daran, dass er bei seinen sporadischen Telefonaten mit Sonja jedes Mal sekundenlang überlegen musste, um sich ihr Gesicht wieder ins Gedächtnis zu rufen. Zerstreut erzählte er von seinem fiktiven Fotojob in Berlin, der neuen Kamera und dem Studio mit Blick auf das Brandenburger Tor. Dann war es plötzlich still und nur das Rauschen unsichtbarer Ätherwellen verband ihn noch mit Sonja.

„Sancho liegt in seinem Käfig apathisch in der Ecke und fletscht die Zähne, wenn ich versuche, ihn zu streicheln", sagte Sonja bekümmert auf Davids Frage nach dem Zustand des Potencos.

„Bleib weg von dem Hund!", fauchte David. „Du erzeugst nur Stress bei ihm und dann verschlechtert sich sein Gesundheitszustand noch weiter. Frisst er wenigstens das Spezialfutter, das du ihm zweimal täglich gibst?"

„Das schon. Das heißt, ich denke doch, denn der Napf ist immer zur Hälfte leer, wenn ich ihn holen komme." Sonja machte eine Pause und David spürte, wie sie versuchte, die nächste Frage leicht und luftig zu formulieren, doch er kam ihr zuvor.

„Singst du ihm auch jeden Tag etwas vor?"

„Muss das wirklich sein? Ich dachte, das war nur das eine Mal?" Sonja holte tief Luft. „Damals, bevor du abgereist bist!"

„Sancho soll sich an deine Stimme gewöhnen, Hunde sind Gewohnheitstiere, schätzen das Ritual. Das gibt ihnen Sicherheit", dozierte David und ignorierte Sonjas Vorwurf.

„Kann ich verstehen. Mir gaben unsere wöchentlichen Ausflüge an den Strand auch ein Gefühl der Sicherheit." Wieder holte sie tief

Luft und pfiff plötzlich die Anfangstakte eines Songs in das Handy, um dann übertrieben fröhlich weiterzureden.

„Ach übrigens, wann kommst du eigentlich zurück? Ich habe mich hier schon häuslich eingerichtet. Du fehlst mir übrigens kein bisschen!“ David lächelte und betrachtete versonnen den weißen Saluki auf einem Foto. Es war ein ähnlicher Hund, wie ihn Gurbanguly erworben hatte und David wollte sich über die Eigenschaften des Tieres informieren. Sonja war Lichtjahre entfernt von seinem derzeitigen Leben, wenn man seine augenblickliche, nur auf ein Ziel fixierte Existenz überhaupt noch Leben nennen konnte.

„Wie heißt übrigens das Model, das du in Berlin so intensiv fotografierst?“, wechselte Sonja plötzlich das Thema.

„Was? Wovon redest du, Sonja?“, schreckte David aus seinen Gedanken.

„Das junge, schöne Model, das dich so lange in Berlin festhält!“, zischte Sonja in den Lautsprecher.

„Verdammt, Sonja, es gibt kein Model!“ Davids Stimme legte an Schärfe zu. „Es sind viele Models, verstehst du. Es ist ein Katalogshooting mit vielen gut aussehenden Männern und schönen Frauen! Das sind Katalogmodels! Ich verdiene damit eine Menge Geld!“

„Hör bloß auf, mich anzuschreien!“, antwortete Sonja mit vor Wut zitternder Stimme. „Ich vertrage dein Geschrei nicht! Ich habe das nicht nötig! Verstehst du, David Stein! Wenn du mich noch einmal anschreist, bin ich weg ... oder ich lasse den Hund verhungern!“

„Bist du verrückt, Sonja!“ David schnappte nach Luft und war nahe daran, das Handy gegen die Wand zu schleudern. „Wenn du den Hund auch nur anrührst ... Ich, ich weiß nicht, was ich dann mache!“ Er atmete hektisch ein und aus, versuchte sich zu beruhigen. „Warum tust du das? Sancho ist unschuldig, was kann der arme Hund dafür? Er kann nichts für deine Stimmungen!“

„David, entschuldige bitte! Entschuldige! Es tut mir leid, ja ehrlich. Es tut mir so leid.“ Sonja redete schnell und hektisch, verschluckte einzelne Worte. „Ich, ich weiß nicht, was in mich gefahren ist. Vielleicht ist es die Einsamkeit hier draußen, oder der Stress mit meinem Lokal. Bitte, bitte verzeih mir, David! Ich liebe dich doch so sehr!“

„Stress mit deiner schönen älteren Freundin?“, hörte David plötzlich eine Stimme hinter sich und als er sich umdrehte, sah er George Schneider, der am Türrahmen lehnte. „Mach Schluss. Wir haben Besuch.“

David hielt die Hand über den Lautsprecher. „Hau ab! Das ist privat“, flüsterte er, sagte dann lauter zu Sonja: „Ist schon gut, Sonja, vergessen wir das Ganze. Kümmere dich um Sancho, sieh zu, dass er frisst, sonst geht es ihm bei der Hitze schnell schlechter. Ich bin bald wieder bei dir.“

„Wieso sollte es ihm bei der Hitze schlechter gehen? Was ist, wenn Sancho jetzt stirbt? Dann glaubst du ja, ich hätte ihn verhungern lassen. Aber das könnte ich nie, David! Ich könnte nie so etwas Böses machen, das glaubst du mir doch, oder?“

Schon wieder dieser neurotische Unterton in Sonjas Stimme. „Natürlich glaube ich dir, Sonja! Ich habe dich wirklich sehr gerne, aber in den nächsten Tagen habe ich wahnsinnig viel zu tun. Ruf mich bitte nicht an! Ich schicke dir noch einen Kuss.“

Als David die Verbindung getrennt hatte und zurück in das Besprechungszimmer ging, saß Schneider schon mit Robyn an dem langen Tisch. Wie im sicheren Haus in der Kantstraße hatte auch diese Wohnung drei Räume. Doch die auffällige Besonderheit der Wohnung lag vor allem darin, dass man von allen Zimmern den Flur und damit auch die Eingangstür optimal im Auge behalten konnte.

Schon beim ersten Mal, als David den Besprechungsraum betreten hatte, war ihm sofort der unförmige Schrank an der Rückwand aufgefallen, der wahrscheinlich eine Geheimtür verdeckte, die in eine Wohnung im Nebenhaus führte.

„Hallo, Robyn!", sagte David und hielt ihr die Hand hin, doch Robyn tippte gedankenverloren in ihr iPad und schien nicht einmal zu bemerken, dass David sich ihr gegenübergesetzt hatte. Plötzlich blickte sie auf und sagte mit einer ausdruckslosen Stimme:

„Darf ich Ihr Handy haben, Stein!" Auffordernd streckte sie ihm die offene Hand entgegen. Der Ärmel ihrer weißen Bluse war ein wenig hochgerutscht und David konnte einen kurzen Blick auf das Tattoo werfen, das Robyn auf der Innenseite ihres Unterarms hatte. „Out of the dark" konnte er lesen, dann zog Robyn mit einer schnellen Handbewegung den Ärmel wieder bis zum Handgelenk.

David schob ihr sein Handy über den Tisch und Robyn ließ es sofort in einer großen, schwarz glänzenden Planentasche verschwinden. Gleichzeitig fischte sie ein vollkommen identisch aussehendes Handy hervor.

„Auf diesem Handy sind alle Nummern Ihrer Kunden gespeichert. Natürlich auch die private Handynummer von Oblomow und die Nummer des TV-Produzenten hier in Berlin." Robyn hielt das Smartphone in die Höhe, ehe sie es über den Tisch zu David kickte. „Eine Nummer ist die Ihrer Cousine."

„Meiner Cousine?" Überrascht starrte David das Handy an.

„Ja, ich habe sie schon eingegeben. Drücken Sie!"

Ein Handy in Robyns Tasche schrillte, doch sie tippte schnell einen Befehl in ihr iPad und das Display des Handys erschien auf dem Flatscreen an der Wand.

„Ich bin Ihre Cousine", sagte Robyn mit ausdrucksloser Miene. „Natürlich nur, wenn ein unbefugter Teilnehmer die Nummer wählt.

Wenn Sie wählen und ‚Hallo' in das Smartphone sagen, leitet Sie die Spracherkennung automatisch in ein Informationsprogramm, das wir hier sehen."

Auf dem Flatscreen tauchte ein Menü auf, das in unterschiedliche Kategorien eingeteilt war.

„Wozu brauche ich das?" David zuckte ein wenig ratlos mit den Schultern.

„Es ist ein doppelter Schutz. Sollte jemand bis in das Menü eindringen, dann sehen die Kategorien aus wie in einem elektronischen Reiseführer. In Wirklichkeit sind aber sämtliche Fluchtmöglichkeiten aus Saint-Tropez und der näheren Umgebung dahinter programmiert. Außerdem aktivieren Sie einen Satellitenslot und können in Echtzeit sehen, was in der Villa von Gurbanguly passiert, und darauf reagieren. Über Cloud können Sie auch auf Datenbanken und Informationen zugreifen, wenn Sie welche benötigen. Natürlich sind Sie auch mit mir permanent live verbunden." Nachdem sie David das Handy gegeben hatte, rutschte Robyn tiefer in ihren Stuhl, verknotete ihre Beine und betrachtete versonnen ihre knallroten Sneaker. Als David die unterschiedlichen Funktionen des Smartphones ausprobiert und auf dem großen Flatscreen eingehend studiert hatte, beugte sie sich wieder zu ihrer riesigen Tasche hinunter und brachte einen schweren, karbonschwarzen, quadratischen Chronographen zum Vorschein, der eine exakte Kopie von Davids Automatikuhr war, die er am Handgelenk trug.

„Woher haben Sie die Uhr?", rief David erstaunt aus. „Von dieser Bell & Ross gibt es nur 300 Stück und ich habe meine Uhr noch nie abgelegt, seit ich hier in Berlin bin."

„Es ist mein Job, diese Dinge zu organisieren", antwortete Robyn knapp und sank noch tiefer in ihren Stuhl. „Die Uhr besitzt jetzt ein integriertes Messer für den Ernstfall und ein Mikrodrahtseil, das bis zu hundert Kilogramm aushält, ohne zu reißen. Wenn Sie die Krone Ihrer Uhr drehen, wird auch ein Mechanismus aktiviert, und das Seil saugt sich wie ein Gecko an der Wand fest."

Wieder nestelte sie in ihrer Tasche herum und brachte ein schwarzes, längliches Lackkästchen zum Vorschein.

„Das Wichtigste zum Schluss", murmelte sie, öffnete das Kästchen und ein breites, aus den unterschiedlichsten Ledersorten geflochtenes Halsband war zu sehen.

„Das ist mein Wettkampfhalsband!", stellte David überrascht fest. „Es besitzt ja sogar den Metallgriff, mit dem man die Windhunde an den Start führt."

„Natürlich ist es nicht Ihr Halsband, Stein", korrigierte ihn Robyn, „sondern eines, das unsere Techniker entwickelt haben." Sie legte das Halsband auf ihr iPad und sofort wurde es auf den Flatscreen an der Wand projiziert. „Die winzige Pore im Leder der Polsterung ist die Öffnung für einen absolut luft- und wasserdichten Mikrobehälter." Ein blinkender Punkt auf dem Flatscreen zeigte David die Stelle, die mit freiem Auge nicht zu erkennen war.

„Wenn Sie den Metallgriff aufklappen, können Sie eine Nadel ausfahren lassen, die mit dem Mikrobehälter verbunden ist und wie eine Spritze funktioniert. Wenn sie aktiviert ist und jemand den Griff berührt, wird er gestochen und welcher Stoff auch immer gelangt in seinen Körper."

„Was ist mit dem Inhalt? Um welchen Stoff handelt es sich? Ist es eine Flüssigkeit?", fragte David. „Flüssigkeiten können leicht entdeckt werden!"

„Wir arbeiten mit Hochdruck an einer zufriedenstellenden Lösung. Schneider wird sie Ihnen direkt nach Saint-Tropez bringen!"

Robyn machte eine kurze Pause, um die Schuhbänder aus ihren roten Sneakern zu fädeln und wie einen Zopf zu flechten. Sie war so in ihre Arbeit vertieft, dass sie alles um sich herum vergaß.

David blickte irritiert zu Schneider, doch dieser schüttelte belustigt den Kopf und räusperte sich lautstark.

„Das ist für heute Abend, Stein", war Robyn plötzlich wieder bei der Sache. „Sie sind heute mit dem Präsidenten der Berliner Hundeausstellung auf einem Event des Bürgermeisters. Es sind nur die berühmtesten Hundetrainer wie Cesar Millan oder Martin Rütter und natürlich auch Sie anwesend. Die Bilder erscheinen noch in der Nacht online und Gurbangulys Männer werden das sicher checken, also gehen Sie auf jeden Fall hin und lassen Sie sich fotografieren. Die Gäste müssen sich mit einem QR-Code registrieren, denn es ist eine geschlossene Gesellschaft."

„Wie soll sich David denn einen dieser dämlichen Codes besorgen?", mischte sich Schneider plötzlich aggressiv in das Briefing ein.

„Das ist schon erledigt! Während ich eine mathematische Endloskette geflochten habe, wurden Sie schon registriert und der QR-Code ist bereits auf Ihrem Smartphone", sagte Robyn zu Stein, hielt ihre geflochtenen Schnürsenkel in die Höhe und ignorierte Schneider komplett.

„Sie sind ein Genie, Robyn", sagte David bewundernd und meinte es wirklich ernst.

„Nicht der Rede wert! War ganz einfach, sich in das System der Berliner Stadtverwaltung zu hacken." Ohne Vorwarnung und ohne sich zu verabschieden, schob sich Robyn aus ihrem Stuhl, packte ihre Tasche und verließ schnell den Besprechungsraum.

„Eine interessante Frau", meinte David, als Robyn verschwunden war.

„Hochintelligent und sehr gewissenhaft, aber mit einer leichten Verhaltensauffälligkeit."

„Robyn ist ein Freak, David." Schneider stützte die Arme auf den Besprechungstisch.

„Sie ist erst dreiundzwanzig Jahre alt und hat schon einen Abschluss in Kybernetik und einen PhD vom MIT in Massachusetts. Alles summa cum laude. Natürlich ist sie komplett verrückt, wahrscheinlich Borderline, aber Müller steht nun einmal auf Freaks."

Mit einer zynisch verkniffenen Miene drehte sich Schneider zu David: „Deshalb bist du auch Müller sympathisch, David."

11

SAINT-TROPEZ, FRANKREICH – VILLA VON GURBANGULY

Erst vom Helikopter aus war die Anlage in ihrer ganzen Ausdehnung zu erkennen. Der französische Botschafter von Dakistan wurde soeben eingeflogen, nachdem er in Nizza Informationen über den „Hundeflüsterer" eingeholt hatte. Neben der schlossähnlichen, neu erbauten Villa, die auf einem eigens aufgeschütteten Hügel thronte, gab es noch diverse weitläufige Gebäude für die Gäste, einen Golfplatz, mehrere Tennisplätze und natürlich eine eigene Rennbahn für Gurbangulys Hund. Das ganze riesige Areal war Gurbangulys Privatbesitz, von dem das Volk in Dakistan natürlich keine Ahnung hatte. Für das Parlament und die Bevölkerung war Gurbanguly auf Pilgerfahrt im Kaukasus, um in direkten Kontakt mit seinem Gott Zoroaster zu treten. Zu dem gesamten Komplex gehörte auch die ursprüngliche, unter Denkmalschutz stehende Villa, die am Ende einer mit Pinien gesäumten Seitenstraße der pompösen Auffahrt stand. Sie stammte aus den zwanziger Jahren des vorigen Jahrhunderts und war angeblich von Zelda und F. Scott Fitzgerald während ihres ausgedehnten Riviera-Aufenthalts bewohnt worden.

Seine PR-Berater hatten Gurbanguly vorgeschlagen, sich in Frankreich als Kunst- und Kulturliebhaber zu positionieren, deshalb ließ er seine Gäste auch von einem Schauspieler durch diese Villa führen. Im großen, mit original Art-déco-Möbeln vollgestellten Salon musste der Schauspieler dann im weißen Leinenanzug aus dem „Großen Gatsby" rezitieren, dazu wurden auf einem Grammophon Swing-Schellacks aus dieser Zeit gespielt. Gurbanguly selbst hatte noch nie in einen Fuß in diese Villa gesetzt und auch von dem Schriftsteller F. Scott Fitzgerald hatte er noch nie etwas gehört.

Viel lieber hielt er sich in seinem neu erbauten Palast auf, der mit über 3.000 Quadratmetern Wohnfläche über genügend Platz für ihn, seine Frauen und seinen Hofstaat verfügte. Am meisten liebte Gurbanguly den großen Salon, einem 500 Quadratmeter großen Raum mit einer vergoldeten kuppelartigen Decke und mit riesigen LED-Schirmen an den Wänden, auf denen in einer Endlosschleife Propagandafilme über Dakistan mit dem „Großen Präsidenten" Gurbanguly in der Hauptrolle liefen. Die Halle war vollständig mit Marmor ausgekleidet und äußerst exzentrisch möbliert. Unter der goldenen Kuppel war ein roter Kreis in den Boden eingelassen, der eine Fläche von 100 Quadratmetern umfasste. Innerhalb des Kreises befanden sich ein mächtiger goldener Schreibtisch mit einem imposanten Thron und einer Videowand dahinter, auf der man Gurbanguly im offenen Panzerwagen durch die Straßen von Machatschkala an der jubelnden Bevölkerung vorbeifahren sah. Daneben stand noch ein riesiges goldenes Bett mit einem Baldachin in Rot und Gold, den Landesfarben von Dakistan. Außerhalb des roten Kreises gab es keine Möbel, bis auf einen altertümlichen Holzwagen mit Speichenrädern, auf dem ein zerlumptes Rundzelt, eine einheimische Jurte, stand. In diesem Zelt war Gurbanguly geboren worden und bei jeder Fernsehübertragung wurde es ins Bild gekarrt und in alle Dörfer und Städte von Dakistan übertragen.

Als Kind hatte Gurbanguly an einer mysteriösen Infektionskrankheit gelitten, die zur Folge hatte, dass ihm sämtliche Haare ausgefallen waren und nicht mehr nachwuchsen. So gehörte es zu seinem täglichen Ritual, sich mit schwarzer Perücke, schwarzem Schnurrbart, schwarzer Uniform und dunkler Sonnenbrille in den „Großen Präsidenten" zu verwandeln, um so furchteinflößend seine mehrstündige Ansprache an die Bewohner von Dakistan zu halten. Auch während seines einmonatigen Aufenthalts in Südfrankreich wurden seine Ansprachen ungekürzt mittels Live- Stream nach Dakistan übertragen.

„Wie geht es Ali Baba?", schnaubte Gurbanguly nach dem zweistündigen Redemarathon und einer seiner Sekretäre, der hinter der zehn Meter von Gurbanguly entfernten roten Linie stand, zuckte furchtsam zusammen.

„Der Saluki frisst nur sehr lustlos, hat aber nicht an Gewicht verloren, Großer Präsident!", beeilte sich der Sekretär zu betonen und machte nervös einen Ausfallschritt über die Linie nach vorn, um sich hinzuknien. Doch noch ehe er seinen Fuß auf den Boden setzen konnte, verpasste ihm der präsidiale Adjutant, der bisher schweigend neben ihm gestanden hatte, einen wuchtigen Faustschlag mitten ins Gesicht.

„Nicht die rote Linie überschreiten!", zischte der Adjutant und gab dem Sekretär, der mit blutigem Gesicht auf dem Marmorboden landete, noch einen Tritt.

„Niemand darf sich dem Großen Präsidenten nähern! Das hast du wohl vergessen!", sagte er und Gurbanguly nickte zustimmend. „Diesmal wird der Große Präsident noch über diese Eigenmächtigkeit hinwegsehen und dir verzeihen!" In der Zwischenzeit hatte sich Gurbanguly von seinem Thron erhoben, war an den Rand des Kreises getreten und flüsterte seinem Adjutanten etwas ins Ohr.

„Was dir der Große Präsident allerdings nicht verzeihen kann, sind deine ständig negativen Antworten, wenn er dich über den Zustand von Ali Baba befragt." Gurbanguly schnippte mit seinen kalkweißen Fingern und der präsidiale Adjutant neigte den Kopf in seine Richtung. „Der Große Präsident kann dein Geschwätz einfach nicht mehr hören! Deshalb sorge ich dafür, dass deine Stimme für immer verstummt!"

Der Sekretär hatte sich mittlerweile wieder hochgerappelt und wischte sich mit dem Ärmel seines schwarzen Sakkos das Blut aus dem Gesicht. Zwei von Gurbangulys Leibwächtern steuerten mit ausdruckslosen Mienen auf ihn zu, der Sekretär stolperte zurück und streckte ihnen abwehrend die Hände entgegen.

„Ich schweige wie ein Grab, Großer Präsident. Wenn ich die Stimme erhebe, dann nur, um dem Großen Präsidenten eine Frohbotschaft zu übermitteln."

Doch Gurbanguly schien den Mann schon längst vergessen zu haben und begann in Gedanken versunken seine schwarze Uniformjacke aufzuknöpfen. Die beiden Bodyguards packten den Sekretär an den Oberarmen und zogen ihn von der roten Linie weg. Routiniert umfasste ein Bodyguard seinen Hals und drückte so fest zusammen, dass der Sekretär hektisch nach Luft schnappte und panisch den Mund aufriss. Der zweite Bodyguard hatte in der Zwischenzeit ein Springmesser aus seiner Sakkotasche geholt, das er elegant aufschnappen ließ. Routiniert griff er dem Sekretär in den Mund, packte die Zunge und schnitt sie mit einem einzigen präzisen Schnitt ab. Unbeeindruckt von dem Anblick des blutspuckenden und gurgelnden Sekretärs, spießte er die blutige Zunge mit seinem Messer auf und wartete ruhig auf weitere Befehle.

„Verfüttert die Zunge an unsere Kampfhunde im Zwinger. Und schafft ihn weg!“, befahl der präsidiale Adjutant. Gurbanguly hatte sich in der Zwischenzeit bis auf einen schwarzen Slip völlig nackt ausgezogen. Er war unglaublich dürr und seine Haut wirkte krankhaft bleich.

Inzwischen war der Regisseur von Gurbangulys privater Filmfirma aufgetaucht und hatte die Kamera auf einen fahrbaren Schlitten außerhalb der roten Linie installiert. Konzentriert überprüfte er, ob das Signal von den zahlreichen LED-Schirmen an den Wänden empfangen wurde und für einige Sekunden war das Bild des fast nackten, geisterhaft bleichen und vollkommen haarlosen Gurbanguly auf allen Bildschirmen zu sehen.

„Bringt jetzt die Mädchen herein!“, rief der präsidiale Adjutant und Gurbanguly nickte matt, legte sich rücklings auf das riesige goldene Bett und starrte auf den Baldachin, so als würde er eine Vision empfangen. Doch als er das leise, unterdrückte Kichern der jungen Mädchen hörte, richtete er sich langsam auf, strich sich mehrmals über den haarlosen Schädel und grinste lüstern.

Die zehn Mädchen, die durch die großen Flügeltüren in die Halle kamen, waren nicht älter als zwanzig Jahre, alle ohne Ausnahme groß und langbeinig. Dadurch, dass alle glatte blonde lange Haare hatten, sahen sie sich zum Verwechseln ähnlich. Die einzige Unterscheidung waren die verschiedenen bunten Strandkleider der Mädchen, die sich im permanenten Luftzug der Klimaanlage bauschten und tiefe Einblicke auf ihre nahtlos braunen Körper gestatteten.

„Wer als Erste hier bei dem Großen Präsidenten auf dem Bett ist, bekommt 10.000 Euro als Siegergeld“, rief der präsidiale Adjutant und Gurbanguly klopfte mit seiner rechten Hand einladend auf das breite Bett. Die Mädchen kicherten noch immer, warfen dann aber schnell ihre bunten Strandkleider ab und stellten sich nackt in einer Linie auf. Der präsidiale Adjutant schlug mit einer langen Lederpeitsche auf den Marmorboden und die Mädchen liefen los, rannten auf das Bett zu, versuchten dabei immer wieder ihre Gegnerinnen mit Ellbogen und gezielten Tritten aus dem Rennen zu werfen. Zwei besonders wilde Mädchen waren die Ersten und warfen sich beinahe gleichzeitig auf das Bett, schlängelten sich links und rechts an Gurbangulys dünnen, bleichen Beinen entlang bis zu seiner unbehaarten Brust und noch weiter nach oben.

„Das linke Mädchen hat gesiegt, Großer Präsident“, entschied der präsidiale Adjutant und sagte dann in einem geschäftsmäßigen Ton zum Regisseur. „Sehen wir uns die Aufnahme noch einmal in der Wiederholung an.“

Zehn braun gebrannte nackte Mädchen mit wehenden blonden Haaren stürmten gleichzeitig über die Bildschirme und als die beiden Ersten auf das Bett hechteten, schaltete der Regisseur in die Superzeitlupe, dann auf Standbild, beide Mädchen froren in der Bewegung ein und der minimale Vorsprung der Siegerin war eindeutig zu sehen.

Gurbanguly starrte auf die Bildschirme und zwickte die Siegerin dabei abwesend in eine Brustwarze. Dann schnippte er mit den Fingern und der präsidiale Adjutant zog ein Bündel Geldscheine aus seinem schwarzen Sakko und warf es zu dem Mädchen auf das Bett.

„Was macht sie wohl mit den 10.000 Euro?“, fragte er dann den Regisseur, der gerade dabei war, Gurbangulys kahlen weißen Schädel zu filmen, den die beiden Mädchen gierig ableckten. Der präsidiale Adjutant warf einen schnellen Blick auf seine Armbanduhr und instruierte im Weggehen noch den Regisseur: „Sieh zu, dass du den Großen Präsidenten auch wirklich groß in Szene setzt!“

*

In einem neu erbauten Nebengebäude, dem Hundehaus, das durch seinen runden Grundriss an eine Moschee erinnerte, stand der französische Botschafter von Dakistan auf einer Balustrade und starrte hinunter in das Erdgeschoss, in dem ein riesiger goldener Käfig stand. Der Boden des Käfigs war vollständig mit weißen Fellen und Kissen ausgepolstert und darauf lag apathisch und beinahe unsichtbar der Saluki Ali Baba, nur seine rote Zunge, mit der er sich ab und zu über die Schnauze leckte, zeigte, dass er doch noch am Leben war. Zwei junge Mädchen in bunten Strandkleidern standen links und rechts des Käfigs und fächelten in einem monotonen Rhythmus frische Luft mit riesigen, an langen Stangen befestigten Fächern ins Innere.

„Ich setze alle meine Hoffnungen in diesen berühmten Hundeflüsterer", sagte der Botschafter zu dem präsidialen Adjutanten, der soeben eingetroffen war und mit verkniffener Miene nach unten starrte. „Eine Katastrophe für unser Land, wenn der Große Präsident an dem Hunderennen in Katar nicht teilnehmen kann."

„Das wäre in der Tat ein schwerer Rückschlag für unsere Bemühungen, Dakistan in eine autarke Präsidentenrepublik des Feuers zu verwandeln." Der präsidiale Adjutant kratzte sich seinen Nacken. „Wann trifft der Hundeflüsterer ein?"

„Ich erwarte ihn morgen am Flughafen in Nizza." Der Botschafter zog ein blütenweißes Taschentuch aus seinem dunkelblauen Blazer und wischte sich damit den Schweiß von der Stirn. „Er hat einen ausgezeichneten Ruf und wurde im Rahmen der Berliner Rassehundeausstellung auch zum Empfang des Bürgermeisters geladen. Hier sind einige Fotos von dem Event."

Der Botschafter aktivierte sein Handy und zeigte dem präsidialen Adjutanten einige Bilder, auf denen David Stein im Gespräch mit Politikern, Wirtschaftsbossen und Hundezüchtern zu sehen war.

„Der erste Schritt muss sein, dass dieser Hundeflüsterer verhindert, dass der Hund ständig die Zähne fletscht und knurrt, wenn sich jemand nähert. Das nehmen wir auf Video auf und zeigen es dem Großen Präsidenten als großen Fortschritt. Dann haben wir ein wenig Zeit gewonnen." Wieder fuhr sich der Botschafter mit dem Taschentuch nervös über die Stirn. „Dieser verdammte Hund muss bis zu dem Rennen in Katar gehorchen! Sonst kann es durchaus sein, dass auch wir um unser Leben fürchten müssen."

Bei dieser Bemerkung zuckte der präsidiale Adjutant zusammen. „Aber die Referenzen des Hundeflüsterers sind erstklassig. Ich habe ihn persönlich durchgecheckt. Er wird diese große Aufgabe sicher schaffen."

Der Botschafter atmete tief durch und blickte wieder nach unten, wo sich der Saluki auf den Rücken gedreht hatte und mit in die Luft gestreckten Läufen hechelnd schlief.

„Wecken Sie ihn auf!", sagte er dann und wies nach unten zum Käfig.

Als der präsidiale Adjutant laut zu pfeifen begann, sprang der Saluki blitzschnell auf die Beine, rannte in den hintersten Winkel seines Käfigs, knurrte und fletschte die Zähne.

„Sie sehen ja selbst, wie verrückt sich der Hund verhält! Wenn es der Hundeflüsterer nicht schafft, ihn zu bändigen, sind wir erledigt", kommentierte der Botschafter die Szene.

„Er muss es schaffen! Für den Hund eines TV-Produzenten hat er in Berlin wahre Wunder vollbracht. Das stand sogar in den Zeitungen! Ich bin da ganz optimistisch, schon damit wir überleben", sagte der präsidiale Adjutant mit einem gekünstelt positiven Ausdruck im Gesicht und klopfte dem Botschafter noch aufmunternd auf die Schulter, ehe er das Hundehaus verließ.

12

PALMA DE MALLORCA – TÖTUNGSSTATION IM INDUSTRIEGEBIET

David Stein wusste, dass sein eigenmächtiges Handeln Konsequenzen nach sich ziehen würde, doch selbst in der grauen Welt der Geheimdienste versuchte er, zumindest einen kleinen Rest seiner wahren Persönlichkeit zu behalten. Dieses kleine Stückchen seiner echten Existenz, die sich unter den verschiedenen Lebensläufen und Identitäten, die er angenommen hatte, bald vollständig auflösen würde, war der Anker, der ihn erdete.

Immer schon hatte sich David für Hunde interessiert und als er in das Schattenreich des Nachrichtendienstes eintrat, stellte er schnell fest, dass dort die Lüge als Wahrheit verkauft wurde und der Feind als Freund. Um nicht verrückt zu werden, hatte er schon früh eine Ausbildung zum Hundetrainer absolviert, denn die Arbeit mit Hunden in seiner Freizeit schien ihm die beste Therapie und der beste Ausgleich für seine Arbeit zu sein. Hunde können nicht lügen, Menschen hingegen logen immer. Bald sah David seine Aufgabe auch darin, möglichst vielen Hunden ein angenehmes Leben zu ermöglichen, um sich so für ihre positive therapeutische Wirkung auf seinen Verstand erkenntlich zu zeigen. Dazu gehörte auch sein monatlicher, fast schon ritueller Besuch in der Death Row einer staatlichen Tötungsstation.

Deshalb war es David im Grunde auch vollkommen egal, ob ihn Robyn von der

„Abteilung" im Augenblick observierte oder nicht. Anstatt wie vereinbart nach Nizza zu fliegen, hatte David kurzerhand die Maschine nach Palma genommen und befand sich jetzt bereits im Landeanflug auf den Flughafen von Palma de Mallorca. David war zwar nicht abergläubisch, er spürte jedoch, dass ein Gelingen der Operation

„Hundeflüsterer" auch davon abhing, dass er seine Rituale einhielt, die ihm die innere Kraft gaben, sich auf einer mentalen Ebene mit den Hunden einzulassen und ihre Reaktionen nicht analytisch, sondern emotionell zu verstehen.

Als er auf dem Weg in das Parkhaus war, wo er seine Enduro-Maschine geparkt hatte, summte wie erwartet sein Handy und als er das interne Skype aktivierte, sah er nur den blonden Haarschopf von Robyn, die wie üblich den Kopf gesenkt hatte und in ein iPad tippte.

„Stein, Nizza ist der Zielflughafen. Was haben Sie in Palma zu schaffen?" Es war eine rein rhetorische Frage, denn da Robyn seine Gewohnheiten lückenlos durchgecheckt hatte, war ihr sicher auch das Palma-Ritual aufgefallen.

„Es ist der 3. August, Stein. Sie wissen sicher, dass Sie keine Zeit mehr für Ihren rituellen Besuch haben." Robyns Stimme klang völlig neutral und David fragte sich unwillkürlich, ob sie ein echter Mensch war oder ein perfekter Roboter.

„Wenn Sie mich so gut kennen, dann wissen Sie auch, was ich tun muss", antwortete er.

„In unserem Metier kann Aberglaube tödlich sein", antwortete sie, ohne mit dem Tippen aufzuhören. „Ich habe natürlich Ihr emotionales und deshalb auch irrationales Verhalten als Variable in meine Strategie integriert und dementsprechende Vorkehrungen getroffen."

„Welche Vorkehrungen sind das?", fragte David und starrte skeptisch auf das Display, auf dem er das leicht verzerrte Gesicht von Robyn sah, die jetzt kurz aufblickte.

„Der Weimaraner des TV-Produzenten hat eine Krise! Ein echter Notfall und Sie müssen helfen. Deshalb nehmen Sie erst die Abendmaschine nach Nizza. Schaffen Sie das?"

„Kein Problem! Was aber, wenn jemand aus Gurbangulys Umfeld in Berlin nachfragt?", fragte David und sah jetzt nur noch die blonden aufstehenden Haare von Robyn, die sich wieder nach unten gebeugt hatte.

„Wir haben natürlich eine Rufumleitung installiert und online sieht man Sie den Hund trainieren. Vor zehn Minuten hat der TV-Produzent übrigens auf Facebook ein Foto von Ihnen mit dem Weimaraner gepostet."

David stand jetzt vor dem Lift im Parkhaus, die Verbindung wurde schlechter und Robyns Kopf begann sich bereits in einzelne Pixel aufzulösen. Er hörte noch abgehacktes Krächzen und sah ihre verzögerten Mundbewegungen, als sie den Kopf hob, dann riss die Verbindung ab.

Auf seiner Enduro-Maschine fuhr David auf der Stadtautobahn Richtung Palma. Der Verkehr war wie immer sehr stark, doch mit seinem Geländemotorrad kam David schnell weiter und hatte nach knapp einer halben Stunde sein Ziel erreicht.

Die Bar Bosch ist eine der ältesten Bars in Palma de Mallorca und liegt mitten im alten Zentrum der Stadt. David setzte sich auf einen der Korbstühle, beobachtete das Treiben auf den breiten Boulevards, die flanierenden Passanten, dazu trank er ein stilles Mineralwasser. Nach ungefähr fünfzehn Minuten kam ein grauhaariger Kellner mit zerfurchtem Gesicht an seinen Tisch.

„Schön, Sie zu sehen, Señor David“, begrüßte ihn der Kellner und reichte ihm einen mit einer Wäscheklammer fixierten Zettel.

„Hallo, José! Diesmal sind es so viele? Damit hätte ich nicht gerechnet!“ David hob überrascht die Augenbrauen. „Niemals hätte ich das gedacht!“

„Señor David, im Augenblick herrscht eine rege Nachfrage! Ihr Engagement hat sich eben herumgesprochen“, antwortete José mit einer leichten Bewunderung in der Stimme.

„Es geht hier nicht um mich“, antwortete David und schob den Zettel in die Tasche seiner Jeans.

„Trotzdem sind Sie ein guter Mensch, Señor David!“, rief ihm José noch hinterher, als sich David auf seine Enduro schwang und davonbrauste.

Er raste den Passeig Maritim entlang, zweigte dann auf eine hauptsächlich von Lastwagen befahrene breite Straße ab, bis er ein Industriegebiet außerhalb von Palma erreicht hatte. Dort drosselte er die Maschine und fuhr im Schritttempo eine staubige asphaltierte Straße entlang. Links und rechts standen verwitterte Lagerhäuser und am Ende der Straße ein halb verfallenes, lang gezogenes Gebäude aus dem achtzehnten Jahrhundert, das früher einmal ein Kloster gewesen war. Vor dem großen halbrunden Tor, das noch immer von einer kopflosen Statue gekrönt wurde, parkten zwei vergitterte Lieferwagen. Die Fahrer standen im Schatten der Klostermauer, rauchten ihre Zigaretten und unterhielten sich angeregt. Als David sein Motorrad an der Mauer entlangschob, unterbrachen sie ihre Unterhaltung und nickten David bewundernd zu.

Bevor David durch die breite Toreinfahrt ging, holte er aus der Tasche seiner Jeans ein Bündel Euroscheine, zählte einige Scheine ab und steuerte auf die Portierloge zu, die sich in der Toreinfahrt befand. Ohne ein Wort zu sagen, schob er dem gelangweilt in einen kleinen tragbaren Fernseher blickenden Portier die Euroscheine über den Tresen und ging weiter in den Innenhof des Klosters.

In der Toreinfahrt war nur ein undefinierbares Grundheulen zu hören gewesen, aber als David den ersten Innenhof des Klosters betrat, brach der Lärm mit der Wucht eines Orkans über ihn herein. Eine unbeschreibliche Mixtur aus Bellen, Heulen und Jaulen hallte von den dicken Mauern wider, vervielfältigte sich als Echo, vermischte sich mit immer neuem Heulen und Bellen zu einer Symphonie des Grauens, zu einer Todesmelodie.

Jeden Monat war es das Gleiche, jedes Mal wieder wurde David von diesem hoffnungslosen Lärm emotionell mitgerissen. Auch jetzt löste sich die graue Geheimdienstwelt plötzlich im Nichts auf und David stand mit seinem wahren Ich in dieser Todeszone.

„Der Hundeflüsterer und sein monatliches Ritual!“, riefen zwei Männer in durchgeschwitzten Overalls, als sie David sahen. David nickte ihnen kurz zu und als sie näher kamen, verteilte er einige Geldscheine.

„Wo sind sie?“, fragte er dann kurz und knapp und mit dem Daumen deutete einer der Männer hinter sich in einen langen, dunklen Gang, aus dem eine Welle schrillen Winselns und grellen Jaulens nach draußen schwappte und den allgemeinen Lärm noch zu übertönen schien.

„Die in dem Gang dort sind schon seit über zwei Wochen hier! Deshalb ist es auch ihre letzte Woche! Du kannst dir fünf Stück heraussuchen. Mehr sind gesetzlich leider nicht erlaubt.“ Während der

Mann das sagte, hielt er bereits die Hand auf und David zählte noch mehr Euroscheine auf die schwielige Handfläche.

Wie immer zögerte David auch diesmal, denn die eigentliche Aufgabe stand ihm noch bevor. Er musste aus ungefähr achtzig Hunden, die bereits in der Death Row, in der Todesreihe waren, fünf aussuchen, und diese fünf Hunde konnte er dann mitnehmen. David holte tief Atem und ging in den dunklen Gang hinein. Zunächst sah er in der Dunkelheit nur hunderte von Augenpaaren, die ihn panisch anstierten, die traurig, verloren oder aggressiv blickten. Dann flammte das Neonlicht auf und zeigte die traurige Wirklichkeit. Links und rechts des Gangs waren die Käfige, hinter deren Gittern die Todeskandidaten die Zähne fletschten, bellten, jaulten oder apathisch zitternd in der Ecke lagen und nicht wagten nach vorne zu kommen, aus Angst, wieder von den Menschen niedergeknüppelt zu werden. Andere Hunde hingegen hatten ihre Angst in Aggression verwandelt und sprangen wie verrückt gegen den Maschendrahtzaun, bis ihre Pfoten und Schnauzen ganz blutig waren, oder bissen wütend in den dünnen Stahldraht, bis ihnen das Blut aus den Lefzen tropfte.

David hatte schon viel erlebt, er hatte selbst Menschen getötet, hatte andere durch Bomben sterben sehen, aber trotzdem ging ihm das Schicksal dieser wehrlosen und zum Tode verurteilten Hunde unter die Haut.

Für diese Todeskandidaten gab es keine Hoffnung, sie spürten nur instinktiv, dass sie sterben würden. Der Tod hatte für sie keine Bedeutung, aber das Gefühl, dem Bösen ausgeliefert zu sein, brachte alle diese Hunde um den Verstand.

Immer wieder forschte David in sich hinein und versuchte zu ergründen, warum er den Menschen gegenüber kaum zu Gefühlen fähig war, ja nicht einmal Jane gegenüber hatte er offen seine Gefühle gezeigt, nur dann, als es zu spät war und er sie tot aus dem eingestürzten Gebäude getragen hatte, da hatte ihn das Gefühl übermannt und damals hatte er zum ersten Mal in seinem Leben geweint.

Sonja hatte wahrscheinlich recht, er schenkte seine ganze Liebe und Zuneigung den Hunden, da blieb für die Menschen nichts mehr übrig. Vielleicht war diese Kälte das Geheimnis seines Erfolgs in der Schattenwelt der Geheimdienste. Dieses emotionslose Durchführen einer Operation, so wie jetzt. Aber die Operation

„Hundeflüsterer" war etwas anderes, hier war das Ziel Rache für den Tod von Jane. Es war eine zutiefst emotionelle Operation, das musste sich David plötzlich eingestehen, als er in dem Gang stand, wo ihn die Hunde von beiden Seiten bestürmten, sie zu retten. Doch jetzt war keine Zeit für Gefühle, jetzt ging es darum, wehrlose Lebewesen zu retten und ihnen ein Zuhause zu bieten, damit auch sie noch eine lebenswerte Existenz führen konnten.

José, der Kellner aus der Bar Bosch, hatte ihm auf dem Zettel die Namen von fünf Personen aufgeschrieben, die sich bereit erklärt hatten, Hunde aus der Tötungsstation aufzunehmen und dafür zu sorgen, dass sie diese Horrorerlebnisse vergessen konnten. Diesen Menschen war David unendlich dankbar und er schätzte dieses Engagement sehr. Vor einem verdreckten Käfig blieb er stehen und sah durch das Gitter. Auf einer verlausten Decke stand eine Schuhschachtel und davor lag eine tote Hündin.

„Mach den Käfig auf!", befahl David dem Wärter, der ihn in die Death Row geführt hatte.

„Aber der Hund ist doch schon tot", sagte der Wärter ungerührt und versetzte der toten Hündin einen Tritt. „Willst du jetzt etwa auch schon einen toten Hund mitnehmen?", fragte er und grinste David an.

„Was ist in der Schachtel?“, fragte David und ignorierte die Frage des Wärters. Als ihn der Mann verständnislos anstierte, wies er auf die verschimmelte Schuhschachtel in der Ecke.

„Schachtel? Ach, die meinst du!“ Der Wärter kratzte sich am Kopf. „Denke, da sind kleine Hunde drinnen, wenn sie die Ratten nicht bereits aufgefressen haben.“ Der Wärter zuckte mit den Schultern, schlurfte durch den Käfig und hielt David die Schachtel entgegen. „Sag ich doch! Mini-Hunde.“

David stieg vorsichtig über die tote Hündin hinweg und sah fünf winzige Welpen in der Schachtel, die vor Hunger laut quietschten.

„Ich brauche sofort ein wenig Milch! Sonst sterben die Kleinen!“, herrschte er den Wärter an, doch dieser schüttelte bloß seinen Kopf.

„Milch? Haben wir hier nicht. Wir trinken unseren Kaffee nur schwarz.“ Wieder setzte er sein widerliches Grinsen auf und David musste sich ziemlich zusammenreißen, um ihm nicht die Meinung zu sagen. Aber er wusste, dass er von diesen Wärtern abhängig war, dass dieser Wärter eine Entscheidung über Leben und Tod treffen konnte und deshalb fischte er einige Euroscheine aus der Gesäßtasche seiner Jeans und drückte sie dem Wärter in die Hand.

„Denke, das reicht für ein wenig Milch!“

„Ach, wenn ich so recht überlege, eine Flasche muss doch noch drüben im Büro sein“, sagte der Wärter und steckte schnell das Geld ein.

Als David mit der Schuhschachtel unter dem Arm wieder nach draußen in die grelle Sonne trat, hallten ihm die Ohren noch immer von dem Jaulen und Bellen der Hunde wider. So viele Hunde gab es noch zu retten, da war es einfach nötig, Prioritäten zu setzen und die zu retten, die eine reelle Chance aufs Überleben hatten, wie etwa die fünf Welpen, die David vor dem sicheren Tod bewahrt hatte.

Vorsichtig stellte er die Schachtel auf den Tank seiner Enduro, befestigte sie dann mit einem Gummigurt und wollte gerade sein Motorrad starten, als mehrere Jungs die staubige Asphaltstraße entlangkamen und ihn und sein Motorrad umringten.

„Tolle Maschine hast du da!“, sagte einer von ihnen und schob sich die verspiegelte Sonnenbrille in die zurückgegelten Haare.

David wusste sofort, dass es mit diesen Jungs Ärger geben würde, aber gerade das wollte er vermeiden, niemand sollte von seiner Anwesenheit hier auf Mallorca erfahren. Alles, was er wollte, war, die kleinen Hunde bei ihren zukünftigen Besitzern abzuliefern und dann seinen Flug nach Nizza zu nehmen.

Kopfschüttelnd zog David einen langen Eisenstab hervor, der seitlich im Sattel der Enduro steckte und entfernt an einen Ölmessstab erinnerte. Ein Ende des Eisenstabs verjüngte sich und lief in eine Spitze aus. Das andere Ende war dicker und wie ein handlicher Griff geformt. Das vordere Drittel des Stabes war zu einer Klinge geschliffen, die auf den ersten Blick aber nicht zu sehen war. Der Stahlstab ließ sich wie ein Degen handhaben, nur dass diese Waffe wesentlich leichter und daher auch gefährlicher war.

„Das hier ist eine japanische Mishima-Yukio-Waffe“, sagte David und ließ den Stahlstab durch die Luft sausen, dass es zischte. „Der Stahl ist eine Spezialhärtung und trotzdem so flexibel, dass er einen Körper einfach durchstoßen kann, ohne sich zu verbiegen oder abzubrechen. Die Klinge vorne ist scharf wie ein Rasiermesser. Wenn man das Mishima-Yukio-Schwert richtig beherrscht, kann man damit jemanden köpfen! “

Er blickte in die Runde und ließ den Stab erneut durch die Luft zischen. „Hat jemand von euch Lust, die Wirkung auszuprobieren?“

„Mann, wir haben nur deine Maschine bewundert! Mehr nicht", sagte der Junge und schob sich die verspiegelte Sonnenbrille wieder auf die Nase.

„Ich habe auch gar nichts anderes erwartet", antwortete David sarkastisch, startete sein Motorrad und brauste über die staubige Asphaltstraße davon.

Zwei Stunden später hatte er alle Welpen bei den Hundeliebhabern abgeliefert, saß in der Abflughalle des Flughafens von Palma de Mallorca und ließ sich von Robyn auf seinem Smartphone instruieren, welches Gate er in Nizza zu nehmen hatte, um unauffällig in der Ankunftshalle zu erscheinen.

13

SAINT-TROPEZ – VILLA VON GURBANGULY

Der Hubschrauber flog von Nizza in einem weiten Bogen über das strahlend blaue Mittelmeer und nahm Kurs auf Saint-Tropez. Neben David Stein saß der französische Botschafter von Dakistan, der angestrengt aus dem Fenster starrte und auch bei der Begrüßung in der Ankunftshalle des Flughafens von Nizza recht nervös gewirkt hatte. Nach einem kurzen Telefonat hatte ihn der Botschafter zu einem VIP-Ausgang geführt.

„Wir nehmen den Hubschrauber zum Anwesen des Großen Präsidenten", sagte er zerstreut, als sie über ein privates Rollfeld auf einen großen Hubschrauber zugingen. Eine breite Schiebetür öffnete sich lautlos und ein Mann mit dunkler Sonnenbrille kam ihnen entgegen. Ohne zu fragen, nahm er Davids Reisetasche und alle stiegen die kleine Leiter nach oben in das komfortable Innere des Hubschraubers. „Sie waren bei der Rassehundeausstellung in Berlin?", fragte der Botschafter beiläufig, als sie darauf warteten, dass der Hubschrauber startklar gemacht wurde.

„Ja, es war ziemlich interessant! Aber woher wissen Sie, dass ich dort war?", fragte David ganz naiv.

„Ich habe in einem Online-Magazin ein Foto von Ihnen gesehen", antwortete der Botschafter zufrieden darüber, David mit dieser Frage überrascht zu haben.

„Aber ich bin doch gar nicht fotografiert worden", wunderte sich David.

„Natürlich nicht, aber Sie waren auf einem Foto im Hintergrund zu sehen." Der Botschafter lächelte David freundlich an, doch seine dunklen Augen blieben ohne Wärme und seine Ausstrahlung hatte etwas Bedrohliches. Diese negative Aura beunruhigte David auch, als sie mit dem Hubschrauber tief über das Mittelmeer flogen und es schien, als würden die weißen Schaumkronen der Wellen über die Kufen des Hubschraubers schwappen.

Als der Hubschrauber über den Hafen von Saint-Tropez mit seinen riesigen Yachten und den pittoresken Straßencafés an dem kleinen Pier flog und Kurs auf die Villa von Gurbanguly nahm, hatte David die Situation wieder kühl und emotionslos analysiert. Sollte jemand Verdacht geschöpft haben, würde er die Operation eben früher beenden als geplant. Er hatte auch nicht vor, dann auf das flüssige Gift zu warten, das Schneider nach Saint-Tropez mitbringen würde. In der Zwischenzeit war David auf sich alleine gestellt und das war ihm auch recht so, denn im Grunde war er seit dem Anschlag in Kabul zu einem Einzelgänger geworden, der sich nur mehr sehr schwer in ein Team einfügen konnte.

David hatte in Berlin zwar Fotos der Villa von Gurbanguly gesehen, aber keine echte Vorstellung von den Dimensionen gehabt. Die Wirklichkeit übertraf seine Phantasie um ein Vielfaches. Die Villa thronte auf einem eigens aufgeschütteten Hügel mit einer riesigen Kuppel als Zentrum, von der strahlenförmig vier Wohnflügel abgingen. Vom Hubschrauber aus war der Anblick beeindruckend, schon die goldenen Flammenreliefs auf dem Dach der Kuppel mussten ein Vermögen gekostet haben. Der Hubschrauber landete neben einem in den Hang gebauten Hangar, dessen Schiebetor halb geöffnet war. Zu seiner Überraschung sah David die Schnauze eines Düsenjets und einen Kampfhubschrauber, an dessen Kufen eine Raketenabschussvorrichtung installiert worden war. Als David und der Botschafter aus dem Hubschrauber kletterten, war das Tor zum Hangar aber bereits wieder geschlossen. Sie gingen soeben durch eine kleine Abfertigungshalle, als eine schwarzhaarige Frau in einer pinkfarbenen Strandtunika mit einem Klemmbrett unter dem Arm plötzlich vor ihnen auftauchte.

„Das ist Tasha", stellte sie der Botschafter David höflich vor. „Tasha ist während der Zeit Ihres Aufenthalts Ihre persönliche Assistentin. Sie wird dafür sorgen, dass es Ihnen an nichts fehlt."

Davids Reisetasche stand bereits auf einem langen Tisch, Tasha ging direkt darauf zu und öffnete den Reisverschluss.

„Um die Sicherheit und das Wohlbefinden des Großen Präsidenten zu garantieren, werden die Gepäckstücke unserer Gäste einer genauen Überprüfung unterzogen, Herr Stein!", belehrte sie ihn und lächelte David mit ebenmäßigen weißen Zähnen unverbindlich an. Affektiert schüttelte sie dann ihre dunklen Haare, die von einem pinkfarbenen Haarreifen aus der Stirn gehalten wurden, und sie begann Davids Sachen aus der Reisetasche zu nehmen und jedes Stück mit einem silbernen Stift in eine Liste einzutragen, die sie auf ihrem Klemmbrett befestigt hatte.

Als sie das schwarze glänzende Lackkästchen aus dem Seitenfach von Davids Reisetasche zog, wurden ihre Züge hart und ihre Augen verengten sich zu schmalen Schlitzen.

„Was ist das?"

„Das ist eine Schatulle, in der ich das Trainingshalsband für Ali Baba transportiere", antwortete David und griff nach der Schatulle.

„Halt! Das dürfen Sie ohne Kontrolle nicht berühren!", rief Tasha hysterisch und zuckte zurück. Vorsichtig trug sie das schmale Kästchen zu einem kleinen, tragbaren Scanner und David fühlte sich für einen kurzen Augenblick zurückversetzt an jenen Tag, als Amir Karsai seine Sachen in die Plexiglasschale vor dem Scanner gelegt hatte und David zu sehr mit dem Anzünden seiner morgendlichen Zigarette beschäftigt gewesen war, um die Gefahr zu erkennen.

Wie besessen starrte Tasha auf den integrierten Bildschirm des Scanners, als die Schatulle langsam durch das Gerät geschoben wurde.

„Okay", sagte sie dann langsam, nachdem sie den Inhalt über den Bildschirm gecheckt hatte, „jetzt dürfen Sie die Schatulle öffnen."

David klappte die Schatulle auf und zog das breite, aus unterschiedlichen Ledersorten geflochtene Halsband hervor und klappte den metallenen Griff auf.

„Das ist ein spezielles Halsband für Wettkämpfe. Mit diesem Griff hält man den Hund beim Start fest", sagte er und schwenkte das Halsband hin und her. „Ich brauche das für das Mentaltraining mit dem Saluki. Er muss sich langsam daran gewöhnen." David holte tief Luft und konzentrierte sich darauf, dass seine Ausstrahlung so harmlos wie möglich war und sich diese Harmlosigkeit aus jeder seiner Poren auf Tasha übertrug und sie in Sicherheit wiegte.

„Wenn der Saluki nicht an ein Wettkampfhalsband gewöhnt ist, wird er auch beim Rennen seine Probleme damit haben." Ganz ruhig sah er Tasha in die Augen, die graue Welt der Geheimdienste existierte nicht mehr, in diesem Augenblick war er für niemanden eine Gefahr, er war nur noch der Hundeflüsterer.

„Ihre Entscheidung", sagte er sanft.

„Ich, ich weiß nicht, ob das gestattet ist!" Verunsichert blickte Tasha zu dem Botschafter, der sich abseits gehalten hatte und jetzt verhalten mit dem Kopf nickte, um seine Zustimmung zu signalisieren.

„Der Botschafter hat die Anwendung genehmigt, dann geht es in Ordnung“, sagte Tasha in ihrem abgehackten Tonfall und notierte alles in ihrer Liste. „Sie dürfen das Halsband also verwenden.“

„Eine ziemlich aufwendige Prozedur, Herr Botschafter“, sagte David genervt, als er das Halsband wieder zurück in die Schatulle legte, doch der Botschafter zuckte nur mit den Schultern.

„Das Wohl des Großen Präsidenten ist unser höchstes Anliegen, deshalb sind diese genauen Kontrollen durchaus vertretbar.“

„Trotzdem lassen sich so gewisse Rückschlüsse auf die Politik von Dakistan nicht vermeiden“, konterte David, dem dieser Kontrollwahn ziemlich auf die Nerven ging.

„Eine allgemeine Paranoia, die anscheinend ansteckend ist.“

„Behalten Sie Ihre Privatmeinung für sich, Herr Stein!“, antwortete der Botschafter diplomatisch. „Ihre Stärken liegen eindeutig in der Erziehung von Hunden und nicht in der Analyse der Politik von Dakistan.“ Er faltete die Hände, als würde er ein Gebet sprechen. „Unser Großer Präsident ist über kleinliche Deutungen seiner Politik erhaben und wünscht auch nicht, dass in seinem Urlaubsdomizil darüber gesprochen wird. Habe ich mich deutlich genug ausgedrückt, Herr Stein?“ Mit dem letzten Satz hatte die Stimme des Botschafters deutlich an Schärfe zugelegt und seine Äußerung war als unmissverständliche Warnung formuliert.

„Ich habe verstanden. Es tut mir leid, wenn ich dieses Thema angesprochen habe“, entschuldigte sich David, um so die ganze Angelegenheit wieder zu beruhigen.

„Schon gut!“ Der Botschafter zupfte nervös an seinem weißen Stecktuch, das in der Brusttasche seines dunkelblauen Blazers steckte, während er Tasha beim Kontrollieren von Davids Besitztümern zusah.

„Würden Sie bitte dort hinter diesen Vorhang gehen und sich entkleiden“, bat Tasha höflich, doch der Blick aus ihren schwarzen

Augen signalisierte David, dass es sich bei dieser Bitte um einen Befehl handelte.

„Aber nur, wenn sie mir Gesellschaft leisten", erwiderte David spöttisch, denn seine Rolle musste so glaubhaft wie möglich sein. Tasha zuckte nur verächtlich mit den Mundwinkeln und schob den Vorhang der Kabine zur Seite.

Penibel leerte sie die Taschen von Davids Jeans, als er ihr die Hose aus der Kabine reichte. Bis auf sein Smartphone legte sie alles auf den langen Tisch und verzeichnete es in ihren Listen. Robyn hatte es vorhergesehen. Tasha kontrollierte jede Nummer auf Davids Smartphone, bevor sie es auf den Tisch legte.

„Ich ersuche Sie, keine Privatgespräche während Ihres Aufenthalts hier zu führen", sagte sie energisch, als David wieder angekleidet aus der Garderobe trat. „Jedes nicht autorisierte Gespräch können wir über WLAN orten. Halten Sie sich also an unsere Anweisungen."

„Wie Sie meinen", antwortete David gleichgültig, obwohl er im Augenblick keine Ahnung hatte, wie er jetzt unauffällig mit Schneider in Kontakt treten konnte.

Nach ungefähr einer halben Stunde war das aufwändige Prozedere erledigt. David, der Botschafter und Tasha machten sich auf den Weg, um David seine Zimmer mit spektakulärem Blick, wie der Botschafter anmerkte, in einem der Gästehäuser zu zeigen, doch David winkte ab.

„Ich bin nicht wegen der Aussicht hierher gekommen", sagte er und drehte sich zu Tasha. „Ich will zunächst Ali Baba, den Saluki sehen. Deswegen haben Sie mich doch mit höchster Dringlichkeit kontaktiert."

„Natürlich, Sie haben recht!", beeilte sich der Botschafter zu versichern. „Der Hund ist für uns alle das Wichtigste!" Er riss sein Stecktuch aus der Brusttasche und wischte sich damit den Schweiß von der Stirn. „Es geht wie immer um den Hund", keuchte er und schnippte mit den Fingern. „Tasha, führen Sie Herrn Stein in das Hundehaus."

Vor dem runden Gebäude blieb Tasha stehen und drehte sich mit einem strahlenden Lächeln zu David um. Das Klemmbrett hielt sie wie einen Schutzschild vor ihre Brust, ihr Blick war in die Ferne gerichtet. Es war, als hätte man einen Schalter in ihrem Kopf umgelegt und sie dadurch zur reinen Propagandamaschine umfunktioniert.

„Wie immer will der Große Präsident nur das Beste für sein Volk und dafür sind wir ihm unser Leben lang dankbar. Der Große Präsident hat die Eingebung, Dakistan in allen Bereichen zum Sieg zu führen und damit der Welt zu zeigen, dass wir das auserwählte Zoroaster-Volk sind. Um uns ein Beispiel dafür zu geben, hat der Große Präsident dem Emir von Katar seine Teilnahme an dem berühmten Windhunderennen in Katar am Persischen Golf angekündigt. Der Große Präsident wird dort siegen, alles andere ist für ihn und für das Volk von Dakistan völlig ausgeschlossen." Nach dem Ende ihrer Rede drehte sich Tasha militärisch zackig auf den flachen Absätzen ihrer goldenen Sandaletten um und öffnete ein schweres, goldverziertes Tor. Langsam gewöhnten sich Davids Augen von der Helligkeit draußen an das dämmrige Licht, das durch schmale Lamellen, die sich weit oberhalb einer Galerie befanden, nach unten sickerte. Obwohl der Raum die Ausmaße einer Sporthalle hatte, war die charakteristische intensive Ausdünstung eines gestressten Hundes überdeutlich zu riechen. David kannte die Ursachen dieses Gestanks, hatte ihn erst kürzlich wieder in der privaten Tötungsstation in Palma gerochen: Hunde, die unter extremem Stress stehen, sondern diesen Geruch über die Haut und das Fell ab. Es war ähnlich wie der Angstschweiß bei den Menschen. Auch das kannte David oft genug von seinen früheren

Einsätzen. Was er allerdings hier zu sehen bekam, ging weit über seine Vorstellungskraft hinaus.

In der Mitte des Raums stand ein riesiger goldener Käfig, der mit weißen Fellen ausgekleidet war. Links und rechts vom Käfig standen zwei junge Mädchen in bunten Tuniken, die große, an Stangen befestigte Fächer monoton hin und her bewegten und dadurch einen ständigen Luftzug erzeugten, der den Käfig kühlte. Im Inneren des Käfigs lag apathisch der Saluki, nur seine rote heraushängende Zunge und die riesigen schwarzen Augen, mit denen er jetzt aufblickte, als er die Geräusche hörte, waren zu erkennen.

„Das ist doch komplett verrückt", murmelte David und schüttelte entgeistert den Kopf. Mit seinem Slipper stieß er gegen einen goldenen Futternapf, der wiederum in einem vergoldeten Gestell vor dem Käfig stand. „Gold ist schädlich, wenn es mit dem feuchten Fressen in Berührung kommt. Es kann zu einer chemischen Reaktion führen", sagte er und Tasha notierte alles eifrig auf ihrem Klemmbrett.

„Kommt der Hund nie ins Freie?" David blickte umher, doch alle Anwesenden zuckten bloß ratlos mit den Schultern. „Was ist mit euch?", fragte David die beiden Mädchen, die noch immer die Fächer bewegten, als wären sie in Trance.

„Sie können Sie nicht verstehen", assistierte Tasha. „Die beiden sind taubstumm. Ali Baba soll nicht durch fremde Stimmen irritiert werden. Nur der Hundetrainer und natürlich der Große Präsident dürfen mit ihm sprechen."

„Der Hund braucht Bewegung und muss an die frische Luft!" David drehte sich zu Tasha, die ihn mit großen Augen entgeistert anstarrte. „Sorgen Sie dafür, dass der ganze Firlefanz hier verschwindet." Er gestikulierte mit den Mädchen, um ihnen zu signalisieren, dass sie mit dem Fächern aufhören sollten, doch die beiden nahmen keine Notiz von ihm, sondern bewegten weiter unbeirrt die langen Stangen.

„Ich muss erst den Adjutanten des Großen Präsidenten um Erlaubnis fragen“, sagte Tasha nach kurzem Schweigen und knipste wieder ihr übertriebenes Lächeln an.

„Ich will, dass meine Anweisungen sofort umgesetzt werden!“, schnauzte David Tasha an und wandte sich dann zum Botschafter. „Sie als Botschafter können doch jetzt sofort mit dem Präsidenten sprechen?“

„Wo denken Sie hin! Unser Großer Präsident ist mit universellen Dingen beschäftigt. Da kann ich ihn nicht mit diesen Banalitäten konfrontieren.“

„Ja, der Große Präsident wird ganz ungehalten, wenn man ihn bei seinen Eingebungen stört“, pflichtete Tasha eifrig bei. Als David etwas erwidern wollte, klingelte das Handy des Botschafters und der schrille Ton hallte von den kahlen Wänden der Halle zurück, verflüchtigte sich in der Kuppel und kehrte dann mit aller Macht wieder in die Mitte des Raums zurück. Ali Baba schreckte panikartig hoch und sprang unbeholfen auf den viel zu weichen Kissen umher, mit denen der Käfig ausgelegt war. Spontan machte David einen Schritt nach vorne, um den Hund mit Worten zu beruhigen, doch der Hund zuckte nur zusammen, knurrte und fletschte die Zähne.

„Unglaublich!“ David schüttelte den Kopf. „Ein Saluki, der knurrt und die Zähne fletscht. Das ist schon sehr ungewöhnlich! Das Tier muss unter einem enormen Druck stehen!“

„Deshalb sind Sie ja hier“, sagte Tasha und ließ mit keiner Miene erkennen, ob ihr das Schicksal des Hundes etwas bedeutete oder vollkommen gleichgültig war.

Der Botschafter lehnte in der Zwischenzeit neben der Tür an der Wand und flüsterte hektisch in sein Handy. Wieder machte David einen Schritt auf den Hund zu, beugte sich dann vor und rief einmal kurz „Ali Baba". Der Saluki hielt für einen kurzen Moment inne, blickte mit traurigen Augen zu David, schob seine Lefzen zurück, sodass man sein Gebiss sehen konnte, und knurrte leise. Als David wieder zurücktrat, setzte der Saluki sein hektisches Umherspringen fort.

Der kurze Blick in die Augen des Hundes, verbunden mit dem Geruch, den er verströmte, hatte David genug gezeigt. Der Hund war in Panik, denn er hatte sein angestammtes Rudel verloren. Rudel bedeutete zwangsläufig nicht andere Hunde, es wurde nicht zwischen Mensch und Tier unterschieden, sondern dabei handelte es sich um Bezugspersonen und die hierarchische Stellung innerhalb dieses emotionellen Gefüges. Im Fall von Ali Baba hatte es den Anschein, als wäre der Saluki auf brutale Weise von seinem rechtmäßigen Besitzer, seinem Alphatier, getrennt worden und seither komplett verunsichert und orientierungslos.

Mit Tasha, die ihm nicht von der Seite wich, ging David zum Botschafter, der noch immer neben der Eingangstür stand und telefonierte. Er wollte ihm seine Beobachtungen sofort mitteilen und ihn bitten, einen Kontakt zu dem Verkäufer des Hundes herzustellen, denn dort vermutete David die Wurzel für das verstörte Verhalten des Salukis. Er war so sehr mit den Problemen des Hundes beschäftigt, dass er nicht weiter auf das Telefonat achtete und auch den leisen Satz des Botschafters, „Ja, mir ist er von Anfang an verdächtig erschienen", nicht registrierte.

14

SAINT-TROPEZ – PENSION „LA SOLITUDE“

Leyla Khan schob sich die große Sonnenbrille in die blond gefärbten Haare und füllte als Ruth Mayer das Registrierungsformular aus, das ihr der Concierge in der wenig glamourösen Pension an der Ortseinfahrt von Saint-Tropez auf den winzigen Tresen gelegt hatte.

Die Fahrt mit dem Zug von Berlin hierher war anstrengender gewesen, als sie gedacht hatte, an Schlaf war in den mit Rucksacktouristen überfüllten Abteilen nicht zu denken und sie war froh, sich endlich auf einem Bett ausstrecken zu können, um über ihren Plan nachzudenken, doch schon nach wenigen Augenblicken schlief sie vor Erschöpfung ein.

Im Halbschlaf wälzte sich Leyla unruhig auf dem Bett herum, immer wieder geisterte der Extrabonus durch ihre Träume und das betrübte Gesicht von Brian Farruk, der ihr mit trauriger Stimme mitteilte, dass sie die Million Dollar nicht bekommen würde, dafür aber seine Essensreste mitnehmen könne. Mitten in diesem Alptraum schreckte sie hoch, riss sich das schweißnasse T-Shirt vom Körper und stellte sich unter die eiskalte Dusche, um wieder klar denken zu können.

Der Brandanschlag in Berlin hatte nicht den gewünschten Erfolg gebracht, die Operation „Hundeflüsterer" war nicht abgebrochen worden und David Stein war bereits in der Villa von Gurbanguly. Jetzt wurde die Zeit knapp, in den nächsten Tagen musste die Mission durchgeführt werden. Am einfachsten wäre es, Stein in den nächsten Tagen außerhalb der Villa zu liquidieren, den Extrabonus zu kassieren, um endlich mit Sicherheit zu wissen, dass sie nie wieder arm werden würde.

Ich werde nie wieder arm sein!, dachte Leyla und betrachtete ihr Gesicht im Spiegel, das erst auf den zweiten Blick eine Ähnlichkeit mit ihr hatte. Ja, die Verwandlung in die deutsche Studentin Ruth Mayer war perfekt gelungen, sie identifizierte sich mit Ruth, dachte wie sie, ja manchmal ertappte sie sich auch dabei, dass sie in ihren Träumen Ruth Mayer war und in einem überfüllten Hörsaal einer deutschen Universität saß. Doch Leyla Khans Universität war das Leben gewesen, das sie in dem Palästinenserlager im Südlibanon in seiner ganzen Erbärmlichkeit kennengelernt hatte. Sie hatte am eigenen Leibe erfahren, was es für ein Gefühl war, tagelang nichts zu essen zu haben, den Müll an den Stadträndern nach Essbarem zu durchsuchen und sich mit den verlausten Straßenkötern darum zu streiten.

„Ich werde mich nie wieder mit räudigen Hunden um verfaultes Essen streiten", flüsterte sie ihrem Spiegelbild zu.

„Nie wieder wirst du so tief sinken, versprichst du mir das, Leyla?" Sie schüttelte ihre blonden Haare, starrte mit den blauen Kontaktlinsen ihr Spiegelbild an.

„Ich verspreche es dir, Leyla! Bevor es so weit kommt, werden wir jeden, der uns aufhalten will, töten!"

„Ja, wir werden töten und dadurch reich werden, Leyla! Den Hunger und den Müll aus den Palästinenserlagern lassen wir hinter uns!"

„So ist es! Wir übersiedeln als reiche Frau in das weiße Haus am Meer!“

Leyla blieb noch einige Augenblicke regungslos vor dem Spiegel sitzen, dann stand sie auf, zog ein leichtes oranges Strandkleid an, schlüpfte in ihre Sandaletten, wurde wieder zu Ruth Mayer. Sie machte sich auf die Suche nach dem Concierge, denn sie war durstig und hatte die Wasserflaschen in ihrem Zimmer bereits leergetrunken.

Doch die Rezeption war verwaist, der Concierge hielt wahrscheinlich seinen Mittagsschlaf. Mit der flachen Hand klopfte Ruth immer wieder auf die Klingel, die auf dem Tresen stand.

„Habe ich auch schon probiert“, hörte sie eine Stimme hinter sich in einem merkwürdig singenden Französisch. Schnell drehte sie sich um, sah, wie sich ein Mann in Jeans und T-Shirt aus einem der Clubsessel in der winzigen Lobby erhob und sich mit wiegenden Schritten der Rezeption näherte.

„Scheint niemand da zu sein“, sagte Leyla mit einem schweren deutschen Akzent und lächelte den Mann freundlich an. Mit den Augen scannte sie gleichzeitig den Tresen. Prospekte von Saint-Tropez, eine Schale mit Bonbons, eine Blumenvase mit Seidenrosen, mehrere Tageszeitungen und Briefe für die Pensionsgäste. Daneben lag auch ein Brieföffner aus Metall. Eine Waffe für den Notfall!, dachte Leyla und rückte unauffällig den Tresen entlang, um so leichter den Brieföffner zu erreichen, wenn es nötig wäre.

Doch der Mann hatte sich bereits wieder in den Clubsessel fallen lassen und schien eingeschlafen zu sein. Neben seinem Stuhl stand eine Tasche auf dem Boden, deren buntes, verblichenes Muster Leyla an die Berbertaschen aus Nordafrika erinnerte. Der Mann schlief aber nicht, denn als Leyla das Plastik ihrer leeren Wasserflasche laut zusammenknackte, öffnete er die Augen und sagte gleichmütig:

„In der Cuisine ist der Kühlschrank mit Selbstbedienung." Er streckte den Arm aus, um ihr die Richtung zu zeigen, ließ ihn dann schnell wieder sinken und legte den Kopf auf die Lehne des Stuhls.

Es war genauso, wie der Mann gesagt hatte. An dem Kühlschrank hing eine Liste, in die man sich eintrug, wenn man ein Getränk holte. Leyla zog eine Flasche Mineralwasser aus dem Kühlfach, trank sofort gierig und wollte gerade ihre Zimmernummer in die Liste eintragen, als sie ein leises Geräusch hinter sich hörte. Ehe sie reagieren konnte, wurde blitzschnell die Tür des Kühlschranks zugestoßen und Leylas rechte Hand war zwischen Tür und Rahmen eingeklemmt.

„Drehen Sie sich nicht um, sonst breche ich Ihnen das Handgelenk und das wäre für Ihren Auftrag nicht von Vorteil!", hörte sie eine gefährlich leise Stimme in ihrem Nacken. „Brian Farruk hat mir versichert, dass Sie die Beste auf Ihrem Gebiet sind!" Vorsichtig versuchte Leyla den Kopf doch ein wenig zu drehen, um irgendetwas zu erkennen, doch der Mann stieß jetzt die Tür des Kühlschranks fest gegen ihr Handgelenk.

„Ich habe doch gesagt, dass ich Ihnen die Hand breche, wenn Sie sich rühren!

Und ich halte meine Versprechen!"

„Was wollen Sie von mir? Ich habe überhaupt keine Ahnung, wovon Sie sprechen. Ich bin eine Studentin aus Deutschland!", keuchte Leyla und wartete auf eine Gelegenheit zum Handeln.

„Mein Auftraggeber macht mir gehörig Druck und diesen Druck muss ich leider weitergeben. Das verstehen Sie doch, Leyla Khan! Ihre Performance in Berlin war sehr professionell, aber leider haben wir es bei Stein mit einem ebenbürtigen Gegner zu tun, der sich nicht so leicht einschüchtern lässt und der ein Ziel verfolgt: Rache für den Tod seiner Frau!" Der Mann schlug wütend gegen die Tür des Kühlschranks und Leyla stöhnte leise auf.

„David Stein ist jetzt schon in der Villa von Gurbanguly und beschäftigt sich wahrscheinlich bereits mit dessen Hund! So war das eigentlich nicht vorgesehen“, sagte der Mann leise, aber mit Nachdruck. „Die Aufgabenstellung für Sie ist also noch immer dieselbe: David Stein muss sterben, damit Gurbanguly am Leben bleibt. So will es mein Auftraggeber!“

„Ich bin gerade dabei, einen Plan zu entwickeln, um die Mission in den nächsten Tagen zum Abschluss zu bringen“, antwortete Leyla, presste die Wange an die kalte Alutür und schob jetzt jeden Gedanken an Gegenwehr weit von sich, denn der Mann wollte sie offenbar nicht töten, im Gegenteil, er wollte, dass sie ihren Auftrag erledigte.

„Ich will ihn außerhalb der Villa erwischen. Eine schnelle, saubere Aktion.“

Der Druck der Kühlschranktür auf ihrem Handgelenk ließ plötzlich ein wenig nach.

„Klingt gut und ich kann Ihnen da sogar ein wenig behilflich sein: Morgen fahren alle Bewohner der Villa in den Nikki Beach Club. Dort finden Sie sicher eine günstige Gelegenheit, um Ihre Mission erfolgreich abzuschließen.“

Dann ließ der Mann plötzlich die Tür des Kühlschranks los und noch ehe sich Leyla umgedreht hatte, war er auch schon durch die Hintertür hinaus auf die Straße gelaufen und im Gewühl der Touristen untergetaucht.

Bebend vor Wut presste Leyla die Stirn gegen die kühle Aluoberfläche des Kühlschrankes und massierte ihre schmerzende Hand. Sie war so unvorsichtig gewesen. Der Mann hatte sie wie eine Anfängerin überrumpelt. Diese Nachlässigkeit durfte ihr bei Stein nicht passieren, sonst war der Erfolg der Mission in Gefahr und natürlich auch ihr eigenes Leben.

In Leylas Kopf rotierten die Gedanken, während sie gierig die Flasche Mineralwasser leertrank. Ihre Auftraggeber wurden nervös und unzufrieden, das hatte sie schon öfters erlebt, aber deshalb durfte sie sich nicht unter Druck setzen lassen. Sie wusste aus Erfahrung, dass sowohl Intuition als auch Präzision unter extremem Stress litten und dass ihr dann Fehler unterlaufen würden. Noch war die Mission in der Vorbereitungsphase, aber sie hatte für die perfekte Umsetzung nur sehr wenig Zeit!

„Haben Sie alles zu Ihrer Zufriedenheit, ma chère?", rief der Concierge, als Leyla mit ihrer Wasserflasche aus der Küche kam.

„Danke, es ist alles in Ordnung!" Leyla ging mit ihrer Flasche zurück in die Lobby und blätterte gedankenverloren in einer Broschüre über Saint-Tropez, die noch immer mit einem 60er-Jahre-Foto von Brigitte Bardot auf der Titelseite warb. Als sie die Broschüre zurück auf den Tresen legte und zur Treppe ging, bemerkte sie, dass sie der Mann mit der Berbertasche von seinem Clubsessel aus intensiv musterte. Sie ignorierte jedoch seine Blicke und stieg wieder die Treppe nach oben in ihr Zimmer.

*

Machmud ahnte, dass die Frau keine richtige Deutsche war. Sie hatte zwar blonde Haare und blaue Augen, aber der Schnitt ihres Gesichts, die Nase, der braune Teint, der angeboren war und nicht von der Sonne stammte, sagten ihm, dass sie arabisches oder indisches Blut in den Adern haben musste. Er hatte keine Ahnung, warum sie sich als Deutsche ausgab, aber sicher gab es einen Grund dafür. Auch der heftige Wortwechsel, den sie mit dem Unbekannten in der Küche geführt hatte, interessierte ihn nicht. Allah hatte ihm ein Ziel gegeben und davon durfte er sich nicht abbringen lassen. Er legte den Kopf auf die Lehne des weichen Clubsessels, schloss die Augen, verlangsamte seinen Atem, um sich in Gleichklang mit Wind und Wüste zu bringen und wieder eine Vision hervorzurufen.

Doch diesmal war es eine düstere Offenbarung, die sich vor ihm auftat. Nicht mehr das weiße Tier, das leicht wie der Sandsturm über die Dünen streifte oder auf den Wellen des Meeres tanzte, leicht wie eine Feder. Diesmal war die Vision gespenstisch wie die dunkle Vorstufe zur Hölle und der weiße Hund rannte mit getrübtem Blick vor Gitterstäben auf und ab, mit gefletschten Zähnen, eingesperrt und seiner Freiheit beraubt. Diese Vision versank im Wüstensand und zurück blieb ein schwarzer Himmel mit dem sichelförmigen Mond, der an eine Klinge erinnerte.

Machmud schnellte aus seinem Stuhl, rannte durch die düstere Lobby, trat nach draußen in das grelle Sonnenlicht und lief die Straße entlang, die in das Zentrum von Saint-Tropez führte. Bevor er jedoch den Yachthafen und die Cafés erreichte, bog er nach rechts in eine schmale, ansteigende Gasse, lief im Schatten der Häuser den Hügel nach oben, erreichte schließlich einen kleinen Platz, der nicht so von Touristen bevölkert war wie viele andere Plätze des ehemaligen Fischerdorfes. Hier boten Bauern aus der Umgebung ihre Produkte feil und dazwischen wurde auch jede Menge Krimskrams und Plunder angeboten, es war eine Mischung aus Obst-, Gemüse- und Flohmarkt.

Als es gegen Mittag ging, füllte sich der Platz immer mehr, eine dichte Menschenmenge schob sich an den Ständen vorbei und Machmud tauchte ein in diese anonyme Masse und ließ sich vorwärtsschieben. Er wusste nicht, was ihn hierher geführt hatte, doch dann blieb er vor einem Stand wie angewurzelt stehen. Auf einem roten Samttuch lag ein verrosteter, gekrümmter Dolch, dessen zerbrochener Griff mit einem schwarzen Klebeband umwickelt war.

Der Dolch war wie die Sichel eines Mondes gekrümmt, wie jenes Mondes, den Machmud in seiner Vision gesehen hatte.

„Was kostet der Dolch?“, fragte Machmud den Verkäufer, der mit einem Batikshirt und abgerissenen Jeans unter einem Sonnenschirm saß.

„100 Euro“, antwortete der Verkäufer und spielte mit seinem zu einem Zopf geflochtenen Ziegenbart.

„Du bekommst 50 Euro dafür.“ Machmud legte den Geldschein direkt auf den Dolch und strich dabei mit den Fingerspitzen über den angerosteten Stahl. Als er merkte, dass der Verkäufer ablehnend den Kopf schüttelte, legte er noch einen Zehner drauf und der Verkäufer machte eine einladende Geste.

„Der Dolch gehört dir. Aber halte ihn in Ehren. Sein Stahl darf nur Ungläubige treffen!“, rief der Verkäufer lachend.

„Oder Diebe“, erwiderte Machmud und der Verkäufer blickte ihn überrascht an und zerrte nervös an seinem geflochtenen Ziegenbart. Doch als Machmud breit grinste, lachte auch der Verkäufer wieder.

„Ungläubige und Diebe, das ist eine gute Kombination!“, rief er und winkte Machmud zum Abschied hinterher.

Eine Stunde später saß Machmud mit überkreuzten Beinen auf einem Felsvorsprung im Schatten staubiger Pinien und blickte hinaus auf das blaue Mittelmeer. Unter ihm befanden sich die berühmten Clubs von Saint-Tropez. Der Club 55, in dem Fürst Albert von Monaco in den Sommermonaten häufig zu Gast war, und natürlich der Nikki Beach Club mit seinen weißen Liegen, Sonnenschirmen und den eindrucksvollen Empfangsdamen, die mit Stilettos und schwarzen Umhängen die Gäste empfingen und zu den reservierten Daybeds geleiteten.

Vor sich hatte Machmud den gekrümmten Dolch liegen, der, wenn ihn ein Sonnenstrahl traf, trotz der Roststellen funkelte und feurige

Blitze warf. Mit den Fingern kratzte Machmud kleine Steine aus dem Boden, baute damit ein kleines Podest, auf das er den Dolch legte. Dann nahm er einen großen flachen Stein, der gut in seiner Handfläche lag, und begann damit den Rost von der Klinge abzureiben. Stundenlang strich er im grellen Sonnenlicht mit dem Stein fest über den Stahl, wiegte dabei seinen Oberkörper im Rhythmus des kratzenden Geräusches, ließ jedoch dabei den Parkplatz des Nikki Beach Clubs nicht aus den Augen. Als die Sonne unterging, machte sich auch Machmud auf den Heimweg. In der kleinen Pension traf er wieder die Frau, die sich als Deutsche ausgab. Diesmal saß sie in der Lobby und blätterte in einer Zeitschrift. Auf dem Parkplatz der Pension hatte Machmud zuvor ein Mountainbike gesehen, es musste der Frau gehören, denn neben ihr lag ein schwarzer Fahrradhelm am Boden.

Am nächsten Tag saß Machmud wieder vor seinem Podest und bearbeitete die Klinge seines Dolches mit dem Stein und blickte hinunter zu den Beach Clubs, die sich langsam mit Gästen füllten. Als ein Konvoi bestehend aus drei azurblauen Rolls- Royce Corniche mit lachenden Mädchen und einem schwarzen Porsche Cayenne die schmale Straße zum Nikki Beach Club fuhr, beendete er die Arbeit, blies den Staub von der gekrümmten Klinge des Dolches und polierte sie mit seinem T-Shirt. Sie hatte zwar noch immer nicht ihre ursprüngliche Schönheit erreicht, aber für seine Zwecke musste es reichen. Mit seinem rechten Daumen prüfte er die Schärfe der Klinge und war zufrieden, als sofort ein Tropfen Blut aus einem kleinen Schnitt aus seinem Finger quoll.

„Allah ist groß", murmelte er, kniete nieder und berührte mit seiner Stirn den staubigen Boden.

Vorsichtig wickelte er den Dolch in das rote Samttuch und machte sich auf den Weg, den Felsvorsprung nach unten. Die Rolls-Royce hatten mittlerweile die Einfahrt erreicht und der heiße Wind trug das laute Lachen der Mädchen zu ihm. Machmuds Gesicht war schweißglänzend und Staub klebte auf seinen Wangen. Er beschleunigte seinen Schritt und nahm eine Abkürzung durch eine brachliegende Wiese mit verdorrten Pflanzen.

„Nur Allah kennt mein Ziel und wird mir die Tür zum ewigen Paradies öffnen", flüsterte er leise im singenden Dialekt seines Volkes.

Der schwarze Porsche Cayenne hatte endlich die Einfahrt passiert und die drei Rolls-Royce Corniche hinter ihm fuhren jetzt im Schritttempo los. Doch die Ferraris und Aston Martins wurden auf dem Parkplatz vom Personal umgeparkt und wieder kam die Kolonne zum Stillstand. Machmud begann zu laufen und der Dolch, den er unter seinem T-Shirt in den Bund seiner Jeans gesteckt hatte, drückte schmerzhaft gegen seinen Bauch. Endlich hatte er die enge, staubige Straße erreicht, die zum Parkplatz des Nikki Beach Clubs führte, und blieb kurz stehen, um sich zu orientieren. Sein helles T-Shirt hatte auf der Brust und auch am Rücken dunkle Schweißflecke und seine verklebten schwarzen Haare waren mit einer weißlichen Staubschicht überzogen. Zauberer und Märchenerzähler aus dem Land oberhalb von Timbuktu sahen ähnlich aus, wenn sie in den Oasen der Tuareg auftauchten und ihre beflügelnden Kräuter verkauften.

„Allah ist groß und kennt mein Ziel", wiederholte Machmud fast lautlos, zog den Dolch aus seinem Hosenbund, die gekrümmte Klinge funkelte im Sonnenlicht, das Lachen der Mädchen brach sich im Wind, vorsichtig wickelte er das rote Samttuch um die Klinge und näherte sich unauffällig dem letzten Rolls-Royce Corniche.

*

Leyla Khan saß auf dem Bett ihres abgedunkelten Zimmers und überprüfte ihre Ausrüstung. Aus den verschiedenen gepolsterten

Fächern ihres schwarzen Nylonrucksacks holte sie harmlos aussehende Metallteile, die sie blitzschnell zusammensetzte, bis sie ein leichtes Scharfschützengewehr in den Händen hielt. Sie visierte damit ihr Spiegelbild durch das hochwertige Zielfernrohr an, brachte Kimme und Korn auf eine Ebene, krümmte den Zeigefinger, drückte ab. Dann ließ sie die Waffe wieder sinken, zerlegte sie sofort wieder in ihre Einzelteile und verstaute alles in ihrem Rucksack. Sie sah auf ihre Armbanduhr. Insgesamt hatte sie drei Minuten gebraucht, in der Realität wäre die Zielperson tot und sie verschwunden. Doch das war nur die Generalprobe gewesen, die Premiere vor Publikum stand ihr noch bevor. Mit einer gefälschten Kreditkarte hatte sich Leyla gestern ein Mountainbike gekauft, denn sie musste mobil sein, wenn sie heute am Strand des Nikki Beach

Clubs ihre Mission zu einem Abschluss bringen wollte.

Sie schlüpfte in extrem kurz abgeschnittene Jeans und eine weiße Leinenbluse. Um Kopf und Gesicht wickelte sie sich einen weißen Leinenschal, den sie fest an ihre Stirn presste, so wie es die japanischen Kamikaze-Piloten gemacht hatten, deren Killerinstinkte Leyla bewunderte.

Der schwarze Nylonrucksack mit dem auffälligen Aufkleber „J'adore moi" schlug schwer auf ihren Rücken, als sie mit ihrem Mountainbike die Straße entlangfuhr, die zu den Stränden führte. Trotz der Hitze nahm sie eine Abkürzung über die Hügel und als sie schweißgebadet eine Kuppe erreicht hatte, konnte sie den langen Sandstrand und die verschiedenen Beach Clubs deutlich erkennen. Aus ihrem Rucksack nahm Leyla das Zielfernrohr, verwendete es wie einen Feldstecher und scannte den schmalen Zufahrtsweg zu den Beach Clubs. Durch die extreme Vergrößerung des Zielfernrohrs waren Fahrzeuge und Insassen zum Greifen nahe. Ziellos schweifte sie umher, hatte plötzlich einen schwarzen Porsche Cayenne formatfüllend im Bild, dann drei azurblaue Rolls-Royce Corniche mit Diplomatennummerntafeln. Doch in den Cabrios saßen nur lachende blonde Mädchen. Enttäuscht ließ Leyla das Zielfernrohr weiterwandern, es waren die richtigen Fahrzeuge, doch es wäre zu einfach gewesen, David Stein in einem dieser Cabrios zu erwischen. Wahrscheinlich saß er vorne in dem schwarzen Cayenne, doch dieser hatte getönte Scheiben und selbst durch die extreme Vergrößerung konnte sie die Personen im Inneren nicht erkennen.

Während sie den Cayenne weiter beobachtete, signalisierte ihr Handy eine anonyme SMS.

„Zielobjekt ist in Saint-Tropez am Hafen." Sofort löschte Leyla die SMS, verstaute ihr Zielfernrohr wieder in dem schwarzen Nylonrucksack und schwang sich auf ihr Mountainbike. In der Stadt war es zwar schwieriger, das Zielobjekt auszuschalten, aber die vielen Touristen, die in lärmenden Gruppen durch den Ort schwärmten, boten eine ausgezeichnete Deckung, wenn es galt, schnell zu verschwinden. Leyla blickte nach oben in den wolkenlosen Himmel, spürte den sanften Luftzug des heißen Windes, roch die salzige Meeresluft, dachte an den Extrabonus und wusste, dass sie dafür nur noch ein einziges Mal töten musste.

*

Machmud hielt den Dolch in dem roten Samttuch so verborgen, dass er ihn mit einer blitzschnellen Bewegung ziehen konnte, um dem Mann die Kehle durchzuschneiden. Doch in dem letzten azurblauen Cabrio saßen nur vier kichernde Mädchen und ein schweigsamer Fahrer mit Sonnenbrille. Als sich Machmud mit mühsam unterdrückter Nervosität an dem Wagen vorbeidrückte, stellte er fest, dass auch in den beiden anderen Cabrios immer nur ein Fahrer und je vier bis fünf junge blonde Mädchen saßen, die wild durcheinanderschrien, sich sexy zur überdrehten Partymusik bewegten und bei jeder Bemerkung des Fahrers laut auflachten. Auch aus dem schwarzen Cayenne, der weiter vorne gerade einparkte, stiegen nur zwei Männer mit dunklen Sonnenbrillen. Sein Mann war nicht darunter und Machmud wusste, dass Allah ihm eine Prüfung in Geduld und Demut auferlegt hatte.

„Das sind diese reichen Russen!", hörte er eine Frauenstimme aus einem mit röhrendem Motor wartenden roten Sportwagen neben sich.

„Nein, das sind die Mädchen des berühmten Präsidenten aus Dakistan!", widersprach eine zutiefst beeindruckte männliche Stimme.

„Wieso berühmt? Bloß wegen der jungen Mädchen?", fragte die Frauenstimme spitz.

„Nein, aber ich habe gelesen, dass er in einer Woche hier in Saint-Tropez so viel ausgibt, wie wir in einem Jahr verdienen!"

Die Antwort konnte Machmud nicht mehr hören, denn die Kolonne setzte sich wieder in Bewegung und auch der rote Sportwagen fuhr einige Meter weiter.

Machmud verlangsamte seine Schritte und blieb schließlich ganz stehen. Genauso wie die vielen Prominentenjäger setzte auch er sich am Straßenrand in den Staub. Doch anders als diese, die mit ihren Kameras jeden Prominenten in seinem Wagen fotografierten, schloss Machmud die Augen, um diese oberflächliche Welt auszublenden. Trotz Lärm und Stau empfing er eine Vision, die nichts mit diesem Beach Club zu tun hatte, sondern die wieder dunkel und düster war und ihn in einen finsteren Raum entführte, mit einem riesigen Käfig und dem weißen Tier im Zentrum. Die Vision hatte eine klare Botschaft: Sein Ziel war nicht hier, sein Ziel befand sich noch in der Villa. Mit gesenktem Kopf lief er an den im Stau steckenden Luxusautos vorbei, eingehüllt in eine Staubwolke, die sich wie ein schützender Mantel um ihn legte und ihn an die Wüste und Dünen seiner Heimat erinnerte. Durstig und nach Luft schnappend erreichte er endlich die Straße, die zurück nach Saint-Tropez führte. Wie ein Marathonläufer hetzte er über den von der Hitze aufgeweichten Asphalt, die schon tiefer stehende Sonne brannte in sein Genick und der Wunsch nach eiskaltem Wasser wurde übermächtig. Gerade als er die Fahrbahn überqueren wollte, um auf der anderen Seite im Schatten weiterzulaufen, überholte ihn eine Mountainbikerin, die wie besessen an der weißen Markierungslinie entlangraste. Sie hatte einen schwarzen Rucksack auf den Rücken geschnallt und sich gegen die Hitze einen weißen Schal wie ein Tuareg um den Kopf gebunden.

„Merde!", schrie die Frau aufgebracht, bremste und verriss das Rad zur Seite, um einen Zusammenstoß zu verhindern. Für einen kurzen Augenblick schien es, als würde sie die Kontrolle über ihr Mountainbike verlieren und schwer auf den Asphalt aufschlagen, doch im letzten Moment brachte sie das bereits mit dem Hinterrad ausbrechende Bike wieder zurück auf die Spur und schoss an Machmud vorbei auf Saint-Tropez zu.

15

SAINT-TROPEZ – CAFÉ SENEQUIER UND ALTSTADT

David Stein saß auf den bequemen Stühlen aus rotem Segeltuch im Café Senequier im Hafen von Saint-Tropez und blickte gedankenverloren auf die Yachten, die dicht an dicht hier vor Anker lagen und vor denen ein unbeschreibliches Gewühl aus Autos, Touristen und Autogrammjägern herrschte. Auf den Yachten selbst waren die Crews in ihren Uniformen ständig mit Polieren und Putzen beschäftigt, ab und zu ließen sich Frauen in Strandkleidern an Deck blicken, die sich mit riesigen Sonnenbrillen und großen Schlapphüten unkenntlich gemacht hatten und der Touristenmasse, die mit ihren Kameras an der Mole auf Prominentenjagd war, trotzdem ein ehrfürchtiges Raunen entlockten. Die Yachteigner selbst tauchten nur sporadisch auf, es waren meist dicke ältere Männer, die teure Uhren trugen, Zigarren pafften und mit zwei Handys gleichzeitig telefonierten.

David trug braune Slipper, ausgewaschene Jeans, dazu ein dünnes weißes Leinenhemd und das rote Halstuch, das ihm Sonja, ohne sein Wissen, in die Reisetasche gesteckt hatte. Das feine Seidentuch hatte ein Norwegermuster, das überhaupt nicht nach Davids Geschmack war, aber jetzt war das Tuch praktisch, um sich damit den Schweiß aus dem Nacken zu wischen. Neben sich auf dem kleinen Tisch lag sein ausgefranster Strohhut, den er auch in Arta trug, wenn er die Hunde trainierte.

Eigentlich sollte sich David jetzt mit dem Botschafter und einigen Mädchen aus der Villa in einem der berühmten Beach Clubs von Saint-Tropez entspannen und auf das Mentaltraining mit dem Saluki vorbereiten, aber David war mit der Begründung, dass er noch ein spezielles Trainingsprogramm ausarbeiten müsse, an der Abzweigung zum Strand aus dem Porsche Cayenne gestiegen und zu Fuß in den Ort zurückspaziert.

Immer wieder musste er an den Saluki Ali Baba denken, der in seinem Käfig auf und ab schlich und die Zähne fletschte, wenn man sich ihm näherte. Den ganzen gestrigen Tag war David im Hundehaus vor dem Käfig auf dem Boden gesessen und hatte versucht, mit dem Saluki mentalen Kontakt aufzunehmen. Doch Ali Baba hatte vollkommen abgeblockt, war nie in die Nähe der Käfigtür gekommen, sondern hatte sich im hinteren Teil seines Käfigs herumgetrieben und sofort eine steife, abwehrende Haltung eingenommen, wenn David sich bewegt hatte. Außer den beiden taubstummen Mädchen, die mit ihren Fächern für Frischluft sorgten, schien der Saluki keine anderen Menschen zu akzeptieren. Um das Vertrauen von Ali Baba zu erringen, wartete auf David noch ein hartes Stück Arbeit, da war er sich sicher.

Während er weiter das bunte Treiben am Hafen beobachtete, signalisierte sein Smartphone eine SMS. „Cousine anrufen!"

David wählte die Kurzwahl und hielt seinen Finger länger als normal üblich auf dem Display.

„Sie sind nicht in den Beach Club gefahren, Stein!" Es lag nicht ein Hauch von Vorwurf in Robyns neutraler Stimme, trotzdem fühlte sich David ertappt.

„Mir steht nicht der Sinn nach Beach Club und dergleichen“, rechtfertigte er sich deshalb und sah auf das Display, doch dort waren nur Robyns rasierte Schläfen und ihr blonder Haarschopf oben zu sehen.

„Ich schätze Ihre persönlichen Beweggründe, Stein, aber hier handelt es sich um ein logistisches Problem. Schneider hätte Sie im Nikki Beach Club treffen sollen.“ Auf dem Display sah Stein, wie Robyn die Schultern nach vorne schob und noch weiter in ihrem Stuhl nach unten rutschte.

„Oh, das wusste ich nicht!“

„Konnten Sie auch nicht, Stein! Wir haben es Ihnen nicht mitgeteilt. Ich habe deshalb umdisponiert. Er trifft Sie in sechzehn Minuten und fünfunddreißig Sekunden oben in der Altstadt in der Bar Sans Soucis und bringt Ihnen Ihre Augentropfen mit, die Sie in Berlin vergessen haben.“ Auf dem Display hatte es den Eindruck, als würde Robyn zu einem hektischen Rhythmus tanzen, doch David wusste, dass ihre abgehackten, roboterartigen Schulterbewegungen auf ihr rasend schnelles Tippen zurückzuführen waren. „Sollten Sie Schwierigkeiten wegen der Tropfen bekommen, dann können Sie die Apothekenabrechnung online auf Ihrem Konto als Beleg vorweisen. Ich habe das gerade für Sie organisiert.“

„Sie haben mein Bankkonto gehackt?“, fragte David völlig entgeistert.

„Natürlich und die Buchungen gespiegelt und an Ihre Biografie angepasst. Das ist aber reine Routine. Die nächsten vierundzwanzig Stunden haben wir übrigens keinen Satellitenslot, Sie sind also auf sich alleine gestellt. Deshalb keine Extratouren.“ Robyn blickte kurz hoch und David glaubte, ein angedeutetes Lächeln über ihr Gesicht huschen zu sehen. Dann wurde das Display schwarz.

Gedankenverloren strich er mit seinem Daumennagel die dünne Narbe an seiner rechten Augenbraue entlang. Später würde er an diese Handbewegung denken, die von einem intuitiven Warnsystem tief in seinem Gehirn ausgelöst wurde, doch im Augenblick machte er sich auf den Weg zum vereinbarten Treffen mit Schneider.

Die Bar Sans Soucis befand sich am Rande der Altstadt, dort wo es weniger glamourös zuging und sich das wirkliche Leben abspielte. Im Inneren der Bar war es düster und nur die Tische in der Nähe der Fenster waren besetzt. David hatte gerade Pfefferminztee bei dem stark übergewichtigen Patron bestellt, als eine Gestalt in der Tür auftauchte, die im starken Gegenlicht wie ein Schattenriss aussah und zielgerichtet auf ihn zusteuerte. David hob die rechte Hand und beschattete seine Augen, um etwas erkennen zu können. Es war Schneider.

„Bin mit einem Taxi ohne Klimaanlage vom Strand hierher gekommen!", beschwerte er sich sofort und bestellte eine Flasche alkoholfreies Bier. Schneider war noch immer im typischen Beach-Club-Dresscode gekleidet: Segelschuhe, Leinenhose, besticktes marokkanisches Flattershirt und Leinenschal, alles natürlich in Weiß. Als das Bier kam, trank er die Flasche in einem Zug leer und bestellte die nächste.

„Du solltest bei dieser Hitze Tee trinken, Schneider. Dann schwitzt du nicht so!" David schob ihm den Tee hin.

„Nein! Verschone mich mit deiner Guru-Askese. Damit kannst du vielleicht deine Freundin beeindrucken", sagte er und öffnete mit einem Feuerzeug die nächste Bierflasche. Nach einem tiefen Schluck beugte er sich ruckartig vor, seine Miene verhärtete sich und seine grauen Augen wurden zu Eis.

Dann öffnete er seine Designumhängetasche und nahm ein zerkratztes Plastikfläschchen heraus, dessen Etikett bis auf den noch deutlich lesbaren Logoeindruck der Apotheke nur noch bruchstückhaft vorhanden war.

„Hier ist die Substanz!"

Dann kramte er in seiner Hosentasche herum und fischte einen zerknüllten Zettel hervor. „Das ist der Kreditkartenbeleg, du hast die Tropfen kurz vor der Hundeausstellung in Berlin gekauft." David verstaute das Fläschchen und den Kreditkartenbeleg in seinen Jeans.

„Woraus besteht diese Substanz?"

„Ich habe keine Ahnung, David. Das hat Marius Müller selbst mit seinen Laborratten ausgetüftelt. Es ist eine Flüssigkeit, die mit einer Plutoniumbasis auf Körperwärme reagiert. Wenn jemand die Tropfen testet, passiert nichts, dann sind es normale Augentropfen."

Schneider erhob sich und legte einige Euroscheine auf den Tisch. „Robyn koordiniert unser nächstes Treffen. Wir sehen uns, David!"

Schneider stand auf, hob grüßend die Hand und blieb noch einige Sekunden vor einem vergilbten Poster stehen, der neben dem Eingang an die Wand der Bar gepinnt war. Es war die Vergrößerung eines Zeitungsartikels aus den sechziger Jahren und zeigte Brigitte Bardot, die gerade barfuß aus einem Auto stieg, das vor der Bar San Soucis stand. Dann trat Schneider hinaus in das grelle Licht des späten Nachmittags und seine roten Haare leuchteten in der Sonne.

David blieb noch einige Minuten in der Bar und überlegte, ob er Sonja anrufen sollte oder nicht. Langsam wurde ihm klar, dass Sonja seine einzige Verbindung zu jener Welt war, in der er noch vor einigen Wochen gelebt hatte. Um sich nicht gänzlich in dem konturlosen Schattenreich der Geheimdienste zu verlieren, durfte er diese Verbindung nicht kappen. Deshalb wählte er auch jetzt ihre Nummer.

„Was macht Sancho, unser Potenco?“, fragte er sofort, als sich Sonja meldete.

„Es geht ihm gut! Schließlich singe ich ihm jeden Abend ein Schlaflied vor“, antwortete Sonja. „Nett, dass du dir so viele Sorgen um den Hund machst. An mich denkst du wohl überhaupt nicht?“, fragte sie spitz.

„Natürlich denke ich an dich!“ Jetzt bereute es David fast, bei Sonja angerufen zu haben, denn das Gespräch verlief alles andere als harmonisch. „Hätte ich dich sonst angerufen?“

„Du wolltest doch nur wissen, wie sich Sancho fühlt!“ Sonja holte tief Luft, so als wollte sie noch etwas sagen, doch dann schwieg sie.

„Wenn ich zurück bin, dann schließt du dein Lokal für zwei Wochen und wir machen eine Reise in deine Heimat Norwegen. Was hältst du davon?“ Die Idee war David ganz spontan gekommen und die Vorstellung, mit Sonja durch Norwegen zu wandern, begeisterte ihn.

„Nach Norwegen? Bist du verrückt? Was soll ich dort oben, da ist es ja viel zu kalt.“ David bemerkte die Panik in Sonjas Stimme und seine Begeisterung erlosch.

„War nur so eine spontane Idee! Du hättest mir zeigen können, wo du geboren bist, wo deine Heimat ist, wo deine Wurzeln sind.“

„Meine Wurzeln?“ Sonja lachte ungläubig. „Wovon redest du? So kenne ich dich gar nicht. Meine Wurzeln habe ich hier in Arta gefunden. Das ist mein Lokal und das bist vielleicht auch noch du. Obwohl du anscheinend in Berlin ständig mit irgendwelchen jungen Models umherziehst.“

„Ich muss zurück ins Studio, Sonja“, würgte David das Gespräch ab. „Ich melde mich wieder bei dir!“

Nachdenklich verließ David die Bar Sans Soucis, hatte aber keine Gelegenheit mehr, sich über das Telefonat mit Sonja Gedanken zu machen, denn eine schlanke Frau mit blondem Pagenkopf in einer dünnen weißen Bluse und äußerst kurz abgeschnittenen Jeans bog in die Gasse ein und kam direkt auf ihn zu. Sie war mehr als zwei Köpfe kleiner als David, doch mit ihren Sandaletten klapperte sie sehr selbstbewusst über das Pflaster und sie wirkte extrem durchtrainiert. Unter ihrem rechten Arm klemmte eine zusammengerollte Modezeitschrift, die ihn irritierte, obwohl es dafür keinen offensichtlichen Grund gab.

Unbewusst strich sich David über seine Narbe. Er verlangsamte seine Schritte und plötzlich schoss Adrenalin wie ein Blitzstrahl durch seinen Körper. Ein plötzlicher Windstoß, der die schmale Gasse entlangfegte, blätterte die Zeitschrift ein wenig auf, gerade so viel, dass der Lauf einer Pistole für den Bruchteil einer Sekunde zu erkennen war. Automatisch aktivierten sich Davids Reflexe und ohne zu zögern hechtete er durch die geöffnete Tür in eine Boutique, rollte über den kühlen Marmorboden und war auch schon wieder auf den Beinen. Zwei Frauen kreischten hektisch auf und ein riesiger schwarzer Securitymann rannte auf David zu, um ihn hinauszuwerfen.

In diesem Moment tauchte auch die Frau auf. Ohne eine Spur von Hektik stand sie breitbeinig im Türrahmen, wurde von den schräg einfallenden Sonnenstrahlen angestrahlt wie ein tödlicher Schattenriss und hielt eine großkalibrige Pistole mit Schalldämpfer mit beiden Händen im Anschlag. Ihre dünne weiße Bluse flatterte im Wind und die große schwarze Sonnenbrille hatte sie in ihre blonden Haare geschoben, um besser zielen zu können.

„Attention!“, versuchte David den Securitymann noch zu warnen, der die Frau nicht bemerkt hatte und mit gezogener Pistole direkt in die Schusslinie lief. Es war nur ein trockenes Ploppen zu hören, als die blonde Frau abdrückte und den Securitymann in den Kopf traf. Der wurde nach vorne geschleudert, er krallte sich in seiner Todespanik an den Kleiderpuppen fest, stürzte dann aber doch gegen den gläsernen Verkaufstresen, der unter seinem Gewicht zusammenbrach, und krachte in einem Inferno aus Scherben, Blut und Couturekleidern auf den weißen Marmorboden. David nützte dieses Chaos, packte die auf dem Boden liegende Pistole des Securitymanns, drehte sich um die eigene Achse und feuerte. Doch die Frau war bereits neben der Tür in Deckung gegangen und schoss jetzt von draußen in die Boutique. Mit einem lauten Knall splitterte das Sicherheitsglas des Schaufensters und winzige Splitter rieselten wie Diamantenstaub auf Abendkleider, Taschen und Schuhe. David konnte sich im letzten Augenblick hinter einer umgestürzten Kleiderpuppe in Sicherheit bringen und das Feuer erwidern. Vorsichtig zog er die Kleiderpuppe als Deckung mit sich, um in den hinteren Teil der Boutique zu gelangen und hörte plötzlich ein leises Stöhnen. Als er hinter den zersplitterten Verkaufstresen robbte, sah er eine Frau auf dem Boden liegen, die langsam den Kopf bewegte und ihn mit panischen Augen anstarrte. Mit beiden Händen umklammerte sie einen langen Glassplitter, der wie ein durchsichtiges Schwert in ihrem Bauch steckte, aus dem in Schüben Blut schoss.

„Sie schaffen das", flüsterte David, obwohl er wusste, dass der Frau nicht mehr zu helfen war. Trotzdem versuchte er, die lange Glasscherbe aus der blutenden Wunde zu ziehen, doch die Frau stöhnte laut auf und David hielt inne. In diesem Augenblick stand die blonde Frau, lautlos wie ein Todesengel, plötzlich mitten in der Boutique, schoss auf David, traf jedoch die verletzte Frau, als David sich flach auf den Boden warf. Gelenkig wie eine Tänzerin drehte sie sich zur Seite, als David das Feuer erwiderte und seine Schüsse zerfetzten nur die ausgestellten Couturekleider im Showroom.

Aus dem Mund der Frau am Boden sickerte Blut, ihre Augen waren aufgerissen, starrten ins Leere und David wusste, dass sie tot war. David sah eine Glastür bei den Garderoben, die wahrscheinlich ins Freie führte und erkannte eine minimale Chance zur Flucht. Er sprang auf, schoss in den Verkaufsraum und rannte auf die Tür zu, zertrümmerte mit dem Fuß das dünne Glas, sprang durch die Öffnung und landete in einem Hinterhof.

In der Boutique war alles still. Entfernt war das Heulen von Sirenen zu hören, die Polizei war schon auf dem Weg und eine Konfrontation mit den französischen Behörden konnte sich David als Agent nicht erlauben. Schnell blickte er sich in dem Hinterhof um. Hohe Mauern aus rohen Steinen grenzten den Hof von anderen Höfen und Gärten ab, die zu den Häusern der Parallelstraße gehörten und das war im Augenblick auch die einzige Möglichkeit, zu entkommen. David zog sich gerade an einer Mauer hoch, als im ersten Stock der Boutique eine Jalousie aufgezogen wurde. Mit großer Kraftanstrengung gelang es ihm im letzten Augenblick, sich auf die Mauerkrone zu rollen und auf der anderen Seite auf den Boden fallen zu lassen. Immer wieder hörte er das leise Ploppen der durch den Schalldämpfer fast lautlosen Schüsse und die Steine auf der Mauerkrone splitterten im Kugelhagel. David presste sich im toten Winkel gegen die rauen Steine, um blitzschnell seine Möglichkeiten zu überschlagen: Flucht durch die Gärten zu den Häusern in der Parallelstraße, das war die einzige sinnvolle Möglichkeit. Wenn er erst einmal in Sicherheit war, musste er überlegen, was dieses Attentat auf ihn zu bedeuten hatte. Soviel war jedenfalls sicher: Irgendjemand musste über seine wahren Ziele Bescheid wissen, aber dieser Jemand konnte nicht aus dem Umfeld von Gurbanguly sein, denn sonst hätte man David bereits in der Villa getötet. Doch jetzt war nicht die Zeit, sich darüber weitere Gedanken zu machen, jetzt musste er so schnell wie möglich verschwinden.

Gerade als er sich langsam aus der Hocke aufrichtete, um an der Mauer entlang zu den Häusern der Parallelstraße zu laufen, hörte er über sich auf der Mauer ein knirschendes Geräusch. Überrascht hob er den Kopf und sah die blonde Frau oben auf der Mauerkrone stehen. Um den Kopf hatte sie sich einen weißen Schal gewickelt, deshalb konnte er ihr Gesicht nicht erkennen. Was er jedoch sehr wohl erkennen konnte, war die großkalibrige Pistole, die sie mit beiden Händen im Anschlag hielt und deren Mündung direkt auf seinen Kopf zielte.

16

SAINT-TROPEZ – PENSION „LA SOLITUDE“

Machmud war den ganzen Weg vom Nikki Beach Club über die Hügel zurückgelaufen und lag trotz einer eiskalten Dusche vor Anspannung glühend auf seinem Bett. Die düstere Vision, die er am Straßenrand beim Strand gehabt hatte, ließ ihn nicht mehr los. Kurz bevor ihn die schwarzen Gedanken zu verschlingen drohten, schwang er sich aus dem Bett, kniete sich auf den Teppich und presste seine Stirn fest in das grobe Gewebe.

„Allah ist groß und wird mir im rechten Moment mit einem Licht den Weg weisen“, flüsterte er und trat in einen stillen Dialog mit seinem Gott. Nach einer halben Stunde stand er langsam auf und schob vorsichtig den Vorhang am Fenster ein wenig zur Seite. Die Sonne war beinahe völlig untergegangen und die Dämmerung warf bereits lange Schatten auf den Parkplatz vor der Pension.

Der Dialog mit Allah hatte ihm wieder die nötige Stärke gegeben, seine Seele war gereinigt und er hatte sein Ziel wieder klar vor Augen. Jetzt galt es, der Vision bedingungslos zu folgen und sich von Situationen, wie er sie nachmittags am Strand erlebt hatte, nicht beirren zu lassen. Fast zärtlich strich er über die scharfe Klinge seines

Messers, schlug es dann mit langsamen Bewegungen wieder in das rote Samttuch ein. Seine Vision war in der Realität angekommen, denn er kannte den Namen des Mannes, den er töten musste, und er hatte in einer Zeitschrift auch sein Gesicht und sein Haus hier in Saint-Tropez gesehen.

An der Rezeption seiner Pension hatte er sich einen Plan von Saint-Tropez und den umliegenden Stränden besorgt und natürlich war auch das Anwesen des Mannes darauf verzeichnet. Mit einem schwarzen Stift kreiste Machmud das Gelände ein, fixierte den ungelenken Kreis so intensiv, dass die dicke schwarze Linie vor seinen Augen verschwamm und zu einem dunklen Fleck wurde, der alles verschluckte. Wieder sah er den kahlen Raum mit dem glänzenden Gitter, er sah das Tier müde in fleckigen Kissen versinken, zu kraftlos, um noch über die Dünen oder das Meer zu laufen, nur noch ein winziger Funke Hoffnung hielt es am Leben, aber auch diese Flamme flackerte und war bereits am Erlöschen.

Diese Vision war ein letzter Aufruf und ein Hilfeschrei. Machmud steckte den Dolch in den Bund seiner Hose und verließ sein Zimmer. Draußen auf dem Parkplatz lehnte er sich an die Kühlerhaube eines geparkten Wagens, verschränkte die Arme vor seiner Brust und hielt sein Gesicht in die untergehende Sonne. Als die letzten Strahlen hinter den Häusern verschwunden waren, machte sich Machmud auf den Weg. Langsam ging er die Straße entlang, die zum Hafen führte. Er ließ sich von den Touristenmassen treiben, wie in einem unendlichen Meer, einem Ozean aus unterschiedlichsten Körpern und verschiedensten Gerüchen. Knapp vor der Abzweigung zum Yachthafen war die Straße von der Polizei abgeriegelt worden und die Touristenströme wurden über Seitenstraßen zum Hafen dirigiert. Mehrere Polizeifahrzeuge und Krankenwagen mit rotierenden Blaulichtern blockierten eine schmale Straße, die zum Markt hinaufführte.

Er ließ sich mit den Massen zum Hafen und zu den berühmten Cafés hinuntertreiben, die er noch nie gesehen hatte.

„Weiter oben haben Gangster eine Boutique überfallen", hörte er eine Frau aufgeregt zu ihrer Nachbarin sagen. „Die Besitzerin, Madame Destalles, und ein Wachmann wurden erschossen!" Machmud wurde langsam weitergeschoben und der nicht enden wollende Touristenstrom schwappte in den Hafen mit den riesigen Yachten, den Luxusautos und dem protzigen Reichtum, der ihm so fremd war wie das ganze, oberflächliche Leben in Europa. Als er auf das Meer hinausblickte, sah er am äußersten Ende der Bucht zwei Jetskis, die sich eine wilde Verfolgungsjagd lieferten. Im Hafen nahm jedoch niemand Notiz davon, hier bereiteten sich alle auf den Abend und die endlose Nacht vor.

Ziellos schlenderte Machmud an den glitzernden Cafés vorüber, in denen junge Mädchen in knappen Outfits mit glänzenden Augen saßen und auf die Yachten und deren Besitzer starrten. Das war nicht das Zeichen Allahs, das er sich erhofft hatte, in dieser mit Lust und Reichtum elektrisch aufgeladenen Atmosphäre westlicher Dekadenz konnte er keinen Hinweis entdecken, der ihm den Weg wies.

Immer wieder wurde er von den Touristen weitergeschoben, bis zu einem azurblauen Rolls-Royce, der vor dem Heck einer dreistöckigen Yacht parkte. Machmud erkannte den Wagen sofort wieder. Am Nachmittag waren die blonden Mädchen damit an den Strand gefahren, jetzt war der Wagen leer und schien auf ihn zu warten. Vorsichtig strich Machmud über den Lack und schloss die Augen. War das sein erhofftes Zeichen? Wie von selbst fuhren seine Hände über das Schloss des Kofferraums und öffneten es. Doch umringt von hunderten von Touristen war es unmöglich, in den Kofferraum zu steigen, ohne gesehen zu werden. War der azurblaue Wagen doch nicht das richtige Zeichen? Ratlos blickte Machmud nach oben in die schwarzblaue Dämmerung.

Plötzlich ging ein Raunen durch die Menge, als ein Rockstar in Begleitung einer Schauspielerin von finster blickenden Bodyguards durch die Touristen gelotst wurde. Die ganze Aufmerksamkeit war auf den Rockstar und seine Begleitung gerichtet, Machmud kannte zwar seinen Namen, hatte aber noch nie ein Lied von ihm gehört. Überall wurden die Handys für Fotos gezückt, niemand beachtete Machmud, der den Kofferraum des azurblauen Wagens öffnete, lautlos hineinkletterte und den Deckel von innen wieder schloss.

„Es ist Allahs Wille", murmelte Machmud und wartete, bis sich sein Herzschlag wieder etwas beruhigt hatte. Sogar der Kofferraum des Rolls-Royce war mit teuren Stoffen ausgekleidet, die so weich waren, wie sie Machmud noch nie gefühlt hatte. Vorsichtig zog er den Dolch aus dem Bund seiner Jeans und wickelte das rote Samttuch von der Klinge. Dann umfasste er den mit schwarzem Klebeband umwickelten Griff fest mit der Hand und war bereit dafür, die gekrümmte Klinge demjenigen sofort in den Hals zu stoßen, der es wagen würde, den Kofferraum zu öffnen und sein Versteck preiszugeben. Jeder, der sich zwischen ihn und sein Ziel stellen würde, musste sterben. So stand es geschrieben.

17

SAINT-TROPEZ – VOM ZENTRUM ZUM ALTEN FISCHERHAFEN

Zum ersten Mal sah Leyla Khan das Zielobjekt ihrer Mission direkt von Angesicht zu Angesicht. Langsam ließ sie den Blick über den Mann schweifen, der am Fuß der Mauer kauerte und wie unter Schock die Krone seiner Uhr drehte. Jedes Detail wollte sie erfassen, die streichholzkurzen blonden Haare, das gebräunte, gut geschnittene Gesicht, auch die kleine Narbe, die seine rechte Augenbraue teilte. Die Augen des Mannes waren blau und erinnerten sie an das blaue Meer und das weiße Haus, das sie sich von dem Extrabonus kaufen würde, wenn sie die Mission erfolgreich beendete.

Jede ihrer Missionen war bisher positiv verlaufen, jedes Mal hatte Brian Farruk sie gelobt und ihr ein großzügiges Honorar überwiesen, doch diesmal übertraf der Extrabonus alle ihre Erwartungen. Nach dieser Mission würde sie sich als reiche Frau zur Ruhe setzen und endlich ohne Alpträume schlafen können.

Ruhig spannte sie den Hahn ihrer Pistole, sah, wie der Mann die blauen Augen zusammenkniff, wohl um ihr Gesicht im Gegenlicht zu erkennen, aber sie hatte sich vorsichtshalber wieder den weißen Schal um Mund und Nase gewickelt. Das Heulen der Sirenen kam langsam näher, bald würde es hier vor Polizisten wimmeln, jetzt musste sie die Mission zügig zu Ende bringen.

Ohne sie aus den Augen zu lassen, drehte der Mann wie besessen an der Krone seiner großen schwarzen Uhr, so als könne er die Zeit zurückdrehen und dadurch seinen Tod verzögern. Doch etwas an dieser sinnlosen Tätigkeit irritierte sie, machte sie stutzig. Genau in dem Augenblick, als sie abdrücken wollte, schnellte ein hauchdünnes Seil mit einem Saugknopf auf die Mauerkrone direkt vor ihren Füßen, der Mann katapultierte sich an dem Seil nach oben, krallte seine Hände in ihre Sprunggelenke und riss sie von der Mauer. Mit einem Wutschrei fiel sie in den Hinterhof der Boutique, rollte sich vom Boden ab, schoss nach oben, verfehlte aber den Mann, der das dünne Stahlseil jetzt wieder blitzschnell in seine Uhr zurückspulte und ebenfalls von der Mauer sprang. Sie drückte erneut ab, doch nichts passierte, nur das Klacken des Bolzens war zu hören, ihr Magazin war leer.

Die Zeit raste unerbittlich weiter, das Geheul der Sirenen kam immer näher und Leyla blieb keine Zeit mehr, nachzuladen, um die Mission zu beenden. Vor Wut und Enttäuschung keuchend huschte sie zurück in das Haus, raste nach oben in das Dachgeschoss, schlug die Dachluke mit der Faust auf, schwang sich mit einem Klimmzug auf das leicht schräge Dach aus gebrannten Tonziegeln. Geschickt balancierte sie an der Dachrinne entlang, gelangte so auf das Dach des nächsten Hauses und entfernte sich immer weiter vom Tatort. Als sie einen Blick nach unten in einen der Hinterhöfe warf, bemerkte sie zu ihrer Überraschung, dass der Mann, den sie töten musste, bereits die Verfolgung aufgenommen hatte, durch die verschachtelten Hinterhöfe sprintete und wie ein Hürdenläufer über die Steinmauern sprang. Einem Hochleistungssportler gleich raste er vorwärts, kam näher und immer näher, flog beinahe eine steinerne Außentreppe nach oben, erreichte auf diese Weise ein Flachdach, sprang von dort zum nächsten

Dach und war jetzt nur noch wenige hundert Meter von ihr entfernt. Leyla verdoppelte ihre Geschwindigkeit, Dachziegel zerbarsten unter ihren weit ausholenden Sprüngen, doch plötzlich wurde ihre Flucht über die Dächer jäh gestoppt, denn eine schmale, vielleicht fünf Meter breite Gasse trennte sie von der anderen Seite.

Mit vor Wut und Atemnot brennenden Lungen blieb Leyla an der Hauskante stehen, starrte in die Gasse hinunter, dann auf die gegenüberliegenden Dächer, dachte an das weiße Haus am Meer und daran, dass sie lieber tot wäre als jemals wieder arm. Blitzschnell wirbelte sie herum, sah den Mann, der näher und immer näher kam, jetzt wieder von Angesicht zu Angesicht. Sie hob die Pistole, wusste, dass sie ein leeres Magazin hatte, trotzdem drückte sie ab, immer und immer wieder knallte der Bolzen auf die leere Kammer und Leyla lachte vor Wut laut auf. Die Sonne verschwand langsam hinter den Hausdächern, letzte Sonnenstrahlen brachen sich an einem mit Kupfer verkleideten Schornstein und tauchten sie in ein goldenes Licht. Mit einem tiefen Atemzug drehte sich Leyla wieder zur Hauskante, dachte an das weiße Haus und sprang ins Nichts.

*

Knapp bevor David Stein die Frau erreicht hatte, stieß sie sich wie eine Turmspringerin von der Hauskante ab und erreichte mit knapper Not die Dachrinne auf der gegenüberliegenden Straßenseite. Sie rutschte ab, fiel auf eine blauweiß gestreifte Markise, die über den Gehsteig gespannt war. Mit einem lauten Ratschen zerriss der Stoff, sie stürzte auf den Asphalt. Geschickt rollte sie sich ab, kam wieder auf die Füße und sprintete weiter Richtung Hafen.

David stand oben an der Hauskante und sah die Frau die lang gezogene Kurve zum Hafen hinunterrennen. Er überlegte nicht lange, sondern schwang sich über die Kante, packte ein steinernes Abflussrohr, das sich außen an der Hausmauer nach oben schlängelte, rutschte daran nach unten und landete auf dem Gehsteig. Als er sich aufrichtete, sah er gerade noch, wie die Frau in die Straße zum alten Fischerhafen einbog. Er hetzte hinterher, verlor sie jedoch im Gewühl der Touristen aus den Augen. Rücksichtslos bahnte er sich den Weg durch die Menschenmassen, aber die Frau war anscheinend verschwunden. David kletterte auf einen Müllcontainer, um sich einen Überblick zu verschaffen, rechts war der Hafen mit den riesigen Yachten, den teuren Autos und den überfüllten Cafés. Links ging es aus dem Ort hinaus, da war es bedeutend ruhiger und dort entdeckte er die Frau auch wieder. Sie stand am Kai des alten Hafens, dort wo die Jetskis vermietet wurden, und redete heftig gestikulierend mit einem Mann, wahrscheinlich dem Besitzer der Jetskis. David ahnte bereits, was sie vorhatte, sie wollte mit dem Jetski die Landzunge umfahren, um auf der anderen Seite unbemerkt wieder nach Saint-Tropez zurückzugelangen. Gerade hatte die Frau einen der Jetskis ins Wasser geschoben und mehrmals den Anlasser gedrückt, doch der Motor gab nur ein müdes Rasseln von sich und starb sofort wieder ab.

David verdoppelte seine Anstrengungen, rannte die Straße entlang, wurde aber immer wieder von den entgegenkommenden Touristen gestoppt, die alle auf dem Weg zum Hafen waren, wo täglich am Abend die Superreichen zu bewundern waren, die sich aufmachten, um in einem der schicken Restaurants von Saint-Tropez zu speisen. Endlich hatte auch David die Anlegestelle der Jetskis erreicht und weiter draußen im seichten Wasser heulte der Motor auf, den die Frau doch noch gestartet hatte – mit einem Satz schoss der Jetski hinaus in die dämmrige Bucht.

„Wo will die Frau hin?“, schrie David den Vermieter der Jetskis an, doch dieser zuckte nur mit den Schultern, kaute weiter an seinem Streichholz und schob es von einem Mundwinkel zum anderen.

„Hundert Euro, wenn du mir sagst, wo die Frau mit dem Jetski hinwill!“ Der zerknüllte 100-Euro-Schein, den David zwischen zwei Fingern hin und her schwenkte, bewirkte Wunder, denn der Vermieter spuckte schnell das Streichholz ins Wasser und schnappte sich den Geldschein.

„Die Frau will auf eine Yacht, drüben bei den Beach Clubs. Dort steigt die Megaparty eines US-Rappers.“

„Hier sind nochmals 100 Euro für einen Jetski.“ Gierig griff der Mann nach dem 100-Euro-Schein und wies mit dem Daumen nach hinten.

„Dieser Jetski ist mein schnellster.“

David schlüpfte aus seinen Slippern, schob den silbrig glänzenden, stromlinienförmigen Jetski ins Wasser, drückte den Anlasser und nahm mit aufheulendem Motor die Verfolgung auf. Die feine Gischt sprühte ihm ins Gesicht, das Meerwasser brannte in seinen Augen und die Frau hatte schon einen ziemlichen Vorsprung. David katapultierte den Jetski mit höchster Geschwindigkeit weit über die Wellen, knallte hart auf das Wasser und er hatte Mühe, den Jetski unter Kontrolle zu halten. Trotz der hohen Geschwindigkeit verringerte sich der Abstand zu der Frau nur minimal und David musste einsehen, dass er sie so nicht erwischen würde, aber trotzdem dachte er nicht ans Aufgeben.

Plötzlich kreuzte ein Fischerboot die Route der Frau und David sah, wie sie verzweifelt den Lenker herumriss, um dem Boot auszuweichen, doch es war bereits zu spät. Der Jetski der Frau krachte seitlich gegen den eisenverstärkten Bug des Fischerbootes, der Motor explodierte mit einem ohrenbetäubenden Knall und in einem orangen Feuerball verglühte der Jetski spektakulär am beinahe dunklen Himmel.

18

SAINT-TROPEZ – VILLA VON GURBANGULY

Als David Stein beim Haupteingang der Villa aus dem Taxi stieg, erwartete ihn bereits Tasha, die ihn missbilligend musterte. „Eines muss sofort klargestellt werden, Herr Stein. Da Sie der Große Präsident beauftragt hat, für das Volk von Dakistan den Saluki zu trainieren, sind Sie natürlich auch ein Repräsentant der Republik Dakistan." Sie machte eine Pause und streckte angriffslustig ihr Kinn vor. „Heute haben Sie eigenmächtig gehandelt und sich unerlaubt von der Gruppe entfernt, als diese auf dem Weg in den Nikki Beach Club war."

Für einen kurzen Augenblick spielte David mit dem Gedanken, einfach alles hinzuwerfen, zurück nach Saint-Tropez zu fahren und weiter nach Arta, um gemeinsam mit Sonja diesen ganzen Wahnsinn hinter sich zu lassen. Doch dann dachte er daran, warum er sich bereit erklärt hatte, an der Operation „Hundeflüsterer" teilzunehmen. Es waren diese verdammten Koordinaten, mit denen sie ihn geködert hatten und es noch immer taten, diese Koordinaten, die ihm den Aufenthaltsort von Amir Karsai verraten würden.

„Ich wollte mir nur Saint-Tropez ansehen“, murmelte er verlegen, konzentrierte sich darauf, unschuldig und reumütig zu wirken, eine Aura von Naivität zu verströmen, um absolut harmlos und ungefährlich zu wirken.

„Sie dürfen nicht einfach eigenmächtig in den Ort fahren, ohne mich davon in Kenntnis zu setzen. Ich hätte Sie natürlich begleiten müssen, das ist schließlich meine Aufgabe. Man hat mich zwar umgehend über Ihr eigenmächtiges Entfernen informiert, aber Sie haben sich nicht gemeldet! Merken Sie sich das für die Zukunft! Wenn Sie die Villa verlassen wollen, müssen Sie mich davon in Kenntnis setzen! Haben Sie mich verstanden, Herr Stein?“

„Natürlich werde ich Sie künftig über meine Freizeitaktivitäten informieren.

Nochmals, es tut mir leid“, sagte David mit betrübter Miene.

Tasha nickte gnädig und nahm ihr Klemmbrett von dem Tresen in der Pförtnerloge.

„Wie sieht es übrigens mit dem Training aus? Macht der Saluki schon irgendwelche Fortschritte?“

„Ich arbeite daran“, gab sich David einsilbig. „Es ist schwierig, mit einem fremden Hund eine mentale Verbindung herzustellen. Das braucht Zeit und sehr viel Geduld. Aber wenigstens ist es mir gelungen, ihm die Angst vor mir zu nehmen und dadurch ist auch sein aggressives Verhalten verschwunden, dieses Knurren und das Fletschen der Zähne, wenn sich ein Mensch genähert hat.“ David kniff die Augen zusammen, als er daran dachte, dass er nicht einmal mehr als drei Wochen zur Verfügung hatte.

„Vielleicht gehe ich noch diese Woche mit Ali Baba auf die Rennbahn, um ihn an das Halsband für den Wettkampf zu gewöhnen.“

„Sie werden sich allerdings auch noch an eine veränderte Umgebung gewöhnen müssen“, sagte Tasha plötzlich mit einer ungewohnt harten Stimme und blickte David unverwandt in die Augen.

„Wie meinen Sie das?“ Für einen Augenblick durchflutete eine Welle der Panik Davids Nervensystem und er begann nervös mit dem Fuß zu wippen. Vielleicht kannte man seine wahren Absichten. Kühl analysierte er seine Chancen. Tasha war kein großes Problem, die würde er schnell außer Gefecht setzen können, schwieriger war es, den Securitymännern zu entkommen, die mit ihren handlichen Maschinenpistolen den Eingang bewachten. Als die Anspannung langsam nachließ, vernahm David wieder Tashas Stimme.

„Der Große Präsident muss wegen dringender Amtsgeschäfte seinen Aufenthalt hier in Südfrankreich mit größter Wahrscheinlichkeit verkürzen. In Ihrer Eigenschaft als Hundeflüsterer werden Sie den Großen Präsidenten nach Dakistan begleiten, denn der Saluki hat sich an Sie gewöhnt und das Training soll auf gar keinen Fall unterbrochen werden.“ Als Tasha Davids überraschte Miene bemerkte, fügte sie noch rasch hinzu: „Der präsidiale Adjutant des Großen Präsidenten hat mich angewiesen, Ihnen mitzuteilen, dass Ihr Honorar deshalb verdoppelt wird!“

„Wann werden wir nach Dakistan abreisen?“, fragte David mit rauer Stimme und war einerseits erleichtert, dass seine Tarnung nicht aufgeflogen war, andrerseits irritiert, dass er nach Dakistan mitkommen musste. Realistisch betrachtet, brauchte er noch zwei Wochen intensives Training, damit sich der Saluki von Gurbanguly berühren ließ. Ja, vielleicht sogar in zehn Tagen war das zu schaffen, dann hatte David doch noch eine Chance, die Operation „Hundeflüsterer“ hier in Saint-Tropez erfolgreich zu beenden. Doch Tashas Antwort machte all seine Hoffnungen mit einem Schlag zunichte.

„Wir verlassen Saint-Tropez in drei Tagen und Sie werden uns nach Dakistan begleiten, David Stein. Bis dahin ersuche ich Sie eindringlich, das Gelände der Villa nicht mehr zu verlassen."

*

Das Sammeln teurer Fahrzeuge war nur eines der vielen Hobbys von Gurbanguly. Deshalb hatte die klimatisierte Garage auch die Ausmaße eines Fußballfeldes und unter den unterschiedlichen Luxuskarossen nahm sich der azurblaue Rolls-Royce Corniche des französischen Botschafters von Dakistan geradezu bescheiden aus.

Mit geschlossenen Augen lag Machmud auf den weichen Stoffen im Kofferraum und wartete, bis die zackigen Schritte der Securitymannschaft in der Garage verklungen waren. Dann öffnete er vorsichtig mit der Spitze seines gekrümmten Dolches das Schloss des Kofferraums und schwang sich lautlos hinaus. Er brauchte nur kurz, um sich an die Dunkelheit zu gewöhnen, dann blickte er ungläubig auf hunderte von chromblitzenden Fahrzeugen, die in der riesigen Garage in perfekter Symmetrie aufgestellt waren.

Doch Machmud hatte kein Interesse an den Autos, er wollte nur sein Ziel erreichen und dieses Ziel war der Mann, den er töten musste. Wie ein dunkler Schatten bewegte er sich auf das Tor zu, sah aber im letzten Augenblick das rote Blinken einer Überwachungskamera, die in einer langsamen Drehbewegung den Raum rund um das Tor überwachte. Er kannte diese Kameras von den vorgeschobenen Stützpunkten der Armee in der Wüste, wusste, dass diese Kameras mit Bildschirmen verbunden waren, auf denen man ihn entdecken konnte.

Ähnlich wie in der Wüste, robbte Machmud deshalb über die schwarzen und weißen Marmorplatten, mit dem der Garagenboden ausgelegt war, rollte sich dann unter einen breiten Wagen mit Fahnen an den vorderen Kotflügeln, um einen Plan zu entwickeln.

Bisher hatte ihm Allah den Weg gewiesen, jetzt war Machmud seinem Ziel ganz nah, das konnte er spüren, denn seine Visionen nahmen an Intensität zu und waren jetzt schon ständig gegenwärtig. Behutsam wickelte er seine Waffe aus dem roten Samttuch, betrachtete den gekrümmten Dolch, den ihm das Schicksal und Allahs Gnade in die Hände gespielt hatte, und sah die in einem Licht funkelnde Klinge. Schlagartig war er wieder in der Wirklichkeit. Die Klinge hatte ein Licht reflektiert, obwohl die Garage komplett dunkel war. Vorsichtig schob sich Machmud unter der Limousine hervor und sah direkt neben sich in der Wand eine kleine Metalltür, die nicht geschlossen war und im nächtlichen Wind lautlos klapperte. Machmud wusste nicht, was ihn draußen erwarten würde, aber die offene Tür, die außerhalb des Bereichs der Kamera lag, war ein neuerlicher Beweis für Allahs Güte und bedeutete, dass er auf dem richtigen Weg war.

Das jahrelange Umherziehen durch die nächtliche Sahara hatte Machmuds Sinne geschärft und so fand er sich auch in der Dunkelheit problemlos zurecht. Gebückt schlich er über einen schmalen Rasenstreifen und erreichte ein kleines Pinienwäldchen. Er bewegte sich im Schatten der Bäume vorwärts, hörte schon von Weitem die schweren Stiefel der Securitymänner, die das Gelände kontrollierten, und konnte sich unbemerkt in den Büschen verstecken, wenn sich eine Patrouille näherte. Da er keine Ahnung hatte, wo sich sein Ziel befand, schlich er zunächst planlos auf dem Gelände umher und war nahe daran zu resignieren. Aber er wusste, dass ihm Allah den richtigen Weg weisen würde und ergab sich deshalb blind in sein Schicksal. Und wie schon zuvor so oft, wurde auch diesmal sein bedingungsloser Glaube belohnt.

Plötzlich ein Geruch, den er aus seiner Heimat kannte, einer Heimat, die weit entfernt war und jetzt doch so nahe. Machmud blieb stehen und hielt witternd wie ein Wolf die Nase in den Wind. Er trat aus dem Wald und stand am Rand einer gepflegten Rasenfläche, die bei einem gekiesten Vorplatz endete. Dahinter ragte ein weißes Gebäude in die Dunkelheit, das einer Moschee ähnelte. Vor einem goldenen Tor, das halb geöffnet war, standen zwei Mädchen, die rauchten und sich heftig gestikulierend unterhielten. Überfallsartig brach die Vision wieder über Machmud herein. Doch diesmal ging sie noch viel weiter: Plötzlich hob das Tier witternd den Kopf, das glanzlose, weiße Fell begann mit einem Mal zu leuchten und vor neu gewonnener Energie zu knistern. Die schwarzen Augen brannten Löcher in die goldenen Stäbe und schossen ihre Blitze bis in Machmuds Kopf. Dann drehte das Tier den Kopf zur Seite und wies ihm den Weg.

Diese letzte Vision hatte sich in Machmuds Kopf festgesetzt und so war es für ihn leicht, sein Ziel zu identifizieren. Der Saluki hatte ihm die Richtung gezeigt. Als er nach Osten schaute, dort, wo sich gerade der Horizont rot färbte, sah er auf einem künstlichen Hügel eine Villa von gigantischem Ausmaß mit einer Kuppel als Zentrum, von dem verschiedene Seitentrakte abgingen. Mit verschränkten Beinen setzte sich Machmud unter einem Strauch auf den Boden und blickte auf das Gebäude, das in den Strahlen der aufgehenden Sonne nur ein riesiger düsterer Klotz ohne Leben war. Als es immer heller wurde, zog sich Machmud in das kleine Pinienwäldchen am Rande des Rasens zurück. Unter den Wurzeln einer ausladenden Pinie entdeckte er ein kleines Erdloch, das er mit seinem Dolch zu einer Höhle erweiterte. Er arbeitete solange, bis die ersten Strahlen der aufgehenden Sonne ihr Licht über die Kuppel der Villa warfen, dann kroch er in die Höhle und schloss die Augen. Machmud hatte sein Ziel erreicht und das war diese Villa, in der das Böse lauerte, das ihn gezwungen hatte, die Wüste zu verlassen und sich hierher nach Europa zu begeben. Doch jetzt war seine Reise zu Ende und Machmud am Ziel angekommen. Jetzt brauchte er nur darauf zu warten, bis ihm Allah das Zeichen geben würde. Erst dann würde er sich auf den Weg machen, um zu töten.

19

SAINT-TROPEZ, NIKKI BEACH CLUB – NOCH ZWEI TAGE BIS ZUR ABREISE

Der Ferrari Testarossa war nicht dafür geeignet, auf der schmalen Straße mit den vielen Schlaglöchern zu fahren. Immer wieder knirschte die Bodenplatte, wenn der Ferrari in ein besonders tiefes Schlagloch rumpelte und das Chassis aufsaß. Allerdings war die Kolonne, die sich zu den Parkplätzen der Beach Clubs hinunterbewegte, nur im Schritttempo unterwegs, deshalb war nicht anzunehmen, dass der Schaden sonderlich groß sein würde.

Ab und zu ließ Elisa Visconti vor Vergnügen den 12-Zylinder-Motor aufheulen, damit die neugierigen Touristen, die in einer langen Prozession zu Fuß zu den Stränden unterwegs waren und oft direkt vor ihrer Kühlerhaube den Weg querten, erschrocken zur Seite sprangen. Elisa war 29 Jahre alt, hatte eine strenge schwarze Pagenfrisur und das Schicksal hatte es gut mit ihr gemeint. Laut Pass hieß sie Visconti und war angeblich weitschichtig mit der reichen italienischen Adelsdynastie gleichen Namens verwandt. Das jedenfalls hätte sie jedem erzählt, der sie nach ihrer Herkunft gefragt hätte.

Als sie den Ferrari beim Nikki Beach Club endlich geparkt hatte, führte sie die Empfangsdame in schwarzem Cape auf extra hohen Highheels durch den Sand zu der schneeweißen Liege, die Elisa telefonisch reserviert hatte. Während sie ihr Strandkleid auszog, brachte ein muskulöser Beachboy in weißen Leinenshorts einen Eimer mit Eiswasser und eine Flasche Champagner. Für 100 Euro cremte ihr der Beachboy noch den Rücken ein, dann legte sich Elisa entspannt auf das weiße Daybed und beobachtete die Gäste des Beach Clubs. Vorne, ganz nahe beim öffentlich zugänglichen Teil des Strandes, hatten die blonden Mädchen aus der Villa von Gurbanguly ihre Liegen halbkreisförmig aufgestellt und ließen sich gerade von den Beachboys mit Champagner bespritzen, um sich abzukühlen. Die Mädchen lachten und kreischten und schienen sich prächtig zu amüsieren, bis auf eines, das zwar mit den anderen mitlachte, aber Elisa konnte unschwer erkennen, dass ihr Interesse an den attraktiven Beachboys gering war. Um den Hals trugen die Mädchen Keycards an rot-goldenen Bändern, den Farben von Dakistan, die sie nicht einmal ablegten, wenn sie so wie jetzt mit einem großen bunten Wasserball in Begleitung einiger Beachboys zum Meer hinausliefen.

Das Mädchen, das sich zuvor schon ein wenig abgesondert hatte, war nicht mit an den Strand gegangen, sondern stand noch unschlüssig mit vor der Brust verschränkten Armen am Zaun, der den Beach Club vom Strand trennte, und beobachtete zwei der Mädchen, die auf den Schultern ihrer muskulösen Beachboys im Wasser einen Ringkampf veranstalteten.

„Hallo, hier, trink einen Schluck, das hilft gegen die Hitze“, sagte Elisa auf Englisch und hielt dem Mädchen, das einen Kopf größer war als sie, ein Glas Champagner hin. „Ich heiße Elisa und mir ist langweilig! Wollen wir uns nicht ein wenig unterhalten oder interessieren dich etwa diese Muskeltypen?“, fragte sie und klimperte dabei wie zufällig mit dem Schlüssel ihres Ferraris. Dabei wies sie mit ihrer Hand zu ihrem Daybed.

„Nein, diese Kerle geben mir überhaupt nichts." Die Augen des Mädchens glitzerten begehrlich, als es den markanten Schlüssel gesehen hatte, und Elisa wusste sofort, dass der Nachmittag in ihrem Sinne verlaufen würde. Das Mädchen war sehr groß und nicht älter als 18 Jahre, hatte genauso wie seine Freundinnen langes blondes Haar und war braun gebrannt. In einem Zug trank es den eiskalten Champagner, dann auch noch ein zweites Glas, das ihr Elisa anbot.

„Ich bin Catherine", sagte das Mädchen nach dem dritten Glas Champagner und streckte Elisa seine schlanke gebräunte Hand entgegen. Elisa lachte laut auf, zog das Mädchen an den Haaren zu sich heran und küsste es direkt auf den Mund.

„So macht man das bei uns in Italien", flüsterte sie und schenkte Catherine ihr bezauberndstes Lächeln. „Was hast du denn da um den Hals?", fragte Elisa ganz nebenbei, als sie wie zufällig mit der Hand über den Busen von Catherine strich. „Ist das ein Talisman?"

„Ach, das ist bloß die Key-Karte für unsere Villa", antwortete Catherine bereits mit einem schweren Zungenschlag und Elisa schenkte ihr ein frisches Glas Champagner ein. „Die brauchen wir, damit wir auch von der Seitenstraße auf unser Grundstück können."

„Ist das nicht riskant, du könntest die Karte doch verlieren oder sie könnte gestohlen werden!" Sanft strich Elisa über Catherines seidige Haare. „Ach, was rede ich bloß! Ist ja auch egal, wenn interessiert's!", sagte sie dann und küsste Catherine auf die Schulter.

„Es kommt trotz Key-Karte kein Fremder auf das Grundstück", ließ sich Catherine nicht vom Thema abbringen. „Das verhindert die modernste Technik mit dem teuersten Handscanner, der derzeit auf dem Markt ist. Da legt man seine Hand darauf und das Gerät erkennt an den Linien der Handfläche, ob du registriert bist oder nicht."

„Ich wohne im Hotel Byblos. Da gibt's so etwas nicht", unterbrach sie Elisa und gab Catherine ein frisches Glas Champagner. „Ich will sogar, dass mich in meiner Suite Leute besuchen. Am liebsten natürlich so schöne Mädchen wie du."

„Du wohnst im Byblos?" Ehrfürchtig schüttelte Catherine den Kopf. „Das ist ja wahnsinnig teuer! Warst du auch schon im Les Caves du Roy, dem Club, der unterhalb direkt in den Felsen hineingebaut ist?"

„Ich habe dort meinen eigenen Tisch! Da können wir später hingehen, denn vor zwei Uhr morgens ist dort nie viel los. Hier, trink noch ein Glas, Catherine." Elisa füllte die Gläser auf und bestellte bei einem Beachboy eine weitere Flasche Champagner. Inzwischen waren die anderen Mädchen wieder vom Strand zurückgekommen, schienen aber Catherine nicht weiter zu vermissen.

„Catherine, hier in dem Beach Club ist es auch ziemlich langweilig! Hast du Lust auf eine kleine Spritztour?" Elisa blickte Catherine tief in die Augen, ließ den Ferrari- Schlüssel am Zeigefinger rotieren und küsste sie dann lange und intensiv.

„Ich muss den Mädchen nur Bescheid sagen!" Schwankend erhob sich Catherine und wankte zu den anderen Mädchen. Schon nach wenigen Augenblicken war sie wieder zurück und stellte ihre Gucci-Strandtasche herausfordernd vor Elisa auf das Daybed. „Kriege ich von dir auch so ein Geschenk?", fragte sie dann, zeigte mit dem Finger auf ihre Tasche und machte mit ihren Lippen einen Schmollmund.

„Du bekommst alles, was du willst, mein Engel", flüsterte Elisa und küsste Catherine erneut auf den Mund.

„Warum fahren wir nicht ins Byblos Hotel in deine tolle Suite?" Catherine ließ den Kopf seitlich aus dem Ferrari hängen, um durch den Fahrtwind wieder einen halbwegs klaren Kopf zu bekommen. „Du bist doch reich. Das stimmt doch, oder?“ Die Sonne stand schon tief und es war nicht mehr so heiß wie noch zuvor im Beach Club. Elisa ließ den 12-Zylinder-Motor aufheulen und beschleunigte so heftig, dass beide brutal in die Sitze gedrückt wurden.

„Wir suchen uns zuerst einen einsamen Strand zum Nacktbaden!“, schrie sie gegen den Motorenlärm an. „Dann kaufen wir dir was Hübsches zum Anziehen!“

„Ist mir auch recht!“ Catherine zuckte mit den Schultern, griff nach der Champagnerflasche, die sie zwischen ihre Beine geklemmt hatte, und trank gierig.

Die Schatten wurden immer länger und ein leichter Wind kam auf, als Elisa den Ferrari in einem staubigen Waldstück parkte und mit Catherine Hand in Hand über eine Geröllhalde zum Meer wankte.

„Hier soll ein Strand sein?“, maulte Catherine und machte wieder einen Schmollmund. „Im Byblos wäre es doch viel bequemer in deinem Bett.“ Sie ging ein wenig in die Knie, um den Kopf auf die Schulter der viel kleineren Elisa zu legen.

„Nur Geduld, mein Engel! Es ist nicht mehr weit und ich bin sicher, dass du überrascht sein wirst“, antwortete Elisa zärtlich und streichelte die samtweichen Haare von Catherine.

Vorsichtig kletterten sie den steilen Hang hinunter, machten ab und zu eine Verschnaufpause, um einen Schluck Champagner zu trinken, und erreichten schließlich den menschenleeren Strand. Im trägen Wellenschlag wurden große Säcke mit Müll an das Ufer gespült, dazwischen lagen tote Fische, die von räudigen Katzen mit ihren Krallen zerfetzt wurden. Dürre Hunde zerrten an stinkenden, halb verwesten Fleischstücken und knurrten aggressiv, als sich Elisa und Catherine ihnen näherten. Weiter hinten am Strand brannten kaputte Autoreifen und der Gestank nach verbranntem Gummi vermischte sich mit dem intensiven Geruch nach verfaultem Fisch.

„Hier willst du mit mir Nacktbaden? Du spinnst wohl! Bist du pervers!“ Angeekelt riss sich Catherine von Elisa los, als sie den ganzen Müll und Dreck sah. Sie taumelte zurück, stolperte über einen angeschwemmten, bereits aufgequollenen toten Hund und stürzte schreiend in den Sand. „Bring mich sofort zurück! Ich will weg von diesem Horror!“, kreischte sie gegen das Rauschen der Wellen und das Bellen der Hunde an.

„Ich will zurück in unsere Villa!“

„Du kommst ja auch zurück in die Villa“, antwortete Elisa mit einer völlig veränderten Stimme. „Aber nicht so, wie du dir das denkst.“ Sie stellte die kleine Kühlbox mit den Champagnerflaschen auf den Boden, nahm ihren schwarzen Nylonrucksack von der Schulter und zog ein großes, gezacktes Tauchermesser heraus. Mit dem Daumen strich sie prüfend über die Klinge.

„Gib mir deine Key-Karte, Catherine!“, befahl sie dann und steckte die Karte, die ihr die zitternde Catherine zuwarf, in ihren Rucksack.

„Die Karte nützt dir doch nichts, Elisa!“, schluchzte Catherine und zitterte wie Espenlaub. „Der Scanner muss dich identifizieren. Aber du bist nicht registriert. Bitte, lass mich gehen, dann helfe ich dir auch, in die Villa zu gelangen! Bitte, tu mir nichts!“

„Du hast natürlich recht, Catherine.“ Elisa ließ sich von Catherines Flehen nicht sonderlich beeindrucken. „Man kommt nur auf das Grundstück, wenn man durch den Handflächenscanner identifiziert wird. Dafür brauche ich deine Hand!“ Mit ihren schwarzen Augen starrte sie auf die zitternde Catherine. „Aber du bist ein zu großes Risiko für mich.“ Sie kramte in ihrem Rucksack und Catherine schrie vor Panik laut auf, als Elisa eine großkalibrige Pistole herauszog und einen Schalldämpfer auf den Lauf schraubte.

„Bitte! Lass mich leben!“, flehte sie. „Ich mache alles, was du willst! Wir können auch hier Nacktbaden! Es macht mir nichts aus, ehrlich! Ich will nur leben!“

„Hab keine Angst, es geht ganz schnell“, murmelte Elisa mehr zu sich selbst und warf eine rostige Blechdose auf einen klapprigen Hund, um ihn zu verscheuchen. Dann richtete sie die Waffe auf Catherine. „Glaube mir, ich mache das nicht gerne! Aber ich muss, denn ich will nie wieder arm sein! Verstehst du das? Du selbst hast mich gefragt, ob ich reich sei! Hätte ich gesagt, dass ich arm bin, wärst du nicht mitgekommen! Du siehst also, nur mit Geld kauft man sich Liebe und Zuneigung, deshalb will ich auch eines Tages richtig reich sein!“ Langsam redete sich Elisa in Rage. „Eine arme Kindheit und eine freudlose Jugend haben mich geprägt. Das habe ich jetzt alles hinter mir gelassen!“ Sie machte eine kurze Pause und sah Catherine eindringlich an. „Ich hätte gerne noch einige Tage mit dir gemeinsam verbracht, das musst du mir glauben, meine schöne Catherine. Aber ich habe eine Mission zu erfüllen!“ Elisa verzog ihren Mund zu einem traurigen Lächeln, schickte noch einen Luftkuss zu Catherine und schoss ihr zwischen die Augen. „Au revoir, Catherine!“

Konzentriert begann sie dann mit dem Tauchermesser wie mit einer Säge die rechte Hand der toten Catherine knapp über dem Handgelenk abzutrennen. Sie hatte Glück, denn Catherine war sehr schlank und hatte zarte Gelenke und dünne Knochen, die sich wie Hühnerknochen leicht zerteilen ließen. Als sie die blutige Hand mit Toilettenpapier gereinigt und in einem Gefrierbeutel verpackt hatte, griff sie nach der Kühlbox, schleuderte die

Champagnerflaschen mitten in den auf dem Meer treibenden Müll und legte stattdessen die verpackte Hand in die Box. Nachdenklich stand sie vor der Leiche von Catherine und überlegte, was sie mit ihr anfangen sollte – da hatte sie eine grandiose Idee. Sie rollte einen zerfetzten Autoreifen herbei, lehnte die tote Catherine an den verwesten Hund und schob ihr den Reifen über den Kopf. Aus der Kühlbox nahm sie dann eine hochkonzentrierte Brennflüssigkeit, die sie vorsorglich für das Abfackeln des gemieteten Ferraris eingepackt hatte, schüttete einen Teil der Flüssigkeit über Catherine und den Reifen und zündete alles an. Wenn die Polizei die Leiche finden würde, dann war der brennende Reifen zunächst ein Indiz dafür, dass es sich um einen Bandenkrieg handeln würde. Erst viel später würde man die Ungereimtheiten feststellen, aber dann wäre sie schon längst nicht mehr hier. In Gedanken versunken starrte sie noch einige Minuten in die Flammen, dachte an den vergangenen Abend, als sie im letzten Moment von dem Jetski in das Meer gesprungen und zur Kaimauer zurückgeschwommen war. In deren Schutz hatte sie beobachtet, wie der führerlose Jetski gegen das Fischerboot gekracht und in einem Feuerball verglüht war. Sie hatte auch gesehen, wie David Stein mit seinem Jetski unverrichteter Dinge langsam wieder zurück in den Hafen gefahren war und wahrscheinlich dachte, dass sie tot sei. Doch Stein durfte sie nicht unterschätzen, das wusste sie. Stein wurde genauso von seiner Vergangenheit vorwärtsgetrieben wie sie. Sie hatte es in seinen Augen gelesen, als sie sich an der Mauer gegenübergestanden hatten. Wie sie würde er vielleicht in der Nacht aus Alpträumen hochschrecken, in den stillen, einsamen Stunden knapp vor dem Morgengrauen, und mit Panik in der Stimme leise in das leere Zimmer flüstern: „Hört dieser Horror denn niemals auf!"

Sie atmete tief durch, verscheuchte die düsteren Gedanken, riss sich dann mit einem festen Ruck die schwarze Perücke vom Kopf, wurde von der reichen Elisa Visconti wieder zu der blonden Studentin Ruth Mayer, die in Wahrheit Leyla Khan war, die jetzt alles auf eine Karte setzte, um sich den Extrabonus von einer Million Dollar zu sichern.

20

SAINT-TROPEZ, VILLA VON GURBANGULY – LETZTER TAG VOR DER ABREISE

Im Morgengrauen hatte David Stein die Schatulle aus schwarzem Chinalack auf den kleinen Tisch gelegt, der neben dem Lichtschranken für die elektronische Zeitnehmung auf der Hunderennbahn stand. In der Schatulle befand sich das Lederhalsband für Ali Baba, das von dem Team der „Abteilung" mit dem Mikro- Behälter präpariert worden war. In diesen Behälter hatte David die hochgiftige Plutoniumsubstanz aus dem Augentropfen-Fläschchen injiziert. In dem Augenblick, in dem David dem Saluki das Band um den Hals legen und den Verschluss einrasten lassen würde, durchstieß eine extrem dünne Metallröhre den winzigen Behälter und die Substanz tropfte durch die Röhre bis in eine mikroskopisch kleine Nadel, die ausfuhr, wenn man den Handgriff am Halsband hochklappte.

Der Plan sah vor, dass Gurbanguly seinen Saluki an dem präparierten Halsband auf die Rennbahn führen und dabei von der Nadel gestochen werden würde. Das war so einfach wie effizient, denn auf diese Weise löste man das Problem, dass sich niemand Gurbanguly nähern konnte, ohne dabei zu sterben. Die Chemiker und Techniker der „Abteilung" hatten die auf Plutonium basierende Substanz so hoch konzentriert, dass schon ein tausendstel Milliliter zum Tod führen würde. Daher genügte schon ein zufälliges Ritzen der Haut, damit die todbringende Substanz ihre Wirkung entfalten konnte. Robyn hatte David bei den Briefings in Berlin gezeigt, wie der Mechanismus funktionierte, ohne dass man selbst oder der Hund in Gefahr geraten würde. Da David alle Hunde mit eigenen Halsbändern trainierte und Robyn Davids Biografie dahingehend erweitert hatte, war es für alle klar gewesen, dass David den Saluki mit seinem eigenen Halsband trainieren würde.

Der heutige Tag war entscheidend und David stellte fest, dass auch der Hund intuitiv ahnte, dass eine Entscheidung bevorstand. Deshalb zog Ali Baba wohl in dem morgendlichen Zwielicht wie ein entfesselter Geist seine Runden über die Rennbahn, sein weißes Fell war ein einziger heller Lichtstreifen, der sich vor den dunklen Hintergrund der Bäume schob und rasend schnell weiterbewegte.

„Richten Sie bitte Ihrem Präsidenten aus, dass ich ihn für ein erstes persönliches Training mit Ali Baba erwarte", sagte David zu Tasha, die wie immer mit dem Klemmbrett vor der Brust keinen Schritt von seiner Seite wich.

„Ich werde dem Adjutanten des Großen Präsidenten davon berichten und weitere Anweisungen abwarten", antwortete sie in ihrem abgehackten militärischen Tonfall und schnauzte Befehle in ihr Handy. Während sie auf Antwort wartete, beobachtete sie den Saluki, blickte dann überrascht auf die elektronische Zeitmessung, die nach jeder Runde die Zeit anzeigte.

„Unglaublich, wie Ihre Trainingsmethode den Hund zu Höchstleistungen motiviert hat! Innerhalb von ein paar Tagen haben Sie diese Veränderung im Verhalten des Saluki erreicht. Noch

Anfang der Woche lag der Hund apathisch in seinem Käfig und hat geknurrt, wenn sich ihm jemand genähert hat. Sie sind wirklich ein Hundeflüsterer, Herr Stein", sagte sie bewundernd und drehte sich dann schnell weg, als ihr Handy läutete.

Der Tag der Abreise war unerbittlich näher gerückt. Schon am nächsten Tag würde der ganze Hofstaat von Gurbanguly nach Dakistan ans Kaspische Meer zurückkehren und mit ihm auch David Stein und der Saluki. Dann wurde es ungleich schwieriger, die Operation „Hundeflüsterer" durchzuführen, dann wurde das ganze Unternehmen zu einem Harakiri-Einsatz, bei dem es fast sicher war, dass er sein Leben verlieren würde.

Aber noch blieben David 24 Stunden Zeit. Diese 24 Stunden würde er nützen, um die Operation doch noch hier in Saint-Tropez zu Ende zu bringen. Niemand hier in der Villa kannte seine wahre Identität. Die anonyme Killerin, die ihn verfolgt hatte, war tot und es gab nun niemanden mehr, der sich ihm in den Weg stellen würde. Bald würde er am Ziel sein, doch der entscheidende Punkt war noch nicht erreicht.

Noch war Gurbanguly nicht auf der Rennbahn erschienen, noch war es nicht sicher, ob er nur für ein Training seinen Saluki an dem Halsband zum Start führen würde. Aber für David gab es kein Zurück mehr. Die tödliche Substanz war aktiviert und der Prozess konnte nicht mehr rückgängig gemacht werden. Deshalb musste die Operation „Hundeflüsterer" ein Erfolg werden. Das war er Jane schuldig! Um ihren Tod zu rächen, musste er wissen, wo sich Amir Karsai aufhielt, erst wenn der Mörder seiner Frau tot war, würde auch David an Sonjas Seite zur Ruhe kommen.

„Gibt es schon Neuigkeiten von Ihrem Präsidenten?“, fragte David, als Tasha das Telefonat beendet hatte.

„Der Große Präsident steht der Idee wohlwollend gegenüber, den Saluki an seinem Genie teilhaben zu lassen und ihn durch seine Anwesenheit zu Höchstleistungen anzuspornen, lässt Ihnen der präsidiale Adjutant ausrichten“, antwortete sie. „Er ersucht Sie, sich jedoch in Geduld zu üben!“

„Dann warten wir einfach“, ließ sich David scheinbar nicht aus der Ruhe bringen und zwang sich, das glänzende schwarze Lackkästchen mit dem Halsband nicht weiter zu beachten. Stattdessen verfolgte er mit den Augen den Saluki, der Runde um Runde auf der Rennbahn drehte, dabei immer schneller wurde und es hatte beinahe den Anschein, als würde er über den Sand fliegen, ohne ihn zu berühren.

Vor zwei Tagen hatte diese Veränderung begonnen, denn als David wie immer vor Morgengrauen das Hundehaus aufgesucht hatte, war Ali Baba nicht apathisch auf seinen Kissen gelegen, sondern unruhig in seinem goldenen Käfig umhergewandert. Ganz leise hatte sich David neben dem Käfig auf den Boden gesetzt und das Verhalten des Saluki studiert. Der Hund hatte seinen schmalen Kopf witternd gehoben, die Nüstern gebläht und war dann an den Rand des Käfigs gelaufen. David kannte diese Reaktion von den Hunden aus der Death Row in Palma. Wenn er oder jemand anderer, der einen Hund retten wollte, sich den Gitterstäben näherte, sprangen die Hunde aufgeregt gegen die Gitter und wedelten mit ihren Ruten. Das genaue Gegenteil war der Fall, wenn die Wärter mit dem Betäubungsspray kamen, bevor sie die Hunde verbrannten. Dann versteckten sich die Hunde zitternd und ängstlich schon lange, bevor der erste Wärter erschien, in den hintersten Winkeln der Käfige und heulten wie die Wölfe. Mit ihrem angeborenen Instinkt konnten Hunde einfach und natürlich zwischen guter und schlechter Aura unterscheiden.

Ali Baba war da keine Ausnahme, er fühlte diese positive Aura, die David durch sein tägliches mentales Training verbreitet hatte. Doch die plötzliche Energie von Ali Baba musste auch noch eine andere Ursache haben. Der Saluki war für 100.000 Euro von einem Spanier an Gurbanguly verkauft worden. Natürlich hatte sich David erkundigt, aus welchem Wurf in Andalusien der Hund stammte, aber darüber wollte ihm niemand genauere Auskunft geben. Der Hund besaß zwar einwandfreie Papiere, aber David ahnte, dass es sich dabei um Fälschungen handelte. Am wahrscheinlichsten war, dass jemand das Potenzial des Hundes erkannt und ihn seinem ursprünglichen Besitzer gestohlen hatte. Durch seine mentale Verbindung mit dem Saluki hatte David erkannt, dass Ali Baba unter der Trennung von seinem angestammten Besitzer, seinem Alphatier, schwer litt. Es war ein absurder Gedanke, aber David erschien es, als würde Ali Baba die Aura seines Herrn plötzlich wittern.

Als die Veränderung einsetzte, hatte David sofort den Käfig geöffnet und sich vor dem Saluki auf die weißen Kissen am Boden gelegt. Zunächst hatte Ali Baba gestutzt, sich dann aber ebenfalls auf den Bauch gelegt und David mit seinen schwarzen Augen angestarrt. David hatte seinen Blick erwidert, tief in die entwurzelte Seele des Saluki geblickt, der sich zu seinem Herrn zurücksehnte, und präzise seine Gedanken formuliert.

„Wenn du mit auf die Rennbahn kommst, dann finde ich deinen Herrn und du kommst wieder zurück in deine angestammte Hierarchie!"

Ali Baba hatte nur kurz den Kopf angehoben, so als hätten ihn Davids Gedanken erreicht, als würde er den Sinn der Botschaften verstehen. Das war natürlich nicht der Fall, denn Hunde verstehen keine Worte, aber sie verstehen Stimmungen und vor allem – sie können Gedanken erfassen, wenn man sich so wie David als Hundeflüsterer in die Psyche eines Hundes versetzen kann.

„Bringe eine Höchstleistung auf der Rennbahn“, formte er seine Gedanken so klar und einfach, dass sie eine Lichtspur aus Worten bildeten – von David in einem leuchtenden Bogen zu Ali Baba – und einen plötzlichen Gefühlsausbruch des Hundes hervorriefen. Jaulend und mit der Rute wedelnd leckte dieser David über das Gesicht, trabte dann auf die Gittertür des Käfigs zu und schien nur darauf zu warten, dass David den Käfig öffnete und mit Ali Baba auf die Rennbahn ging. In den vergangenen zwei Tagen war er dann nicht von Davids Seite gewichen, hatte kurze Sprints und lange Ausdauerläufe absolviert und David als seinen Lehrer akzeptiert.

David blickte auf die Anzeigetafel, die Zeiten von Ali Baba waren phantastisch, der Saluki würde spielend jedes Rennen gewinnen, aber Davids Ziel war nicht der Wettkampf, sondern Gurbangulys Tod.

*

Eine Mountainbikerin fegte durch die Morgendämmerung und raste über kleine Feldwege ihrem Ziel entgegen. Durch ein zum Feldstecher umfunktioniertes Zielfernrohr studierte sie aus sicherer Entfernung die hohe Mauer, die das Grundstück umgab. Die Mauer war am oberen Rand durch elektrische Leitungen gesichert, sodass es unmöglich war, das Gelände unbemerkt zu betreten. Im Zwielicht des beginnenden Tages war auch die Pforte deutlich zu erkennen, die in die Mauer eingelassen war, von der Catherine gesprochen hatte.

„Arme Catherine“, flüsterte Leyla Khan, holte die im Gefrierbeutel konservierte Hand aus ihrem schwarzen Nylonrucksack und legte sie zum Auftauen vorsichtig neben sich. Langsam zog sie Bluse und Shorts aus und ließ kurz die kühle Morgenluft über ihre nackte Haut streichen. Dann holte sie einen dünnen schwarzen Overall aus ihrem Rucksack, schlüpfte hinein und zog mit einer energischen

Handbewegung den Zipp bis zum Hals hoch. Sie sah erneut durch das Zielfernrohr und überprüfte die Mauer neben der Pforte. Sie konnte nichts Auffälliges entdecken, keine Kameras, nur das flache Display mit geschlossenem Deckel, der sich automatisch öffnete, wenn eine Key-Karte durch die Automatik geschoben wurde. Auch die Securitymannschaft überprüfte diese Pforte nur im Stundentakt.

Lautlos wie ein Schatten schob sich Leyla durch die Sträucher am Straßenrand. Es herrschte eine friedvolle Stille, die nur vom leisen Rauschen des morgendlichen Windes unterbrochen wurde. Die abgeschnittene Hand von Catherine war in der Zwischenzeit völlig aufgetaut, fühlte sich aber immer noch kalt und fremd an. Als Leyla die Key-Karte von Catherine durch den Schlitz zog, fuhr die Abdeckung des Displays nach hinten und der grünlich leuchtende Touchscreen, von dem Catherine gesprochen hatte, wurde sichtbar. Ohne Eile zog Leyla die abgeschnittene Hand aus der Folie und begann mit ihren Fingern die tote Haut an den Fingerspitzen der Hand zu massieren. Dann hielt sie sich die noch steife Hand an die Wange, konzentrierte sich auf die Hauttemperatur, massierte solange weiter, bis sie endlich zufrieden war. Fest drückte sie dann die Hand auf die Glasfläche und ein leises Piepsen ertönte. Leyla hielt den Atem an, starrte auf den Lichtbalken, der jetzt langsam, Zentimeter um Zentimeter, Catherines Hand abtastete und dann verschwand. Plötzlich wurde der Bildschirm schwarz und die Abdeckung begann sich automatisch wieder zu senken, um das Display zu verschließen. Adrenalin schoss durch Leylas Venen. Alles umsonst, dachte sie. Kein Extrabonus, kein Haus, nichts, nur Armut bleibt mir! Vor Wut und Enttäuschung ballte sie ihre Fäuste, doch in diesem Moment öffnete sich die Pforte lautlos und Leyla konnte schnell hindurchschlüpfen. Jetzt war sie auf dem Grundstück, jetzt war das Ende ihrer Mission in greifbare Nähe gerückt! Gebückt lief sie an der Mauer entlang, bis sie einige Sträucher erreichte, hinter denen sie sich verbergen konnte. Aus ihrem Rucksack holte sie einen dicken Kohlestift und begann sich das Gesicht zu schwärzen, um mit den Felsen, dem Gestrüpp und den Bäumen zu verwachsen und unsichtbar zu werden. Innerhalb weniger Sekunden hatte sie auch das Präzisionsgewehr zusammengesetzt und holte sich jetzt den Plan der gesamten Anlage auf ihr Handy. Am wichtigsten waren für sie das Hundehaus und die Rennbahn, zwischen diesen beiden musste sich ihrer Berechnung nach David Stein bewegen, um den Hund zu trainieren. Auf dieser Route würde ihn eine Kugel aus ihrem Präzisionsgewehr in den Tod befördern und Leyla Khan um eine Million Dollar reicher machen.

*

Im ersten Morgengrauen hörte Machmud wieder das Hecheln seines Hundes, das eine kühle Brise zu ihm herübertrug. Geschickt robbte er an den Rand des Pinienwaldes und beobachtete seinen weißen Saluki, der über die Rennbahn fegte und den aufgewirbelten Sand wie einen Kometenschweif hinter sich herzog. Schon zwei Tage beobachtete Machmud den Mann, der von der Frau in dem pinkfarbenen Kleid als „Hundeflüsterer" bezeichnet wurde. Machmud hatte keine Ahnung, was das zu bedeuten hatte, aber als er sah, wie vertraut der Mann mit dem Hund am Boden lag und wie gekonnt er sich durch Zeichen und Kopfbewegungen verständlich machen konnte, dachte er, dass dieser Hundeflüsterer ein Zauberer sein müsse. Ein Magier, der Machmuds Hund die Angst genommen hatte, so wie es die letzte Vision gezeigt hatte. Dieser Hundeflüsterer würde seinen Saluki solange beschützen, bis Machmud den Willen Allahs erfüllt hatte.

Jede Bewegung des Hundes war Machmud in den vergangenen zwei Tagen vertraut geworden, denn er hatte ihn ständig beobachtet.

Deshalb war es für ihn auch nicht überraschend, dass sein Hund heute wie entfesselt die Rennbahn entlangfegte. Sein Hund, der ihm im Auftrag jenes Mannes, den er töten musste, von einem spanischen Händler gestohlen worden war.

Der Dorfälteste hatte ihm geraten, diesen Verlust nicht einfach hinzunehmen, sondern sich im Namen Allahs dafür zu rächen. Der Hund war Machmuds Kapital, der Hund würde alle Rennen in der südlichen Sahara gewinnen und Machmuds Einfluss innerhalb seines Clans würde steigen. Deshalb durfte der Auftraggeber nicht ungestraft bleiben, denn Machmuds Tat würde sich in der ganzen Sahara verbreiten und an unzähligen Lagerfeuern würde man sich noch lange die Legende seiner Reise erzählen und sein Ruhm würde ihm vorauseilen wie eine riesige Meereswelle, die hoch und höher steigt, um jeden Feind unter sich zu begraben.

Machmud strich über die gekrümmte Klinge des Dolches. Es war der dritte Tag, den Machmud auf den Mann wartete, der seinen Hund gestohlen hatte und der noch nicht erschienen war. Noch hatte er kein Zeichen von Allah erhalten, noch musste er warten, so wie er immer auf ein Zeichen seines Gottes gewartet hatte – just in diesem Augenblick erhielt er dieses Zeichen.

In der riesigen Villa auf dem Hügel, die noch im morgendlichen Schatten lag, öffnete sich eines der beiden goldenen Tore, die auf einen kreisrunden Vorplatz mit in den Boden eingelassenen goldenen Flammen führten. Zwei schwarze Golfcaddies fuhren langsam die breite Rampe entlang, bogen dann in die Allee ein, die zur Rennbahn hinunterführte. Im ersten Caddie saßen zwei Männer in schwarzen Anzügen mit dunklen Sonnenbrillen, der zweite Caddie wurde von einem blonden jungen Mädchen im Bikini gelenkt, ein zweites blondes Mädchen beugte sich seitlich aus dem Caddie und ließ die langen blonden Haare im Fahrtwind flattern. Hinter den beiden Mädchen entdeckte Machmud jetzt den Mann, der seinen Hund gestohlen hatte, den er in der Internetzeitung in Fes gesehen hatte. Dieser Mann trug eine schwarze Uniform, saß regungslos und übertrieben aufrecht auf der Rückbank des zweiten Caddies.

Langsam näherten sich die beiden Fahrzeuge der Rennbahn und Machmud wartete noch immer auf ein Zeichen, wusste nicht, wie er weiter vorgehen sollte. Sein Hund flog noch immer über die Rennbahn, drehte Runde um Runde, genauso wie er früher über die wellenförmigen Dünen der Sahara gerast war, ohne eine Spur im weißen Sand zu hinterlassen, leicht wie eine Feder und schneller als ein Gedanke. Die beiden Caddies fuhren jetzt aus dem Schatten der Dämmerung in das Licht des beginnenden Tages. Ein Sonnenstrahl bahnte sich seinen Weg über die Kuppel der riesigen Villa, erreichte die Allee, raste über die hohen Bäume, streifte den hinteren Caddie, brach sich auf den goldenen Knöpfen der Uniform des Mannes, der seinen Hund gestohlen hatte, reflektierte zurück bis in das Versteck von Machmud, der geblendet die Augen schloss. Der Sonnenstrahl war das letzte Zeichen und der Mann, auf den Allahs Finger gezeigt hatte, dieser Mann würde noch heute sterben.

Machmuds Hund schwebte über den Wellen, erreichte die Wüste, flog über die Dünen, hob witternd den Kopf, als er die Oase in der Sahara erreichte, sprang in den großen Korb aus geflochtenen Palmenblättern, der ihm von klein auf so vertraut war, und mit einem zufriedenen Seufzer schlief der Hund ein, denn jetzt war er endlich wieder zu Hause.

Alles wird gut, dachte Machmud und öffnete wieder die Augen, hatte noch das letzte Bild des ruhig schlafenden Hundes auf seiner Netzhaut und wusste, dass Allah seine schützende Hand über ihn halten würde. Mittlerweile hatten die Caddies die Rennbahn erreicht und die schwarzhaarige Frau im pinkfarbenen Kleid kniete plötzlich auf dem Boden und versuchte die Papiere zu erwischen, die der Wind vor sich hertrieb und aufwirbelte. Als sie die Caddies entdeckte, stand sie schnell auf und eilte darauf zu, wagte sich aber nicht näher, sondern blieb mit gesenktem Kopf in einiger Entfernung stehen.

Währenddessen halfen die beiden blonden Mädchen im Bikini dem Mann in der schwarzen Uniform aus dem Caddie. Unbeholfen und steif, mit finsterem Gesichtsausdruck, der durch die dunkle Sonnenbrille noch verstärkt wurde, verzog er angeekelt den Mund, so als würde er das wärmende Licht der Sonne als Beleidigung empfinden. Einem der blonden Mädchen, die ihn noch immer stützten, flüsterte er etwas ins Ohr, umständlich drehte sich der Mann dabei zu ihr und kratzte sich den dicken schwarzen Schnurrbart. Der morgendliche Wind wehte durch die Äste der Bäume und strich über die pechschwarzen Haare des Mannes, ohne dass sich auch nur eine Strähne bewegte. Wieder trafen vereinzelte Sonnenstrahlen die Uniform, die goldenen Knöpfe blitzten auf und schienen eine geheime Botschaft an Machmud auszusenden: Das ist der Mann, den du noch heute töten musst, um deine Ehre wiederherzustellen.

21

BERLIN – ZENTRALE DER „ABTEILUNG“ AM LEHNINER PLATZ

Aus der Luft betrachtet, wirkte die Rennbahn wie eine riesige ovale Sandwüste, die von Wiesen und Bäumen umgeben war. Robyn, die Assistentin von Marius Müller, kauerte mit verknoteten Beinen auf ihrem Drehstuhl im Medienzentrum der

„Abteilung“ in Berlin und starrte auf die Bildschirme, die unterschiedliche Screenshots von Gurbangulys Anwesen zeigten. Während sie die Bänder ihrer knallroten Sneaker kompliziert verknotete, schielte sie immer wieder auf die Digitalanzeige, die dann aufblinkte, wenn ein Satellit wieder das Gelände der Botschaft passieren und eine Aufnahme in Echtzeit liefern würde.

„Haben wir endlich eine Verbindung zu Schneider?“, fragte Müller und rückte nervös seine schwarze Brille zurecht. „Wieso meldet er sich nicht?“

Robyn zuckte mit den Schultern, verkroch sich noch tiefer in ihren Stuhl und tippte wie besessen in eine Tastatur, die sie auf ihren Oberschenkeln balancierte. Der Screenshot auf einem der Monitore veränderte sich, wurde zu einer grünlichen, unscharfen Fläche mit roten Punkten und sah aus wie ein abstraktes Gemälde.

„Ich habe den aktuellen Screenshot von heute Morgen in ein Wärmebild umgewandelt", sagte Robyn, ohne von ihrer Tastatur aufzublicken. „Es befinden sich mehrere Personen auf dem Gelände."

„Natürlich befinden sich mehrere Menschen auf dem Gelände, Robyn!" Müller zog geräuschvoll die Luft in seine Nase. „Was ist das für eine bahnbrechende Erkenntnis!"

„Aber hier haben wir nur den Pinienwald!" Robyn aktivierte einen Leuchtcursor, der wie ein Glühwürmchen über das Wärmebild huschte und einzelne rote Punkte umkreiste.

„Was bedeutet das?" Müller trat näher und kniff die Augen zusammen.

„Diese beiden Punkte darf es gar nicht geben!" Der Leuchtcursor tanzte auf dem Monitor auf und ab und Müller hatte Mühe, seiner Spur zu folgen. „Es sind noch andere Personen auf dem Gelände. Personen, die sich versteckt halten. Ich befürchte, über kurz oder lang wird David Stein ein Problem bekommen", sagte Robyn.

„Wie meinen Sie das?" Müller schüttelte irritiert den Kopf und kratzte sich an seinen exakt getrimmten Koteletten.

„Es gibt nur zwei Optionen: Die Personen, die sich auf dem Gelände verstecken, wollen entweder Gurbanguly ermorden oder Stein. Alles andere wäre unlogisch", analysierte Robyn emotionslos die Situation.

„Was können wir tun?" Müller wischte sich mit dem Handrücken über die Stirn.

„In ungefähr zehn Minuten erhalte ich ein Bild in Echtzeit, das kann ich heranzoomen, solange der Satellit die Aufnahmen macht." Robyn drehte sich mit ihrem Stuhl um die eigene Achse und hämmerte weiter in ihre drahtlose Tastatur.

„Dann können wir feststellen, welche Personen sich auf dem Gelände versteckt halten und dementsprechend reagieren."

„Zoomen Sie doch dieses Bild näher." Müller deutete auf einen Screenshot, der die Rennbahn, zwei winzige Personen und eine Staubfontäne zeigte.

„Ich denke, das ist Stein mit dem Hund. Aber vergrößern bringt nichts." Achselzuckend vergrößerte Robyn das Bild, das zu einer aufgepixelten abstrakten Masse verschwamm.

„Sie haben recht", seufzte Müller und griff zu einem unförmigen, abhörsicheren Satellitentelefon. „Schneider hätte sich schon längst melden müssen! Verdammt, da läuft etwas komplett schief!" Für einen kurzen Augenblick schien es, als würde der eiskalte und souveräne Marius Müller die Nerven verlieren, aber dann hatte er sich schnell wieder unter Kontrolle und lehnte sich mit verschränkten Armen an eine Wand.

„Halten Sie das Team in Nizza bereit, Robyn!", sagte er dann und stieß sich von der Wand ab. „Ich hoffe nur, es kommt nicht so weit, denn wenn wir zu unserer Exit- Strategie greifen und Stein mit dem Hubschrauber vom Botschaftsgelände holen müssen, dann gibt es ungeahnte diplomatische Verwicklungen und wir sind unseren Job los!"

„Das Team ist jederzeit startklar", ließ sich Robyn davon nicht weiter beeindrucken, sondern aktivierte einen Monitor, der einen verrosteten Hangar in einem staubigen Industriegebiet außerhalb von Nizza zeigte. „Der Hubschrauber ist noch in der Halle, aber innerhalb von dreißig Minuten startklar", meinte sie und setzte sich ein Headset auf. „Exit Code Yellow!", rief sie in das Mikro.

„Sofort startklar machen, geben Sie den Befehl!", zischte Müller und wartete, bis Robyn „Exit Code Red!" durchgegeben hatte.

„Wir gehen auf Nummer sicher! Die Satellitenaufnahmen werden uns Klarheit bringen, das hoffe ich wenigstens!“ Müller warf einen schnellen Blick auf die Digitalanzeige.

„Gleich ist es so weit!“ Robyn war Müllers besorgter Blick sofort aufgefallen und deshalb projizierte sie die Digitalanzeige auf einen großen Monitor in der Mitte. „Der Monitor schaltet automatisch auf Echtzeitbild um, wenn der Satellit unseren Slot erreicht hat.“

Wieder begann sie hektisch auf ihrer Tastatur zu tippen. „Ich versuche mich in der Zwischenzeit wieder in das örtliche Funknetz zu hacken, vielleicht hat die Botschaft von Dakistan die Frequenz noch nicht gewechselt. Dann wissen wir wenigstens, was dort auf dem Gelände vor sich geht.“

Plötzlich gab das Satellitentelefon von Müller ein kreischendes Geräusch von sich und er drückte sofort eine grüne Taste, um das Gespräch entgegenzunehmen.

„Schneider, wo sind Sie?“, schnauzte er in das Telefon. „Ich schalte auf Lautsprecher.“

„Wie vereinbart sitze ich in meinem Wagen an der Ausfallstraße von Saint-Tropez und warte auf David Stein, um ihn zu dem Boot zu fahren, das ihn nach Nizza bringen soll.“ Schneider machte eine kurze Pause. „Natürlich nur, wenn er die Operation ausgeführt hat. Doch dafür bleibt ihm fast keine Zeit mehr. Gurbanguly reist morgen wieder zurück nach Dakistan und Stein soll ihn begleiten.“ Schneiders letzte Worte gingen in einem atmosphärischen Knattern verloren.

„Was haben Sie gesagt?“, schrie Müller in den Lautsprecher. „Wieso ist die Verbindung so schlecht, wir sind doch in Europa!“, fluchte er. „Wann haben Sie eigentlich zum letzten Mal mit Stein gesprochen?“, fragte er dann und rückte sich wieder die Brille zurecht.

„Das war vor drei Tagen in Saint-Tropez. Später habe ich nichts mehr von ihm gehört und ihn auch nicht getroffen. Robyn sollte die Koordination übernehmen, hat sich jedoch nicht mehr gemeldet."

„Wir hatten ein vierundzwanzigstündiges Blackhole", antwortete Robyn gleichgültig. „Dadurch war eine Kontaktaufnahme meinerseits nicht möglich. Das habe ich natürlich auch Stein mitgeteilt."

„Wozu die ganze Aufregung?", hörten sie Schneider. „Ist irgendetwas vorgefallen?"

„Robyn hat auf dem Gelände der Botschaft von Dakistan zwei Personen entdeckt, die sich anscheinend versteckt halten!" Müller gab Schneider eine kurze Zusammenfassung.

„Oh, Scheiße!", fluchte Schneider. „Das kann für Stein allerdings zum Problem werden."

„Sehe ich genauso!", pflichtete ihm Müller bei. „Halten Sie sich also bereit, um Stein im Ernstfall zusammen mit dem Team aus Nizza herauszuholen. Hat er wenigstens ein Survival Package dabei?"

„Ja, die Uhr mit der Titanklinge und dem Stahlseil. Mehr war nicht möglich, denn jeder Besucher des Botschaftsgeländes wird streng kontrolliert", antwortete Robyn.

„Ich selbst habe ihm den Gebrauch erläutert. Und er hat das Smartphone, mit dem er zu uns Kontakt aufnehmen kann."

„Es darf auf keinen Fall eine Verbindung zur deutschen Regierung gefunden werden. Habe ich mich klar genug ausgedrückt?" Müllers Stimme wurde hart und mitleidlos. „Robyn, analysieren Sie die Situation, wenn wir die Echtzeitaufnahmen via Satellit bekommen. Dann erst gebe ich meine endgültige Entscheidung bekannt. Bis dahin bleiben alle in Alarmbereitschaft auf Exit Code Red. Schneider, Sie sind der Einsatzleiter vor Ort!"

„Natürlich, Sie können sich darauf verlassen, dass ich das Team einweise, wenn es kritisch wird. Wir versuchen dann mit allen

Mitteln, Stein vom Gelände zu holen und auf das Boot nach Nizza zu verfrachten", wiederholte Schneider die Anweisungen.

„Ich hoffe allerdings, es kommt nicht so weit und Stein schafft seinen Abgang alleine."

22

SAINT-TROPEZ, VILLA VON GURBANGULY – LETZTER TAG VOR DER ABREISE

Ein minimaler Ruck an der Führungsleine genügte und Ali Baba verlangsamte sein Tempo und blieb schließlich direkt vor David Stein stehen. Abwartend hob er den Kopf und seine großen schwarzen Augen waren auf die schwarze Lackschachtel gerichtet, die David in der Hand hielt. Vorsichtig nahm David das Halsband aus der Schatulle, wog es prüfend in der Hand, ging damit auf Ali Baba zu, der sich in der Zwischenzeit auf die Hinterläufe gesetzt hatte und ihm den Hals entgegenstreckte, als wüsste er bereits, was gleich passieren würde.

„Warum legen Sie ihm jetzt das Halsband um?", fragte Tasha und trat neben David. Sofort richtete sich der Hund auf und schlich mit gekrümmtem Rücken ein Stück zur Seite.

„Verschwinden Sie, merken Sie denn nicht, dass der Hund unglaublich sensibel ist und Ihre Ausstrahlung fürchtet!", herrschte David Tasha an, die wütend zurückging und die Lippen verächtlich zusammenpresste. „Ich muss ihn an die Wettkampfbedingungen gewöhnen. Bisher ist er nur mit der Führungsleine auf der Rennbahn gewesen. Jetzt muss er ohne Führungsleine seine ideale Spur finden", beantwortete er dann ihre Frage.

Tashas Handy klingelte und sie drehte sich zur Seite, um das Gespräch anzunehmen.

„Wir müssen Catherine eine Lektion erteilen, sie ist erst im Morgengrauen durch die Seitenpforte zurückgekommen", hörte er sie leise in das Handy fauchen. „Jawohl! Catherine verdient eine Lektion! Sucht sie! Ich unterhalte mich später mit ihr!" Dann beendete sie das Gespräch, steckte ihr Handy wieder in die Tasche ihres pinkfarbenen Strandkleides und beobachtete Davids Aktivitäten mit finsterer Miene.

Als der Saluki langsam zu David zurücktrottete, setzte sich dieser auf den Boden und legte das Halsband vor sich in den Sand. Vorsichtig beschnüffelte Ali Baba das Lederhalsband mit dem umgeklappten Metallgriff, setzte sich dann wieder auf die Hinterläufe und seine schwarzen Augen blickten erwartungsvoll auf David.

„Du weißt, alles steht für mich auf dem Spiel. Du darfst mich jetzt nicht im Stich lassen. Wenn du dich am Halsband auf die Rennbahn führen lässt, kommst du zurück zu deinem Herrn." Lautlos formte David diese Sätze, während er aufstand und Ali Baba das Wettkampfhalsband mit dem Haltegriff um den Hals legte. Wissend blickte der Hund in das Gesicht von David, der sich darauf konzentrierte, seine Gedanken auf den Hund zu übertragen. Die Botschaften, die er Ali Baba zuflüsterte, waren klar und einfach und er ließ den Saluki keinen Moment aus den Augen. Als er ihm zum Schluss die flache Hand ganz sanft auf den Kopf legte, wedelte der Hund mit seiner Rute. Ali Baba hatte verstanden. Plötzlich bemerkte David mehrere Personen oben bei der Villa.

„Ich glaube, wir bekommen Besuch!", rief David zu Tasha, die Davids Aktionen noch immer skeptisch aus einiger Entfernung beobachtete. Er wies mit seinem Arm hinauf zur Villa, die noch immer vollständig im Schatten lag und wie ein riesiger schwarzer Stern das Gelände dominierte. Zwei schwarze Caddies fuhren langsam die Allee herunter und Tasha wurde plötzlich von einer nervösen Hektik erfasst.

„Damit habe ich nicht gerechnet!", rief sie und ließ vor Aufregung ihr Klemmbrett zu Boden fallen. „Der Große Präsident kommt hierher zu uns! Ich ... ich habe nicht im Entferntesten damit gerechnet!", stotterte sie und ging in die Knie, um ihre Listen wieder einzusammeln, die sich von dem Klemmbrett gelöst hatten und jetzt im Morgenwind über den sandigen Boden tanzten.

Als die beiden Caddies den Platz vor der Rennbahn erreicht hatten und die Insassen ausstiegen, sah David Stein Gurbanguly zum ersten Mal in der Realität und bewunderte insgeheim die Fotografen und Regisseure, denen es immer wieder gelang, den Diktator als imposanten und furchteinflößenden Mann darzustellen. Denn in Wirklichkeit sah er ganz anders aus. Gurbanguly war klein und unscheinbar und wirkte überaus gebrechlich, als er sich von den beiden blonden Bikini-Mädchen zur Rennbahn führen ließ. Die riesigen goldenen Knöpfe seiner schwarzen Uniform reflektierten die Sonnenstrahlen und warfen funkelnde Blitze in den Pinienwald hinter der Rennbahn. Robyns Briefing war ausgesprochen gründlich gewesen: Tatsächlich wagte niemand außer den Bikini-Mädchen, sich Gurbanguly auf weniger als zehn Meter zu nähern.

„Der Große Präsident möchte mit seinem Genie heute den von Ihnen so meisterhaft trainierten Hund zu Höchstleistungen auf der Rennbahn anspornen", sagte Gurbangulys Adjutant, der einen schwarzen Anzug und eine dunkle Sonnenbrille trug und eher wie ein Leibwächter wirkte.

„Kein Problem", sagte David, schnippte mit den Fingern und der Saluki trabte leichtfüßig an den Rand der Rennbahn und setzte sich auf die Hinterläufe. Die lange rote Zunge hing ihm seitlich aus dem Maul und er hechelte leise, für David ein Zeichen, dass Ali Baba wusste, was auf dem Spiel stand.

Gurbanguly drehte sich zur Seite und flüsterte einem der Mädchen etwas ins Ohr.

„Der Große Präsident möchte einen genauen Ablauf von Ihnen!“, rief es mit einer glockenhellen Stimme zu David.

„Das ist ganz einfach.“ David bemühte sich, sich seine Aufregung nicht anmerken zu lassen oder auf den Hund zu übertragen. Jetzt stand er kurz davor, sein Ziel zu erreichen, nur noch wenige Minuten trennten ihn davon – bald würde er den Aufenthaltsort von Amir Karsai kennen und dann konnte er endlich Janes Tod rächen. Doch jetzt galt es, diese winzige Zeitspanne, die ihn vom Ende der Operation „Hundeflüsterer“ noch trennte, so professionell wie möglich zu gestalten.

„Sie müssen nur zum Hund kommen, den Griff am Halsband in die Hand nehmen und gemeinsam mit ihm zu der digitalen Anzeige am Rand der Rennbahn gehen. Das ist alles!“

An den erstarrten Mienen der Anwesenden erkannte David, dass er einen entscheidenden Fehler gemacht hatte und er wusste auch sofort, welchen: Als Fremder hatte er Gurbanguly direkt angesprochen, was anscheinend einer Gotteslästerung gleichkam. Gurbanguly selbst zeigte keinerlei Reaktion, er starrte mit ausdrucksloser Miene an David vorbei auf den dunklen Pinienwald, so als hätte David bereits aufgehört für ihn zu existieren.

Die Szenerie schien einzufrieren: Am Rand der Rennbahn saß der Hund mit seinem Wettkampfhalsband, auf dem Platz standen die beiden schwarzen Caddies, davor Gurbanguly, der sich schwer auf die beiden blonden Mädchen in den Bikinis stützte. Zehn Meter davor standen in einem Halbkreis der Adjutant des Diktators und einer seiner Leibwächter, die mit verschränkten Armen auf eine Reaktion oder einen Befehl warteten, daneben Tasha, die aufgehört hatte, nervös ihre Listen auf dem Klemmbrett zu ordnen, und schließlich David, der die Hände in die Gesäßtaschen seiner Jeans steckte und eine betont gleichgültige Miene aufsetzte. Niemand redete und keiner bewegte sich.

*

Nur noch wenige Augenblicke trennten Leyla Khan vom Extrabonus, einer Million Dollar. Sie lag in einem Gebüsch am Rande des großen Gartens, der zur Fitzgerald- Villa gehörte, und brachte gerade ihr Präzisionsgewehr in Position. Doch als sie das Zielfernrohr adjustiert hatte und David Steins Kopf mit dem Fadenkreuz suchte, hatte sie nur die Stoffverdecke der beiden Caddies im Blickfeld. Sie hatte ihren Platz strategisch so gewählt, dass sie den Weg vom Hundehaus bis zur Rennbahn optimal einsehen konnte und ein freies Schussfeld hatte. Womit sie nicht gerechnet hatte, waren die Caddies, die jetzt eine schützende Mauer bildeten, hinter der David Stein vor ihr sicher war. Langsam ließ Leyla das Gewehr sinken, robbte zurück hinter die Büsche und holte das Smartphone aus ihrem Rucksack. Nachdenklich studierte sie den Lageplan des Botschaftsgeländes, aber die einzige Möglichkeit, näher an die Rennbahn heranzukommen, war, über den Hügel hinunterzulaufen. Doch mittlerweile war es bereits so hell, dass sie keine Chance hatte, ungesehen nach unten zu gelangen.

„Nur noch ein paar Minuten, dann ist meine Mission erfüllt!", motivierte sie sich selbst und schraubte das Zielfernrohr von ihrem Gewehr, um es wieder als Fernrohr zu verwenden. Nachdem sie Gewehr und Rucksack in den Büschen versteckt hatte, schlich sie gebückt am Rand des Pinienwaldes entlang, bis sie eine gemauerte

Terrasse mit einer steinernen Balustrade erreichte. Jetzt verstellten ihr zwar die beiden Caddies nicht mehr den Blick, doch das Schussfeld war trotzdem alles andere als optimal. Alle Personen standen in einer Reihe wie aufgefädelt auf dem Platz vor der Rennbahn und Stein war als Letzter fast gänzlich verdeckt. Leyla hob das Zielfernrohr und sah plötzlich Steins Gesicht im Profil groß im Fadenkreuz, als er sich leicht nach vorne beugte. Er wirkte angespannt und seine Kiefermuskeln zuckten. Eine ideale Schussposition, doch Leyla hatte ihr Gewehr nicht bei sich.

Geduckt lief sie zurück zu den Büschen, packte Gewehr und Rucksack, denn jetzt musste sie alles riskieren und durfte nicht länger warten! Als sie wieder auf der Terrasse war, sich auf den Boden kniete, um ihr Gewehr auf der Balustrade einzurichten, hörte sie lautes Motorengeräusch vom Vordereingang der Fitzgerald- Villa. Die ersten Handwerker waren schon eingetroffen, denn die Villa wurde im Augenblick renoviert. Leyla atmete hektisch und Schweiß stand ihr auf der Stirn, vermischte sich mit den Tarnfarben in ihrem Gesicht. Hier auf der Terrasse war sie komplett ohne Deckung. Jeder Handwerker, der zufällig aus dem Fenster nach draußen sah, würde sie sofort sehen. Aber dieses Risiko musste sie wohl oder übel eingehen, denn so knapp vor dem Ziel, so knapp vor dem Extrabonus mit einer Million Dollar konnte sie einfach nicht aufgeben. Wieder starrte sie durch das Zielfernrohr, aber Stein war jetzt wieder komplett von einem Frauenkopf verdeckt. Ihr Blick saugte sich an der Szene fest, mit ihren Gedanken wollte sie Stein zwingen, sich wieder nach vorne zu beugen, damit sie den tödlichen Schuss abgeben konnte, damit sie endlich frei von ihren Ängsten war.

Leylas Hände waren schweißnass, ihr Finger am Abzug juckte, am liebsten hätte sie die Waffe auf Dauerfeuer gestellt, einfach planlos nach unten geschossen, um die unerträgliche Anspannung zu lösen.

„Jetzt bloß nicht die Nerven wegwerfen!", flüsterte sie und lehnte das Gewehr an die Balustrade, ließ sich daneben auf den Boden fallen und hielt sich die Hände an die pochenden Schläfen. Du schaffst es! Atme tief durch, konzentriere dich nur auf dein Ziel, blende alle anderen Bilder und Geräusche aus, du befindest dich in einem Tunnel, in dem es keine Ablenkung gibt, in dem sich nur am anderen Ende dein Zielobjekt befindet!

Durch ein gekipptes Fenster der Villa hörte sie Klopfen, Hämmern und laute Stimmen. Die Handwerker befanden sich bereits im Haus bei der Arbeit und es war nur noch eine Frage der Zeit, bis sie Leyla entdecken würden. Sie musste handeln! Mit den Ellbogen stützte sie sich auf der breiten Brüstung ab, das Gewehr war ruhig und sicher auf dem ausgeklappten Zweibein positioniert und ihre Hände waren jetzt kalt und trocken. Durch das Zielfernrohr sah sie, dass Stein noch immer von der Frau in dem pinkfarbenen Strandkleid, die ein Klemmbrett vor der Brust hielt, verdeckt wurde. Plötzlich kam unten eine hektische Betriebsamkeit auf.

Leyla konnte jetzt trotz der Entfernung auf der Terrasse die allgemeine Hektik spüren, die plötzlich alle Personen bei der Rennbahn erfasst hatte, jeder bewegte sich in eine andere Richtung und die Szenerie wurde komplett unübersichtlich. Mit dem Zielfernrohr wischte sie über Körper und Köpfe, verharrte auf Steins breitem Rücken, sein weißes Leinenhemd flatterte in der morgendlichen Brise und mit der Hand rieb er sich den Nacken. Endlich war er im Fadenkreuz.

Plötzlich hörte Leyla hinter sich Schritte und schrilles, disharmonisches Pfeifen. Im Bruchteil einer Sekunde hatte sie Gewehr und Rucksack gepackt, verschwand hinter einer Hausecke, rutschte mit angehaltenem Atem an der Mauer nach unten, das Gewehr im Anschlag. Doch es war nur ein Handwerker, der auf die Terrasse geschlendert war, sich laut gähnend streckte und dann eine Zigarette anzündete. Gemächlich drehte er sich um, beobachtete mit amüsiertem Gesichtsausdruck die Hektik unten bei der Rennbahn.

„François! Los, komm schon!“, rief eine genervte Stimme aus dem ersten Stock und der Mann auf der Terrasse winkte unwirsch ab.

„Ist ja gut! Ich komme, ich komme!“ Noch zwei, drei hektische Züge, dann schnippte er die brennende Zigarette über die Balustrade hinunter ins Gebüsch, steckte die Hände in die Hosentaschen und schlenderte aufreizend langsam wieder zurück zum Haupteingang.

Leyla wusste, dass ihr jetzt nur wenige Sekunden blieben, um den Schuss abzugeben, um sich mit Steins Tod ihren Traum von einem weißen Haus am Meer zu erfüllen. Stein würde tot sein und sie frei. Schon war sie wieder zurück auf der Terrasse, postierte das Gewehr erneut auf der Balustrade, starrte durch das Zielfernrohr, war wieder in dem schwarzen Tunnel, in dem es nur mehr Stein und sie gab und sonst nichts. Die allgemeine Hektik an der Rennbahn ignorierte sie nun. Das Blut rauschte in ihren Ohren, als sie die blonden, streichholzkurzen Haare von David Stein jetzt formatfüllend im Fadenkreuz sah, sie senkte den Lauf vielleicht einen Millimeter, der Wind war konstant und würde das Geschoss nicht von der berechneten Flugbahn abbringen, jetzt kam Steins Ohr in das Fadenkreuz, einen Wimpernschlag nach links, um die Schläfe zu erwischen, durch das Zielfernrohr verschmolzen sie beide, wurden zu einer Schicksalsgemeinschaft, die ein unsichtbares Band des Todes geknüpft hatte. Vielleicht wäre ihr Leben anders verlaufen, wenn sie jemanden getroffen hätte, der ihr Ruhe und Sicherheit gegeben hätte, der sie beschützt hätte vor den ständigen Alpträumen. Doch dafür war es jetzt zu spät, sie hatte ihr Leben selbst in die Hand genommen und dieses Leben war nun einmal stark mit dem Tod verknüpft. Leyla aktivierte den roten Laserpunkt, strich mit ihrem Zeigefinger beinahe zärtlich über den kühlen Abzug und drückte ab.

*

Auch Machmud hatte die Zeichen erkannt und er wusste, dass es jetzt an der Zeit war zu handeln. Bedächtig wickelte er den gekrümmten Dolch aus dem roten Samttuch, hielt die Klinge ins Licht, sah die feinen Schleifspuren in dem glänzenden Stahl und machte sich bereit. Noch einmal drückte er den mit schwarzem Isolierband umwickelten Griff an seine Stirn und dachte an die Wüste mit ihren goldenen wellenförmigen Sanddünen, die er vielleicht niemals wiedersehen würde. Aber das machte ihm nichts aus, denn er wusste, dass sein Hund bei dem „Hundeflüsterer“ in guten Händen war. Er robbte bis an den Rand der Rennbahn und beobachtete, wie der Mann, der seinen Hund gestohlen hatte, sich umständlich auf die Schultern von zwei halbnackten Mädchen stützte und unbeholfen einige Schritte machte. „Der Große Präsident möchte einen genauen Ablauf von Ihnen!“, rief eines der Mädchen mit einer hellen, fast kindlichen Stimme zu dem Hundeflüsterer.

Als der Hundeflüsterer antwortete, konnte Machmud nicht verstehen, was er sagte. Doch an der allgemeinen Reaktion merkte er, dass der Hundeflüsterer etwas Falsches gesagt haben musste, denn die Männer und Frauen auf dem Platz vor der Rennbahn erstarrten und senkten die Köpfe.

Plötzlich tauchte die Sonne über den Pinien auf und die goldenen Knöpfe auf der Uniform des Mannes, der seinen Hund gestohlen hatte, blitzten wie ein Leuchtfeuer auf. Das Zeichen Allahs duldete keine weitere Verzögerung, Machmud schnellte in die Höhe, rannte schnell wie sein Hund quer über die Rennbahn und die gekrümmte

Klinge seines Dolches leuchtete in der aufgehenden Sonne, funkelte gefährlich, unheilvoll und tödlich.

Das Überraschungsmoment war auf Machmuds Seite, denn als die Männer realisierten, dass von ihm eine tödliche Bedrohung ausging, war Machmud auch schon bei dem Mann, der Gurbanguly hieß und seinen Hund gestohlen hatte. Die goldenen Uniformknöpfe funkelten noch immer und Allahs Wille würde geschehen. Machmud stieß die beiden halbnackten Mädchen so fest zur Seite, dass sie kreischend in den Sand stürzten, und hob seinen Dolch mit der gekrümmten Klinge, um Gurbanguly zu bestrafen und so Rache zu üben, wie es Sitte war.

Genau in dem Moment, als Machmud den Dolch hob, warf sich ein Leibwächter mit dunkler Sonnenbrille dazwischen und stieß mit dem Arm Gurbanguly nach hinten, sodass dieser hart gegen einen Caddie prallte. Den Dolchstoß von Machmud konnte der Leibwächter aber nicht mehr parieren und die gekrümmte Klinge fuhr tief in seine Haut und schnitt ihm den Hals auf. Das Blut schoss wie eine Fontäne aus der Wunde, trotzdem packte der Leibwächter noch reflexartig Machmuds Schultern, um ihn zu Boden zu werfen, aber er hatte keine Kraft mehr und stürzte schließlich tot in den Sand.

Doch jetzt stand plötzlich Gurbanguly vor Machmud und hielt einen Gehstock aus Metall hoch erhoben in seinen dünnen bleichen Händen, um damit auf ihn einzuschlagen. Machmud duckte sich seitlich weg und der Schlag streifte nur seinen Arm. In diesem Augenblick sprang Ali Baba vom Rand der Rennbahn mit einem einzigen riesigen Satz auf Gurbanguly zu, der durch die Wucht des Aufpralls den Gehstock fallen ließ und reflexartig den Griff des Halsbandes packte, um den Hund von sich wegzureißen. Mit seiner dürren, klauenartigen Hand umklammerte Gurbanguly den Haltegriff, drehte sich mit einem schrillen Lachen im Kreis und schleuderte dabei den federleichten Saluki wild durch die Luft.

Nur kurz zuckte er zusammen, als ihn die Nadel im Haltegriff in die Handfläche piekste, dann ließ er den Griff los und Ali Baba flog jaulend auf den Boden. Gurbanguly brüllte Befehle mit seiner schrillen Falsettstimme, die beiden Bikinimädchen am Boden schrien noch immer vor Entsetzen und Tasha kreischte in höchsten Tönen in ihr Handy. Dann zerriss ein Schuss das hysterische Geschrei und es herrschte plötzlich eine tödliche Stille.

*

David Stein reagierte sofort. Als er den Schuss hörte und sah, das Tasha von einer Kugel getroffen worden war und seitlich aus ihrem Kopf Knochen, Blut und Hirnteile in weitem Bogen umherspritzten, sprang er auf den Adjutanten von Gurbanguly zu, der von der chaotischen Situation völlig überfordert war und zu lange zögerte, um seine Pistole zu ziehen. Da hatte David ihn auch schon erreicht und rammte ihm einfach die Fingerspitzen seiner rechten Hand vorne in den Hals, zertrümmerte durch die Wucht des Stoßes den empfindlichen Kehlkopf und drückte ihn zurück bis über die Luftröhre. Noch ehe der Adjutant zu Boden sackte, war er bereits tot. In der Zwischenzeit hatte der zweite Leibwächter seine Waffe hochgerissen, aber David war nach der Attacke auf den Adjutanten von dem Adrenalin, das durch seine Adern rauschte, wie gedopt und verwandelte sich wieder in die Kampfmaschine, die er als Tom Nowak früher einmal gewesen war. Schnell drehte er sich um die eigene Achse, stieß sein ausgestrecktes Bein in die Höhe und traf mit seiner Ferse das Kinn des Leibwächters. Die Wucht des Stoßes war so heftig, dass der Leibwächter mehrere Meter durch die Luft flog und schwer auf den Boden krachte. Er war jedoch nicht kampfunfähig, sondern robbte schnell nach vorne, um an seine Waffe zu gelangen, die er nach Davids Attacke verloren hatte.

Doch David war schneller und trat ihm gegen die Schläfe und der Leibwächter sackte mit einem Schrei ohnmächtig zusammen.

Wieder peitschten Schüsse über den Platz, David packte den toten Adjutanten, hielt den leblosen Körper wie einen Schutzschild vor sich und spürte das Zucken, als die Kugeln in die Leiche einschlugen. Dann herrschte plötzlich eine angespannte Ruhe. Blitzschnell scannte David die Szenerie. Ein arabisch aussehender Mann mit ekstatisch-verzücktem Blick hielt einen Dolch in der Hand, von dessen gebogener Klinge noch das Blut von einem der Leibwächter tropfte. Der Diktator selbst saß bereits wieder in einem Caddie und ein zitterndes Bikinimädchen wendete das Elektrofahrzeug, um in seine Villa zu flüchten. Gurbanguly hatte seine Perücke verloren und sein weißer, kahler Schädel ragte wie ein Totenkopf aus der schwarzen Uniform.

„Wir müssen verschwinden!“, schrie David dem Mann zu, der noch immer den Dolch in der Hand hielt und dem der Saluki jetzt freudig jaulend das Gesicht leckte. David wies mit dem Arm die Allee entlang, wo sich bereits ein Caddie mit der von Tasha noch alarmierten Securitymannschaft auf den Weg zur Rennbahn machte.

„Ich muss doch den Mann töten, der meinen Hund gestohlen hat!“, schrie der Mann und blickte dem Caddie mit Gurbanguly nach.

„In einer Stunde ist Gurbanguly tot“, antwortete David und deutete auf Ali Babas Halsband. „Er hat sich mit einer hochgiftigen Plutoniumsubstanz infiziert, die in dem Halsband ist!“

„Stirbt jetzt auch mein Hund?“, fragte der Mann leise und seufzte betrübt.

„Nein“, beruhigte ihn David und klappte vorsichtig den Haltegriff wieder um, damit keine Gefahr mehr bestand. Dann drückte er auf seinem Smartphone die Raute- Taste, die eine verschlüsselte Botschaft in einer Cloud parkte, die beim nächsten Satellitenslot von Robyn empfangen werden konnte. „Hundeflüsterer kommt!“ waren die beiden Worte, die den positiven Abschluss der Operation mitteilten. David blickte auf der Suche nach einem Fahrzeug nervös umher.

„Wir brauchen sofort ein Auto und müssen so schnell wie möglich von hier weg, sonst erwischen uns Gurbangulys Leute doch noch!"

„Ich weiß, wo wir einen Wagen finden!", rief der Mann und rannte auch schon los. David und der Saluki folgten ihm über den Rasen zu einer lang gestreckten Halle, in der hunderte von Autos geparkt waren. Plötzlich begann eine Sirene zu heulen, eine rote Lampe blinkte auf und das riesige Eisentor über der Garageneinfahrt begann sich langsam zu senken.

„Los, steigen Sie ein!", rief er dem arabisch aussehenden Mann zu und setzte sich selbst ans Steuer eines azurblauen Rolls-Royce Corniche, in dem der Zündschlüssel steckte. Dann pfiff er Ali Baba. Elegant wie eine weiße Feder sprang der Windhund über das Heck des Rolls-Royce auf die Rückbank, leckte verzückt dem Mann auf dem Beifahrersitz das Gesicht und winselte glücklich.

„Sie sind also sein rechtmäßiger Besitzer", stellte David fest, gab Gas und im letzten Moment schafften sie es nach draußen, ehe das Garagentor geschlossen wurde. „Der Hund wird es bei Ihnen gut haben, dass spüre ich an Ihrer Ausstrahlung!"

„Ich bin Machmud. Ich komme von weit her, um meinen Hund zu suchen. Jetzt habe ich ihn gefunden und Sie haben den Mann, der meinen Hund gestohlen hat, für seinen Diebstahl bestraft. Es war Allahs Wille, dass wir uns getroffen haben!"

Trotz des Höllentempos, mit dem David den Wagen über das Gelände jagte, zog Machmud ruhig ein Samttuch aus seiner Hosentasche, in das er vorsichtig den Dolch einwickelte. Als er den Dolch weggesteckt hatte, drehte er sich zu David.

„Ich habe Sie zwei Tage lang beobachtet und gesehen, wie Sie meinem Hund das Selbstvertrauen wieder zurückgegeben und ihn an seine Stärke erinnert haben. Sie haben seine Freude am Wettkampf geweckt, indem Sie mit ihm trainiert haben. Ich habe gesehen, wie Sie beide am Boden gelegen sind und Sie Ihre mentale Stärke auf meinen Hund übertragen haben. Sie haben als Hundeflüsterer dieselbe Kraft, wie sie bei uns die Magier der Wüste besitzen."

„Ich bin kein Magier. Ich habe nur eine mentale Verbindung zu Ali Baba aufgebaut", sagte David und gab Gas.

23

BERLIN – ZENTRALE DER „ABTEILUNG“ AM LEHNINER PLATZ

„Wir haben den Satellitenslot!“, rief Robyn und aktivierte sämtliche Monitore im Medienraum der „Abteilung“. Auf allen Bildschirmen tauchte dasselbe Bild auf: Das weitläufige Gelände mit der riesigen, sternförmigen Villa von Gurbanguly, den verschiedenen Häusern und Garagen, der denkmalgeschützten Fitzgerald-Villa und natürlich die Rennbahn.

„Zoomen Sie das Bild näher!“, befahl Marius Müller und trat so nahe die Monitore heran, dass man den Eindruck hatte, als würde er in die Szenerie eintauchen.

„Scheiße!“, rief er dann ganz gegen seine Gewohnheit, als Robyn einen Extrazoom auf die Rennbahn machte und Müller mehrere Leichen auf dem Boden erkennen konnte.

„Du meine Güte! Das ist ja ein barbarisches Massaker!“, rief er aus, als er den toten Leibwächter neben dem schwarzen Caddie entdeckte. Sein Kopf war weit zurückgebogen und der Schnitt durch seinen Hals klaffte so weit auf, dass er auf den Monitoren wie ein grinsender Mund aussah. „Das kann unmöglich Stein gewesen sein! Dem Mann wurde ja beinahe der Kopf abgeschnitten!“

„Trotzdem ist die Operation ‚Hundeflüsterer‘ zu einem positiven Abschluss gelangt“, kommentierte Robyn emotionslos die Satellitenbilder.

„Wie kommen Sie darauf? Ich sehe hier drei Tote und weit und breit keinen Gurbanguly!“, fauchte Müller und fuhr sich mit seiner Hand über die Stirn.

„Ich habe soeben über Cloud die Meldung erhalten: ‚Hundeflüsterer kommt‘“, antwortete Robyn. „Die Operation war also erfolgreich!“

„Wie erfolgreich, wird erst die nachträgliche Analyse zeigen! Diskret ist die Operation jedenfalls nicht abgelaufen!“, antwortete Müller schlecht gelaunt. „Wer ist übrigens die tote Frau?“, fragend drehte er sich zu Robyn, die wie besessen in ihre Tastatur tippte, und deutete hektisch auf den Bildschirm.

„Die Frau heißt Natasha ‚Tasha‘ Mesraguly! Zuständig für das Organisationsmanagement!“ Robyn drückte eine Taste und das Bild einer attraktiven schwarzhaarigen Frau mit einem harten Zug um den Mund wurde auf einen Bildschirm an den Rand projiziert.

„Wer hat der Frau den halben Kopf weggeschossen?“ Müller starrte auf den Monitor, auf dem die am Boden liegende Tasha mit blutverschmiertem Gesicht in ihrem pinkfarbenen Strandkleid zu sehen war. Rings um sie wurden verschiedene Papiere vom Wind über den Sand geweht.

„Ich muss mir erst einen Überblick verschaffen“, antwortete Robyn und tippte Daten in einen Rechner.

„Und der andere Tote?“ Müller zerrte hektisch an seinem schwarzen Rollkragen und blickte auf den toten Mann im schwarzen Anzug, der auf den ersten Blick keine äußeren Verletzungen aufwies.

Doch Müllers geübtem Geheimdienstblick entging nicht, dass bei ihm die Gurgel schwarz verfärbt war, was auf einen tödlichen Kehlkopfschlag hindeutete. Neben ihm saß ein Mann am Boden und telefonierte.

„Akiely, so heißt der Tote. Er ist der Adjutant des Präsidenten. Der Mann am Telefon ist Malanguly, der Securitychef der Villa." Während Robyn die Namen aufzählte, wurden auch schon die entsprechenden Bilder seitlich auf den Monitoren hochgefahren.

„Wir haben noch knapp eine Minute, Boss", sagte Robyn und deutete auf die Digitalanzeige, „dann ist der Satellitenslot wieder geschlossen."

„Wer ist die Frau auf der Terrasse dort?" Müller trat so nahe an den Bildschirm, dass seine Nasenspitze den Monitor berührte. „Bleiben Sie darauf! Machen Sie die Szene größer und schärfer. Die Frau hält ein Gewehr in der Hand!" Doch noch ehe Robyn das Bild näher heranzoomen konnte, hatte die Frau das Haus erreicht und war dahinter verschwunden.

„Tut mir leid, Boss! Aber sie war zu schnell", entschuldigte sich Robyn. „Ich versuche später, sie mit unserer neuen Software zu identifizieren."

„Haben wir eine Aufzeichnung von diesen Szenen?" Müller nahm seine schwarze Brille ab und rieb sich die Augen. „Verdammt, wo ist Stein? Ist er für dieses Gemetzel verantwortlich? Es sollte doch alles diskret ablaufen! Kein Blutbad!", tobte er, verstummte aber sofort, als Robyn einen azurblauen Rolls-Royce Corniche ins Bild bekam, der mit großer Geschwindigkeit die Allee hinunterraste.

„Ich will wissen, wer in dem Auto sitzt!", schrie Müller und klebte jetzt förmlich an den Bildschirmen. Das Bild wurde rasch größer und Müller sah David Stein mit verbissenem Gesichtsausdruck am Steuer, neben ihm einen Mann, der wie ein Marokkaner aussah, und auf dem

Rücksitz lag ein weißer Hund, dessen lange, gefiederte Ohren im Fahrtwind flatterten.

„Was ist passiert?", herrschte Müller seine Assistentin an, die gerade dabei war, sich in die Funkfrequenz der Botschaft von Dakistan zu hacken.

„Sofort, Boss!" Ungeduldig winkte sie mit der Hand, lauschte mit offenem Mund.

„Terroristen sind auf das Gelände der Villa eingedrungen, höre ich über Funk. Der Präsident hat den Anschlag überlebt, aber drei andere Personen sind tot." Robyn presste das Headset fest an ihren Kopf. „Der Sicherheitschef nimmt selbst die Verfolgung auf und hat deshalb die französischen Behörden noch nicht informiert. Wenn wir Glück haben, schafft es Stein bis Saint-Tropez und wir holen ihn noch rechtzeitig raus!" Zum ersten Mal huschte ein Lächeln über ihr Gesicht, dann verkroch sie sich wieder in ihren Drehstuhl und wippte mit ihren knallroten Sneakern.

Müller hing schon an seinem Satellitentelefon und brüllte: „Schneider! Exit Code Red! Sie übernehmen das Kommando vor Ort. Unser Mann ist in einem offenen Rolls-Royce unterwegs!"

„Nobel, das muss ich schon sagen", antwortete Schneider, wurde aber sofort wieder ernst: „Wann kommt der Hubschrauber?"

„Robyn! Wo bleibt der Hubschrauber?" Fragend starrte Müller seine Assistentin an.

„Er ist schon gestartet, Boss." Auf einem der Monitore war hinter grauen Staubschwaden der riesige rostige Hangar außerhalb von Nizza zu erahnen und die Kamera erfasste gerade noch einen schwarzen Hubschrauber ohne Hoheitskennzeichnung, der soeben von der staubigen Piste abhob. „Wird in etwa zwanzig Minuten im Zielgebiet sein."

„Also Schneider, sehen Sie zu, dass Sie unseren Mann wieder heil nach Hause bringen! Die Operation ‚Hundeflüsterer' ist geglückt.

Der Rest liegt jetzt ganz in Ihrer Hand." Ohne sich von Schneider zu verabschieden, beendete Müller das Gespräch und legte das Satellitentelefon zur Seite.

„Wie lange haben wir noch?", fragte er Robyn und deutete auf die Digitalanzeige, die jetzt nur noch nervös blinkte.

„Die Anzeige muss wohl ausgefallen sein." Robyn zuckte mit den Schultern. „Noch dreißig Sekunden!"

„Sehen Sie zu, dass wir den Rolls-Royce mit Stein immer im Bild haben!"

„Geht klar, Boss!" Auf allen Monitoren gleichzeitig raste der Rolls-Royce durch die Allee. Allerdings wurde er bereits von einem schwarzen Porsche Cayenne verfolgt, der jetzt seitlich über den Rasen bretterte und in die Allee einbog. Der Rolls-Royce hatte fast schon das Ende der Allee erreicht, wo sich die Haupteinfahrt und das Haus für die Securitymannschaft befanden. Das graue flache Betongebäude lag verlassen im Sonnenlicht, dahinter war das glänzende Alutor zu sehen, das die Einfahrt versperrte.

„Scheiße! Wenn das nur gut geht!", murmelte Müller und knabberte nervös an seinem Daumennagel. Auch Stein im Rolls-Royce musste das geschlossene Tor gesehen haben, doch in der Satellitenübertragung schien es, als würde er den Wagen sogar noch beschleunigen. Vielleicht fünfhundert Meter trennten den Rolls-Royce noch von dem breiten Alutor und weiter oben in der Allee kam der schwarze Cayenne der Verfolger immer näher. Dann schloss sich der Satellitenslot und die Bildschirme wurden dunkel.

24

SAINT-TROPEZ, VILLA VON GURBANGULY – LETZTER TAG

Leyla Khan hatte den Kopf von David Stein im Fadenkreuz, als Gurbanguly den weißen Hund, der auf ihn zustürmte, am Griff des Halsbands packte, sich mit ihm im Kreis drehte und den Saluki durch die Luft schleuderte. Sie zögerte einen Wimpernschlag zu lange, denn als sie abdrückte, war nicht mehr Stein im Zielfernrohr zu sehen, sondern die Frau im pinkfarbenen Strandkleid, die gerade telefonierte. Leyla konnte noch sehen, wie Blut, Handyteile und Hirnmasse in hohem Bogen durch die Luft spritzten, Stein mit einem Mann kämpfte und Gurbanguly zurück in die Villa fuhr.

Durch die Allee fuhr bereits die Securitymannschaft zur Rennbahn und bald würden auch die Arbeiter in der Fitzgerald-Villa etwas von der ganzen Aufregung mitbekommen. Es war also völlig sinnlos, nach dem Schuss, der für Stein bestimmt gewesen war und stattdessen die Frau in dem pinkfarbenen Kleid getroffen hatte, noch etwas zu riskieren oder noch länger zu warten. Gurbanguly war in seiner Villa in Sicherheit und Stein würde jetzt keine Gelegenheit mehr haben, ihn zu töten. Hektisch redete sie sich ein, dass sie im

Prinzip ihre Mission erfüllt hatte und der Extrabonus über eine Million Dollar fällig war!

Deshalb hatte sie schnell ihr Gewehr gepackt und war hinter der Fitzgerald-Villa verschwunden. Hastig durchwühlte sie ihren schwarzen Nylonrucksack auf der Suche nach ihrem Smartphone, noch immer hatte sie die Hand von Catherine in der völlig aufgeweichten Tiefkühlfolie im Rucksack. Angeekelt verzog sie das Gesicht, aber sie benötigte den Handabdruck, um das Gelände der Villa sicher verlassen zu können. Schnell schrieb sie noch eine codierte SMS mit den aktuellen Fakten, erhielt auch prompt nur ein Wort als Rückmeldung, das sie allerdings nachhaltig irritierte.

Mit dem schwarzen Nylonrucksack über der Schulter und dem Gewehr in der Hand hetzte sie den Hügel hinunter, sah plötzlich einen azurblauen Rolls-Royce mit Stein am Steuer die Allee entlangfegen. Immer schneller lief sie den Hang hinunter, plötzlich tauchte der große Haupteingang vor ihr auf mit dem grauen Betongebäude für die Securitymannschaft, das jetzt aber verlassen war.

Sie ließ Rucksack und Gewehr einfach zu Boden fallen, stützte sich mit den Händen an den Oberschenkeln ab, um zu verschnaufen und um Hektik und Nervosität abzubauen. Sie sah den Rolls-Royce heranrasen, knapp verfolgt von einem Porsche Cayenne und ihr Pulsschlag beschleunigte sich erneut. Sie musste vor Stein in Saint-Tropez sein und ihrem Auftraggeber vom positiven Abschluss der Mission berichten, denn Gurbanguly lebte, deshalb war auch die merkwürdige Antwort auf ihre SMS nur ein Irrtum, ja konnte nur ein Missverständnis sein!

Der azurblaue Rolls-Royce fegte vorbei, krachte mit seinen fast drei Tonnen wie ein wütender Stier gegen das Aluminiumtor, das aus den Angeln gerissen wurde und durch die Wucht des Aufpralls in die Luft katapultiert und weit hinter den stark verbeulten

Rolls-Royce geschleudert wurde, wo es auf den Kühler des Porsche Cayenne knallte, dessen Fahrer, durch das plötzliche Hindernis irritiert, den Wagen verriss, der mit quietschenden Reifen seitlich ausbrach und gegen das Betongebäude der Securitymannschaft krachte.

In den geheimen Trainingslagern der Hamas hatte Leyla Khan gelernt, trotz schweren Gepäcks schnell wie eine Sprinterin kilometerweit zu laufen. Deshalb erreichte sie auch innerhalb kürzester Zeit die kleine Seitenpforte, klatschte Catherines Hand auf den Scanner, stand auch schon schweißüberströmt neben ihrem Mountainbike, riss sich den Overall vom Leib, wischte sich die zerronnene Tarnfarbe aus dem Gesicht und schlüpfte in ihre normale Kleidung.

Wie eine Triathletin raste sie auf ihrem Bike über Feldwege und staubige Äcker nach Saint-Tropez, wusste, dass sie durch ihre halsbrecherische Querfeldeinfahrt einen Vorsprung herausfahren würde, denn der schwer beschädigte Rolls-Royce würde auf der Umfahrungsstraße sicher im Stau mitten unter den Tagestouristen stecken, wenn es der lädierte Wagen überhaupt so weit schaffte. Deshalb würde sie in jedem Fall schneller an dem vereinbarten Treffpunkt sein.

Schon von Weitem sah Leyla den verrotteten Pylon einer aufgelassenen Tankstelle und als sie näher kam, auch den silbernen Mittelklassewagen mit der charakteristischen Delle am hinteren Kotflügel und einem Kennzeichen von Nizza. Der Fahrer hatte die Rückenlehne seines Sitzes bequem nach hinten geschoben und schien zu schlafen. Sie riss die Beifahrertür auf und ließ sich schwer atmend in den Sitz fallen.

„Weshalb Versagerin!“, schrie sie, das aufgestaute Adrenalin ließ sie hektisch auf und nieder wippen.

„Gurbanguly ist tot!", schnauzte sie der Fahrer an und stellte seinen Sitz wieder gerade. „Du hast komplett versagt! Stein lebt und Gurbanguly ist tot!"

„Wieso tot?", stammelte Leyla völlig verblüfft. „Ich habe doch mit eigenen Augen gesehen, wie er mit einem der Mädchen zurück in die Villa gefahren ist."

„Das Halsband des Hundes war vergiftet!", schnaubte der Mann und Leyla spürte, dass er seine Aggressionen nur noch mühsam in Zaum halten konnte. „Plutonium! Kapierst du? So hoch konzentriert, dass er innerhalb einer Stunde sterben wird! Du hast komplett versagt, Leyla!" Die Stimme des Mannes zitterte vor Wut. „Brian Farruk hat dich als Profi angepriesen! Aber David Stein bist du einfach nicht gewachsen! Ich hätte es wissen müssen! Bereits dein Versuch, ihn in Saint-Tropez zu töten, ist gescheitert. Gegen Stein bist du ein Nichts, eine komplette Versagerin!"

Die Stimme des Mannes bekam einen gefährlichen Unterton und instinktiv griff Leyla nach der Pistole, die sie vorsorglich hinten in ihrer Jeans versteckt hatte, doch der Mann war schneller und hatte plötzlich eine Walther PPK in der Hand.

„Im Grunde müsste ich dich jetzt erschießen! Aber in fünf Minuten kommt der Hubschrauber mit dem deutschen Einsatzkommando aus Nizza und denen kann ich eine Leiche schwer erklären! Also mach, dass du verschwindest!", zischte der Mann, beugte sich über Leyla und öffnete die Beifahrertür.

„Ich habe vielleicht die erste Runde verloren, aber nicht den Kampf! Das ist jetzt ein persönlicher Krieg zwischen Stein und mir!", krächzte Leyla, ein plötzlicher Adrenalinschub schüttelte sie und sie wusste, dass sie ein Ventil für ihren Hass brauchte, um nicht verrückt zu werden. Ihre Mission war gescheitert, dass musste sie sich jetzt wohl oder übel eingestehen. Ihr Auftrag hatte gelautet,

David Stein zu töten und so das Leben von Gurbanguly zu schützen. Sie hatte versucht, David Stein aus dem Weg zu räumen, und war daran gescheitert. Stein wurde zu ihrem Hassobjekt, Stein war an allem schuld, Stein wollte sie wieder zurück ins Elend stürzen, Stein setzte alles daran, dass sie wieder arm werden würde. Wie in einem Fieberwahn phantasierte sie sich David Stein zur Wurzel allen Bösen zusammen, zu dem finsteren Dämon, der sie um ihren Extrabonus gebracht hatte! Jetzt musste eben Stein dafür sorgen, dass sie die eine Million Dollar erhalten würde, denn Stein würde sie nicht um das weiße Haus am Meer betrügen, dachte sie trotzig.

Bilder von verdreckten kleinen Mädchen, die in einer langen Prozession über Müllberge krochen, rasten durch Leylas Kopf, ließen sich aber nicht vertreiben, das Blut hämmerte gegen ihre Schläfen und Worte wie „Versagerin“ und „Armut“ brachte sie nicht mehr aus ihren Gedanken. Sie sah durch die schmutzige Scheibe hinaus und wünschte sich kurz, dass sie der Mann auf dem Fahrersitz einfach erschießen würde, damit sie endlich Ruhe und Frieden fand. Aber es würde nie Ruhe und Frieden für sie geben, das wusste sie. Wie Stein war sie dazu verdammt, immer weiter zu töten.

„Ich werde Stein töten!“, zischte sie, ihr Mund fühlte sich plötzlich wie ausgedörrt an und eine dicke Ader auf ihrer Stirn pulsierte. „Doch zuvor hole ich mir noch eine Million Dollar von ihm! Das steht mir zu!“

„Du bist verrückt! Stein hat doch überhaupt kein Geld“, lachte sie der Mann jetzt aus und klopfte auf die Uhr am Armaturenbrett. „In drei Minuten ist hier die Hölle los. Also verschwinde, bevor ich es mir anders überlege und dich doch noch erschieße!“

„Du willst doch auch, dass Stein stirbt! Bei unserem ersten Treffen hast du gesagt, dass es dich persönlich freut, wenn Stein stirbt!“, fauchte Leyla und das Pochen in ihrem Schädel nahm an Intensität zu.

„Ich spüre ihn auf und töte ihn! Für dich und für mich! Doch zuvor will ich von ihm meinen Extrabonus über eine Million! Das ist mein voller Ernst!“

Der Mann hatte mit einem Mal aufgehört zu lachen und betrachtete sie prüfend von der Seite, während er nachdachte. Er schob die Walther PPK in das Seitenfach der Tür, schrieb dann schnell einen Namen auf einen Zettel, den er von einem Block riss und Leyla hinhielt.

„Ich gebe dir diese Information, weil ich möchte, dass Stein leidet, bevor er stirbt, Leyla!“ Er packte ihr Handgelenk und flüsterte hasserfüllt: „Er soll genauso leiden, wie ich gelitten habe!“ Er wies auf den Zettel. „Damit hast du etwas sehr Persönliches gegen Stein in der Hand!“

Hastig steckte Leyla die Notiz in ihre Jeans, stieg aus dem Peugeot, schwang sich auf ihr Mountainbike und reihte sich in die morgendlichen Radsportler ein, die in Richtung Saint-Tropez fuhren. Über sich hörte sie bereits das Knattern des Hubschraubers und als sie einen schnellen Blick nach hinten warf, sah sie, dass der Mann aus dem Wagen gestiegen war und dem Hubschrauber winkte. Im Wind der Rotorblätter züngelten seine Haare wie Flammen durch die Luft.

25

NIZZA, INDUSTRIEGEBIET – STÜTZPUNKT DER MOBILEN EINSATZTRUPPE

Der Hubschrauber flog in einem weiten Bogen über das tiefblaue Mittelmeer und die Bucht von Nizza. Oberhalb der Stadt, versteckt zwischen steinigen Hügeln, lag ein verlassenes Industriegebiet mit verschiedenen rostigen Hangars und verfallenen Lagerhallen. Das weitläufige Areal diente den Nato-Partnern als Stützpunkt, wenn sie Aktionen in Nordafrika oder dem Nahen Osten planten.

David Stein hatte den ganzen Flug über schweigend aus dem Fenster des Hubschraubers geblickt und an Machmud, den Tuareg gedacht, der mit seinem Saluki Ali Baba mit dem von Schneider organisierten Boot nach Sète gefahren war, um von dort mit der Fähre nach Tanger zurückzukehren.

„Du hast meinen Hund beschützt und ihm seine Stärke zurückgegeben", hatte Machmud sich immer wieder bedankt und mit zwei Fingern seiner rechten Hand auf Davids Brust getippt. „Wenn du einmal meine Hilfe brauchst, hinterlasse eine Nachricht im Reisebüro in der Ville Blanc in Tanger. Ich stehe tief in deiner Schuld!" Dann war er gemeinsam mit dem Saluki an Bord gegangen und sofort unter Deck verschwunden. Mit verschränkten Armen hatte David dem Boot nachgesehen, als es langsam die Bucht von Saint-Tropez verließ und entlang der Küste Kurs auf Sète nahm.

Doch es war ihm keine Zeit für sentimentale Gedanken geblieben, denn der schwarze Hubschrauber der mobilen Einsatztruppe war zu auffällig, deshalb hatte auch George Schneider, der das Kommando führte, zur Eile getrieben.

„Man darf unsere Regierung oder den deutschen Geheimdienst auf keinen Fall mit dem Blutbad in der Villa von Gurbanguly in Verbindung bringen!“ Schneider war hektisch vor seinem verbeulten Peugeot auf und abgegangen und hatte sich seine Haare mit beiden Händen aus der Stirn gestrichen.

„Das war keine Glanzleistung, David Stein!“

„Die Operation ‚Hundeflüsterer‘ ist positiv abgeschlossen, Schneider! Gurbanguly stirbt in der nächsten Stunde, und nur das zählt.“ Mit der Handfläche strich sich David Stein über seine blonden, streichholzkurzen Haare. „Niemand konnte wissen, dass der Tuareg Machmud der rechtmäßige Hundebesitzer ist und dass er sich für den Diebstahl rächen würde. Ich musste ihm helfen, sonst wären wir jetzt nicht hier!“ Mit der Faust hatte er auf das Autodach geschlagen, um sich abzureagieren. „Ich sage dir noch etwas, Schneider! Ich suche auch diese Killerin und werde sie dann in die Mangel nehmen, bis sie mir ihren Auftraggeber verrät!“ David verstummte, denn schlagartig hatte sich alle Energie aus seinem Körper verflüchtigt und nichts war zurückgeblieben, nur diese große Leere, die er schon sehr lange nicht mehr erlebt hatte.

Das letzte Mal hatte ihn diese Leere in Afghanistan gepackt, als er das Projekt

„Poet“ erfolgreich abgeschlossen hatte. Plötzlich war ihm alles so sinnlos erschienen, doch Jane hatte ihm geholfen, diesen Zustand zu überwinden. „Posttraumatische Zustände“ nannten die Psychologen die Symptome, in der „Abteilung“ hatte fast jeder seinen eigenen privaten Therapeuten.

Langsam, ganz langsam würde sich diese Leere wieder mit Projekten, Ideen und einem Leben als Hundeflüsterer in Arta auffüllen lassen. Vielleicht würde er es diesmal schaffen, ein normales Leben mit Sonja zu führen. Doch David war schon zu lange in der „Abteilung“ gewesen, er hatte schon zu viele Adrenalinschübe verspürt, er ahnte bereits, dass Geist und Körper nach der Herausforderung schrien, die in einem Grenzbereich zwischen Leben und Tod angesiedelt sind, und dass dieser Kick süß und gefährlich war und wie eine Droge zu einer fatalen Abhängigkeit führte. Er hatte das bei einigen seiner Kollegen erlebt: Sie ließen sich zu immer brutaleren Einsätzen überreden, operierten unter härtesten Bedingungen, weil sie das ständige Adrenalin genauso dringend brauchten wie die Luft zum Atmen. Doch eines Tages erlahmte ihre angespannte Energie, dann wurden sie unvorsichtig, begingen Fehler und Fehler waren tödlich.

Während der Hubschrauber oberhalb von Nizza auf einem staubigen Feld vor dem riesigen rostigen Hangar landete, dachte Stein noch immer an die mysteriöse Killerin, die ihn unnachgiebig verfolgt hatte und töten wollte.

„Wer ist diese geheimnisvolle Killerin? Vielleicht war es ja dieselbe Frau, die dich in Saint-Tropez beinahe erwischt hat!“, hatte Schneider laut gedacht, während er am Kühler des Peugeot lehnte und Stein beobachtete, der mit verschlossener Miene beim Treffpunkt vor den rostigen Benzintanks auf und ab gegangen war und versucht hatte, den Ablauf der letzten Stunden halbwegs logisch zu analysieren.

„Sie hat Tasha einfach erschossen, aber wahrscheinlich wollte sie mich treffen! Aber wenn sie die Killerin aus Saint-Tropez ist, wie hat sie dann den Zusammenstoß ihres Jetskis mit dem Fischerboot überlebt?“, hatte er Schneider gefragt, doch dieser hatte ziemlich ausweichend geantwortet.

„Das musst du in Berlin mit Müller von der ‚Abteilung‘ klären, David! Natürlich habe ich mich umgehört: Der Jetski hat zwar das Fischerboot im Hafen gerammt, aber es wurde bis jetzt keine Leiche gefunden, was ziemlich merkwürdig ist, da die Unterströmung zurück in den Hafen führt. Wahrscheinlich ist Leyla vorher abgesprungen und zurückgeschwommen.“

„Ja, so kann es gewesen sein“, hatte David überlegt, wollte noch etwas sagen, doch Schneider hatte hektisch zum Aufbruch gedrängt.

„Wir können später darüber reden, David! Los, in den Hubschrauber! Bald ist die französische Polizei hier im Großeinsatz, bis dahin muss auch der schrottreife Rolls-Royce verschwunden sein!“ Übertrieben hektisch hatte Schneider ihn am Arm gepackt, zum wartenden Hubschrauber gezerrt und David war nichts anderes übrig geblieben, als hineinzuklettern und nach Nizza zu fliegen.

*

In dem riesigen Hangar der mobilen Einsatztruppe in dem verlassenen Industriegebiet oberhalb von Nizza standen verschiedene Container, die als Unterkünfte, Waschanlagen und Werkstätten dienten. David saß im Media-Room und wartete auf eine sichere Satellitenverbindung nach Berlin zu Müller. Als der Bildschirm endlich hell wurde, sah David zunächst nur die blonden, an den Seiten hochgeschorenen Haare von Müllers Assistentin Robyn.

„Hallo, Stein!", hörte er sie murmeln, ohne dass sie den Kopf hob. „Der Boss ist sofort einsatzbereit. Er braucht nur noch einige Daten."

„Gibt es Aufzeichnungen der gesamten Operation?", fragte David.

„Ja, die gibt es!"

„Ich möchte selbst eine Analyse von dem gesamten Ablauf verfassen."

„Die Analyse habe ich schon gemacht. Inklusive Flugbahnberechnung der Schüsse. Dadurch wissen wir auch, wo sich die mysteriöse Schützin aufgehalten hat", antwortete Robyn monoton wie ein Computer.

„Sie sagen Schützin?"

„Es war definitiv eine Frau. Wir haben eine kurze Sequenz, auf der sie zu sehen ist."

„Es könnte also dieselbe Frau gewesen sein, die auch in Saint-Tropez auf mich geschossen hat?"

„Könnte sein! Der Boss ist jetzt so weit."

Mehr war von Robyn anscheinend nicht zu erfahren, denn sie verschwand jetzt immer tiefer in ihrem Stuhl, sodass auf dem Monitor nur noch ihre hellblonden Haarspitzen zu sehen waren.

„Stein, die Operation war zwar ein Erfolg, aber ohne jede Eleganz!" Müllers arrogantes Gesicht mit der schwarzen Intellektuellenbrille erschien formatfüllend auf allen Monitoren. „Ein Blutbad in der Villa von Gurbanguly, so habe ich mir das nicht vorgestellt. Soeben ist auch eine Meldung über Twitter gekommen, dass Gurbanguly einem Herzversagen erlegen ist. Das ist natürlich eine glatte Lüge, denn unser hochkonzentriertes Plutonium hat gewirkt. In Dakistan hat sich das wie ein Lauffeuer herumgesprochen und der prowestliche Präsident Aratpasy hat bereits angekündigt, eine Regierung der nationalen

Erneuerung zu bilden." Müller machte eine Pause und rückte seine schwarze Brille zurecht. „Soviel zu den Fakten."

„Was ist mit den Koordinaten?", unterbrach ihn David. „Das war eine der Bedingungen, warum ich den Auftrag überhaupt angenommen habe."

„Stein, das ist eine abhörsichere Leitung. Wir können also ganz offen reden. Sie erhalten ihre Koordinaten, das war mit Schneider so vereinbart. Auch wenn alles ein wenig chaotisch abgelaufen ist. Unter uns gesagt: Die Durchführung der Operation

‚Hundeflüsterer' war absolut dilettantisch. Aber, wie dem auch sei, das Ergebnis stimmt und nur das zählt." Müller strich sich über seine langen Koteletten. „Unser Agent Provocateur hat in Dakistan einen Volksaufstand initiiert, deshalb wollte der Präsident auch so überstürzt aus Saint-Tropez abreisen. Das war ein wenig Stress für Sie, aber Sie haben die ganze Aktion ja gut überstanden."

„Hat man schon herausgefunden, wer die Killerin ist und wer sie auf mich angesetzt hat?", unterbrach Stein Müllers Erklärung. Sofort erschien auf einem der seitlichen Monitore im Media-Room das Bild einer Frau mit dunklen Haaren, schwarzen, glühenden Augen und einer schmalen Hakennase. „Leyla Khan", hörte er jetzt Robyn die Fakten monoton aufsagen und Jahreszahlen und Bilder von Anschlägen, die sie angeblich ausgeführt hatte, wurden in rascher Folge auf einen Monitor übertragen.

„Moment mal!", unterbrach David den monotonen Redefluss von Robyn. „Wie war doch nochmal der Name dieser Frau?"

„Khan, sie stammt ursprünglich aus Pakistan. Der Name ist dort in etwa so häufig wie bei uns Meyer", antwortete Robyn ohne nachzudenken.

„Nein, das meine ich nicht. Wie ist der Vorname?"

„Leyla! Auch das ist ein häufiger Frauenname im Vorderen Orient. Für eine Pakistani allerdings eher ungewöhnlich."

„Wann wurde die Frau identifiziert?", fragte Stein und versuchte, sich an ein Gespräch zu erinnern.

„Vor 23 Minuten und 52 Sekunden", antwortete Robyn kurz und präzise.

„Da war ich schon im Hubschrauber auf dem Weg nach Nizza", überlegte Stein.

„Wer außer Ihnen weiß sonst noch davon, dass wir die Frau als Leyla Khan identifiziert haben?"

„Nur Müller, ich und jetzt Sie. Wir sind bisher völlig im Dunkeln getappt, erst eine neue Software, bei der Körpergröße und Kopfform elektronisch abgeglichen werden können, hat uns auf eine erste Spur gebracht. Ab dann war es meine Aufgabe, ihrer elektronischen Spur zu folgen." Plötzlich schwieg Robyn, denn Stein war aufgesprungen, hatte seinen Platz vor den Monitoren fluchtartig verlassen und war aus dem Media Room gestürmt.

Stein war in dem Container der mobilen Einsatztruppe in Nizza verschwunden und hatte ein kurzes Gespräch mit dem deutschen Einsatzleiter geführt. Anschließend war er schnell aus dem Hangar gelaufen, im grellen Sonnenlicht erschienen die beiden Falten, die sich von den Nasenflügeln bis zu seinen Mundwinkeln zogen, tiefer als gewöhnlich. Im Schatten einer verlassenen Lagerhalle aktivierte er sein Smartphone.

„Ich brauche Ihre Hilfe", flüsterte er, als auf dem Display Robyns blonder Haarschopf auftauchte. „Sie müssen mir ein paar Informationen auf unkonventionelle Weise besorgen."

Er sah, wie Robyn einen Augenblick lang zögerte, doch dann nickte sie zustimmend und David gab ihr schnell die erforderlichen Eckdaten.

Auf dem Weg zum staubigen Parkplatz auf dem Industriegelände holte er die Pistole, die ihm der Einsatzleiter gegeben hatte, aus seinen Jeans und ließ das Magazin einrasten. Sein Adrenalinpegel stieg merklich an, als er den Schlitten zurückschob und überprüfte, ob die Pistole auch funktionierte. Noch kurz zuvor hatte er an ein ruhiges Leben als Hundeflüsterer gemeinsam mit Sonja geglaubt und jetzt war plötzlich wieder alles anders. Jetzt war er auf dem Weg, um jemanden zu töten.

26

MONACO, LA ROUTE DE ISIDORA DUNCAN – FELSENPLATEAU

Der schwarze Bentley Continental GT fegte die steile kurvenreiche Straße der Route de Isidora Duncan mit quietschenden Reifen nach oben, überholte mit halsbrecherischem Tempo Touristenbusse und erreichte schließlich ein Felsenplateau, von dem aus man einen unvergleichlichen Ausblick auf Monte Carlo und das Mittelmeer genießen konnte.

Doch David Stein interessierte sich nicht für das vielgerühmte Panorama. Er saß in dem schwarzen Bentley, hatte den Kopf auf die Nackenstütze gelegt und wartete. Neben sich auf dem Beifahrersitz lag seine geladene und entsicherte Pistole und David war sich in diesem Augenblick sicher, dass er sie heute noch benützen würde. Sein Smartphone hatte er jetzt abgeschaltet und auch die SIM-Karte entfernt, damit ihn nicht Robyn oder Müller von der „Abteilung" in Berlin von seinem Vorsatz abbringen konnten. Nachdem von Robyn die gewünschten Informationen auf seinem Handy eintrafen, hatte er sich in ein Internetcafé in einer wenig frequentierten

Seitenstraße von Nizza gesetzt und eine Mail abgeschickt. Jetzt konnte er nur hoffen,

dass der Empfänger der Mail bald auftauchen würde.

Der schwarze Bentley gehörte eigentlich einem russischen Waffenhändler und war beschlagnahmt worden, als ein Waffendeal aufflog und der Russe verhaftet wurde. Es hatte einiges an Überredungskunst erfordert, um den Leiter der mobilen Einsatztruppe davon zu überzeugen, dass David das Luxuscoupé für einen verdeckten Einsatz benötigte. Der Bentley hatte getönte Scheiben und so war auf den ersten Blick nicht zu erkennen, wer in dem Wagen saß. Genau diesen Überraschungseffekt würde David sich zunutze machen.

Ein verbeulter silberner Peugeot quälte sich die steile Straße nach oben. Sein Motor heulte auf, als er um die letzte Biegung vor dem Plateau kurvte, dann rollte der Wagen langsam auf dem Plateau aus und kam hinter dem Bentley von David zum Stehen. Im Rückspiegel konnte David sehen, wie ein Mann langsam aus dem Wagen stieg, sich den steifen Nacken rieb und dann mit finsterem Gesichtsausdruck und schnellen Schritten auf den Bentley zuging. Ganz langsam griff David zu seiner Pistole, legte sie auf seinen Schoß und in diesem Augenblick wurde auch schon die Wagentür aufgerissen und eine wütende Stimme schrie ihn an:

„Leyla, ich dachte, du bist schon unterwegs zu ...“ Mehr brachte der Mann nicht heraus, denn plötzlich starrte er in die Mündung von Davids Pistole und erkannte seinen Fehler.

„Hallo, Schneider!“, sagte David und spannte den Hahn seiner Waffe. „So schnell sieht man sich wieder!“

„David Stein! Was zum Teufel machst du hier? Was soll das Ganze?“ Schneider zuckte zurück und seine roten Haare wehten im heißen Wind.

„Leyla Khan ist leider verhindert, deshalb bin ich gekommen. Leider hat dein Plan nicht funktioniert, Schneider. Ich bin am Leben und Gurbanguly ist tot! Du bist ein Verräter, das ist ja wohl klar. Und natürlich weißt du auch, was in unserer Branche mit Verrätern passiert!" Er gab Schneider mit der Pistole einen Wink und Schneider trat mit erhobenen Händen einige Schritte zurück, während David aus dem Bentley stieg.

„Gehen wir ein Stück, Schneider und genießen wir die Aussicht!"

„Was soll dieser Unsinn mit Verräter, David?" Schneider blickte über die Schulter zurück, während er den schmalen steinigen Weg zum Rand des Felsenplateaus entlangstolperte. „Ich bin doch dein Freund, David. Schließlich habe ich dich für die Operation ‚Hundeflüsterer' rekrutiert. Hast du das schon vergessen?"

„Du hattest ja auch keine andere Möglichkeit. Müller wäre das doch aufgefallen, wenn du dich geweigert hättest. Dann hätte er vielleicht Nachforschungen angestellt und herausgefunden, dass von einer Firma, die dem russischen Oligarchen Oblomow zugerechnet wird, größere Summen auf dein geheimes Konto in Jersey eingegangen sind." David wies mit dem Lauf der Pistole nach vorne. „Pass auf, wo du hintrittst, Schneider. Konzentriere dich lieber auf den Weg."

„Was hast du vor, David?" Ungläubig schüttelte Schneider den Kopf, als sie den steinigen Weg entlanggingen, der immer enger und schmäler wurde, staubiges Gestrüpp verfing sich in ihren Hosenbeinen. „Das stimmt doch alles gar nicht! Wie bist du ausgerechnet auf mich gekommen?"

„Du hast dich am Treffpunkt verraten, nachdem ich aus der Villa von Gurbanguly geflüchtet bin!" Auch David war stehen geblieben, hielt aber die Waffe noch immer auf Schneider gerichtet. „Als wir auf den Hubschrauber gewartet und von der Verfolgungsjagd mit den

Jetskis gesprochen haben, da hast du gesagt, Leyla wäre wahrscheinlich abgesprungen und zurückgeschwommen."

„Ja, kann schon sein! Worauf willst du eigentlich hinaus?" Verständnislos starrte ihn Schneider an.

„Zu diesem Zeitpunkt konntest du gar nicht wissen, wie die Killerin heißt. Das hat Robyn von der ‚Abteilung' erst sehr viel später herausgefunden." David machte eine Pause und schüttelte mitleidig den Kopf. „Tja, Schneider. Es sind immer diese Kleinigkeiten, die einem das Genick brechen."

„Da hast du recht, David! Es sind die Kleinigkeiten!" Suchend blickte Schneider umher. „Und was jetzt? Willst du mich einfach abknallen? Du bist verrückt, David. Damit kommst du nicht durch! Wir leben in einem zivilisierten Land, da kann man doch nicht einfach Menschen töten." Schneiders Stimme wurde immer schriller und abrupt blieb er stehen, drehte sich um, senkte seine Arme und verschränkte sie vor der Brust. „Dann schieß mich doch gleich hier über den Haufen!", zischte er und Hass glomm in seinen Augen. „Übrigens, das alles ist noch kein Beweis!"

„Da hast du natürlich recht, Schneider. Robyn hat auch deine Geldflüsse gecheckt und sich deine Konten genauer angesehen. Da gibt es eben diese interessanten Verbindungen zu dem russischen Oligarchen Oblomow. Dieser Oblomow war ja ein enger Freund von Gurbanguly und hat sein brutales Terrorregime finanziell unterstützt, damit er, wenn die deutschen Firmen verstaatlicht waren, in Ruhe Gas aus dem Kaspischen Meer fördern konnte. Deshalb musstest du alles daransetzen, dass Gurbanguly weiterlebt, denn sonst wäre ja auch deine Geldquelle versiegt. Deshalb hast du Leyla Khan engagiert, die mich aus dem Weg räumen sollte. Denn nur ich mit meiner Erfahrung als Hundeflüsterer konnte mit dem Saluki Ali Baba dafür sorgen, dass Gurbanguly mit dem Gift in Berührung kommt."

„So ein Blödsinn, David. Als der Anschlag auf die sichere Wohnung in der Kantstraße war, sind wir doch zusammen gewesen!“, verteidigte sich Schneider aufgebracht.

„Den Anschlag hat Leyla Khan bloß inszeniert, um von dir abzulenken. Sie hat den Agenten Penderecki gefoltert, obwohl sie alle nötigen Informationen ja bereits von dir erhalten hatte. Ein reines Ablenkungsmanöver.“ Verächtlich zog David die Mundwinkel hoch. „Dafür mussten drei Leute sterben.“

„Bravo, David Stein. Gute Arbeit.“ Höhnisch klatschte Schneider in die Hände.

„Jetzt, da Gurbanguly tot ist, bin ich sowieso erledigt. Egal ob du mich erschießt oder Oblomow mir seine Killer auf den Hals schickt, ich bin in jedem Fall bereits ein toter Mann.“

„Nicht melodramatisch werden, Schneider! Los weiter, unser Spaziergang ist noch nicht zu Ende!“ Mit einem widerwilligen Gesichtsausdruck drehte sich Schneider wieder um und ging langsam den steinigen Pfad weiter. Je näher sie an das Ende des Plateaus kamen, desto spektakulärer wurde der Ausblick. Weit draußen im blauen Mittelmeer kreuzten die riesigen Yachten der Milliardäre und unterhalb des Felsens leuchteten die Swimmingpools auf den Dachterrassen der teuren Apartmenthochhäuser von Monte Carlo in der Sonne.

„Schade, dass dich Leyla nicht erwischt hat, David!“, rief Schneider plötzlich unvermittelt, während er auf den Rand des Plateaus zusteuerte. „Das Geld war im Grunde egal! Ich wollte, dass sie dich tötet!“

„Aber warum, Schneider?“, fragte David völlig perplex über Schneiders wütende Offenheit. „Ich dachte, dir geht es immer nur ums Geld?“

Wieder blieb Schneider stehen und drehte sich zu David um. Seine roten Haare flatterten im Wind und leuchteten wie ein Feuer in der grellen Sonne.

„Jane hat mich wegen dir verlassen, David. Ich war mit ihr zusammen, lange bevor du zu der ‚Abteilung' gestoßen bist." Wütend presste Schneider die Lippen zusammen. „Du hast recht, David. Es sind immer die Kleinigkeiten, die ein Leben ruinieren. Jane hat sich in dich verliebt, weil du diesen blöden kleinen Hund gerettet hast, bei unserer geheimen Operation im Irak. Erinnerst du dich noch?"

David schüttelte den Kopf, den gesamten Irak-Einsatz hatte er mit Hilfe einer Psychologin aufgearbeitet, es war sein erster Kampfeinsatz gewesen. „Ich habe keine Ahnung! Ich wusste auch nicht, dass Jane früher mit dir zusammen gewesen ist. Sie hat nie darüber gesprochen! Ich hatte keine Ahnung!"

„Natürlich nicht, David Stein, oder Tom Nowak, wie du ja damals geheißen hast. Natürlich weißt du davon nichts mehr. Du hast dich nie für andere Menschen interessiert. Deshalb bist du ja auch ein so hervorragender Agent geworden. Du hast keine Gefühle, kein tiefergehendes Interesse an den Menschen, mit denen du zu tun hast. Alles, was dich immer nur interessiert hat, waren diese verdammten Hunde." Schneiders Stimme wurde immer schriller. „Du hast doch immer gesagt: Hunde lügen nie, Menschen immer! Du, du bist ein gefühlloser Roboter, so vollkommen ohne Empathie!"

„Das stimmt nicht, ich habe Jane geliebt", antwortete David und atmete heftig. Seine Hand, mit der er die Pistole hielt, war feucht von Schweiß, die Hitze auf dem schattenlosen Plateau wurde immer intensiver und sein Mund war trocken und ausgedörrt. Der Weg verlief jetzt knapp neben der Kante des Plateaus, von wo es mehrere hundert Meter senkrecht nach unten ins Meer ging.

„Ich glaube, du bist krank, Schneider! Nur weil Jane sich in mich verliebt hat, wolltest du mich umbringen?"

„Sie hat sich in deine verdammte Hundeshow verliebt, David Stein!", schrie Schneider jetzt außer sich vor Wut. „Da hatte ich einfach keine Chance mehr!"

„Du hättest auch ohne meine Liebe zu Hunden bei Jane keine Chance mehr gehabt. Jane und ich waren füreinander bestimmt! So etwas gibt es nur einmal und du hast das nie erlebt, Schneider!" Traurig schüttelte David den Kopf, dachte an die vielen Stunden, die er mit Schneider verbracht hatte, an Schneiders vermeintliche Loyalität und Kameradschaft. Aber das war alles nur eine Rolle für Schneider gewesen. Aber was hatte er von einem Agenten anderes erwartet? Spielte nicht auch er selbst eine Rolle, wenn er bei Sonja in Arta war? Nicht einmal sein Name David Stein war echt.

„Bleib, wo du bist, Schneider!" David hob die Pistole, als Schneider einen Schritt auf ihn zumachen wollte.

„Ich bin noch nicht fertig, David!" Schneiders Adern an den Schläfen pochten und es hatte den Anschein, als würde sein Kopf gleich zerspringen. „Der Anschlag in Kabul, bei dem Jane getötet wurde, geht auf mein Konto! Ich wollte, dass Jane stirbt, ich konnte diese Liebe, die sie für dich empfunden hat, einfach nicht länger ertragen!" Schneiders Stimme war nur noch ein heiseres, hektisches Flüstern. „Amir Karsai war als Taliban-Spitzel längst enttarnt, aber ich habe dieses Wissen nicht weitergegeben, sondern ihm den Auftrag erteilt, Jane zu töten und es wie einen Terroranschlag aussehen zu lassen. Eigentlich hätte er ja auch draufgehen sollen, aber er hat dichtgehalten und mich nicht verraten!"

„Du mieses Schwein, Schneider! Ich mache dich kalt, du verdammtes Schwein!" Davids Hand zitterte, als er die Pistole hob und direkt in das glühende, schweißtriefende Gesicht von Schneider zielte.

„Warum hat Karsai mich nicht getötet? Warum Jane?“, schrie er und spannte den Hahn.

„Ich wollte, dass auch du spürst, wie das ist, wenn einem die große Liebe einfach gestohlen wird! Du hast mir Jane gestohlen und dafür musstest du leiden!“ Wieder machte Schneider einen Schritt auf David zu.

„Keine Angst, David! Ich will dir nichts tun.“ Schneider lächelte zynisch. „Ich sage dir nur noch eines, David. Auch nach meinem Tod wirst du noch lange an mich denken! Sehr, sehr lange!“ Seine Stimme war nur noch ein heiseres Flüstern und seine roten Haare hingen ihm verschwitzt in die Stirn. „Du wirst noch einmal leiden, so wie ich gelitten habe. Aber glaube mir, David Stein, dein Leid wird viel grausamer sein!“

Plötzlich raschelte es im Dickicht und eine lange, schwarze Schlange schnellte blitzschnell auf Schneiders Füße zu.

„Was zum Teufel ist das?“, schrie Schneider überrascht auf und sprang instinktiv zur Felskante, um sich vor der Schlange in Sicherheit zu bringen. Mit angehaltenem Atem balancierte er kurz auf einem schmalen Felsvorsprung, doch das Geröll unter seinen Füßen gab langsam nach. Panisch stierte er auf David, der die Pistole sinken ließ und einen Schritt auf Schneider zumachte, ihm die Hand entgegenstreckte. Doch in diesem Moment gab der Felsvorsprung nach und Schneider stürzte mit einem lang gezogenen Schrei in die Tiefe. Sein Körper schlug mehrmals auf vorspringenden Felsen auf und verschwand dann in der Meeresbrandung, die gegen die Felsen klatschte.

Auf der Rückfahrt nach Nizza gingen Stein die hasserfüllten Worte von Schneider einfach nicht mehr aus dem Kopf, für die er keine Erklärung fand. „Du wirst noch viel mehr leiden, wie ich gelitten habe. Aber dein Leid wird viel grausamer sein!“

Epilog:

NIZZA, INTERNATIONALER FLUGHAFEN

David Stein hatte sich einige Tage am Strand von Nizza erholt und sich geweigert, nach Berlin zu kommen, um über George Schneiders Verrat detailliert Auskunft zu geben. Zu tief war noch seine Verstörung und sein Schock über Schneiders Geständnis kurz vor dessen Tod. Schneider hatte Gefühle und Emotionen entwickelt, die es in der grauen Welt der Geheimdienste nicht geben durfte. Schneider war an diesen Gefühlen zerbrochen und David fast auch.

Jetzt saß David in der Abflughalle des Flughafens von Nizza und wartete auf den Aufruf der Maschine nach Istanbul. Auf seinem Smartphone hatte er die Koordinaten und die Wegbeschreibung zu einem mehrstöckigen Apartmenthaus in einem Vorort von Istanbul, die ihm Robyn geschickt hatte. Dort würde er Amir Karsai, den Mörder seiner Frau Jane finden. Erst wenn er Karsai von Angesicht zu Angesicht gegenüberstehen würde, erst dann würde auch David seine Ruhe finden. Erst dann konnte er mit Sonja ein neues Leben beginnen.

Der Flug nach Istanbul wurde aufgerufen. David holte sein Smartphone hervor und betrachtete das Foto des tristen Apartmentblocks, in dem Amir Karsai hauste. Karsai war Schneiders

Marionette gewesen, deshalb würde sich mit Karsais Tod für David nichts ändern, das spürte er. Aus dem Lautsprecher dröhnte eine blecherne weibliche Stimme, die zum zweiten Mal die Maschine nach Istanbul aufrief.

Davids Plan war ganz einfach. Vom Flughafen Istanbul würde er ein Taxi in die Stadt nehmen. Bei seinem Verbindungsmann die nicht registrierte russische Waffe abholen. Dann zu Fuß Karsais Wohnung aufsuchen. An der Tür klingeln. Karsai würde öffnen und David überrascht anstarren. David würde kein Wort sagen, sondern einfach abdrücken und sofort wieder verschwinden. Das war seine Rache. Doch im Grunde war es ein Mord, den David verüben würde und Karsais Familie würde versuchen, diesen Mord zu rächen. Eine Spirale der Gewalt würde in Gang gesetzt werden. Aber Jane und ihr unverwundbares Lächeln würden trotzdem für immer tot bleiben. Daran würde auch der Mord an Amir Karsai nichts ändern. David hörte den letzten Aufruf für den Flug nach Istanbul und stand langsam auf. Er löschte das Foto von Amir Karsais Apartmentblock von seinem Smartphone und ging zum Schalter der Spanair. Dort buchte er den nächsten Flug nach Palma de Mallorca. Er würde sein neues Leben mit Sonja nicht mit einem Mord beginnen.

Plötzlich klingelte sein Handy.

„Sancho kommt langsam wieder zu Kräften und ist nicht mehr so apathisch", hörte David Stein die helle Stimme von Sonja aus dem Lautsprecher seines Handys. „Er knurrt auch nicht mehr, wenn ich den Futternapf auf den Boden in seine Nähe stelle. Das ist doch ein toller Erfolg, findest du nicht, David?"

„Sehr schön! Du hast alles richtig gemacht, Sonja! Jetzt wird Sancho sicher bald ganz gesund und verliert seine tiefe Scheu vor den Menschen! Wenn du so weitermachst, wirst du ja noch eine richtige Hundeflüsterin!"

„Glaubst du? Wie lange wirst du noch weg sein, David?" Er hörte das kurze Zögern in Sonjas Stimme, doch dann redete sie munter weiter. „Du kannst ruhig noch länger in Berlin bleiben, mich stört das nicht! Ich habe in der Zwischenzeit die Finca ein wenig wohnlicher gemacht. Du hast doch nichts dagegen, David? Also, wann kommst du?"

„Ich komme noch heute nach Hause, Sonja! Dann bleibe ich für immer", antwortete David und verspürte ein lange nicht mehr gekanntes Glücksgefühl.

„Das ist ja ganz fantastisch, David!", rief Sonja außer sich vor Freude. „Wir können uns dann einige Tage freinehmen und vielleicht nach Barcelona fliegen! Was meinst du?"

„Das klingt gut, Sonja, aber was wird aus Sancho in der Zwischenzeit?", fragte David ganz nebenbei, denn er wollte Sonjas Euphorie nicht zerstören.

„Kein Problem, David!", zerstreute Sonja seine Bedenken. „Die Frau, die seit Kurzem in meinem Lokal arbeitet, kann sich auch um Sancho kümmern!"

„Ach, du hast eine neue Angestellte?" David ging langsam zum Gate der Spanair.

„Ja, eine deutsche Studentin. Sie kam vor ein paar Tagen nach Arta und wir haben uns auf Anhieb gut verstanden. Sie heißt Ruth Mayer und liebt Hunde!"

NACHWORT DER AUTOREN

Liebe Leserin, lieber Leser,

wir möchten einmal recht herzlich DANKE sagen, dass Sie unseren Thriller gelesen haben. Wir hoffen, Ihnen mit diesem Buch ein paar unterhaltsame Stunden bereitet zu haben, Stunden in denen Sie eintauchen konnten in eine Welt voll Spannung und Nervenkitzel.

Da wir als Indie-Autoren auf uns alleine gestellt sind und keinen großen Verlagsapparat hinter uns haben und alles selbst machen und finanzieren müssen, ist für uns jede Rezension sehr wertvoll.
Wir bitten Sie daher um eine kurze Rezension auf Amazon.de. Diese Rezension muss nur einige kurze Sätze über unseren Thriller beinhalten.

Das war's auch schon. Alles Liebe an Sie und bleiben Sie glücklich :)
Barbara & Christian Schiller
P.S. Natürlich freuen wir uns auch riesig, wenn Sie unser Fan auf Facebook und/oder Follower auf Twitter werden.

www.twitter.com/BCSchiller
www.facebook.com/BC.Schiller

MEHR THRILLER VON B.C. SCHILLER

SCHWARZER SKORPION

David Steins ZWEITER FALL.

Der ZWEITE FALL führt den Ex-Agenten und Hundeflüsterer David Stein nach Marokko, wo er den Top-Terroristen „Schwarzer Skorpion“ jagt, um einen Anschlag auf die Münchner Sicherheitskonferenz zu verhindern.
In Marrakesch wird eine deutsche Studentin von ihrem Freund in eine Kiste gesperrt. Niemand erfährt davon und das Mädchen kämpft um sein Leben, denn Skorpione versuchen in die Kiste zu gelangen ...
In einem geheimen Zeltlager im Atlasgebirge ritzt sich der ehemalige Elitesoldat Henri Dupres den Unterarm, um sein von Skorpionen vergiftetes Blut zu betrachten, als er Besuch von einer geheimnisvollen Amerikanerin erhält, die ihm einen Auftrag erteilt ...

Zur selben Zeit erhält der deutsche Geheimdienst die Information, dass ein Terroranschlag auf die Münchner Sicherheitskonferenz geplant ist. Drahtzieher des Anschlages ist der Top-Terrorist Henri Dupres, der sich „Der schwarze Skorpion“ nennt. Henri Dupres ist vor

Jahren untergetaucht und niemand weiß, wie er aussieht, denn er hat sich einer Gesichtsoperation unterzogen. Nur ein Mann kann den „schwarzen Skorpion" identifizieren: David Stein, ein Ex-Agent, der als Hundetrainer auf Mallorca lebt. Stein hat vor Jahren mit Dupres zusammengearbeitet und erkennt ihn anhand seiner Körpersprache. Gegen ein Honorar von 1 Million Dollar fliegt David Stein nach Marokko, um den „Skorpion" aufzuspüren. Er ahnt nicht, dass ihm die Profikillerin Leyla Khan folgt, die noch eine alte Rechnung mit ihm offen hat.

Die Zeit drängt, denn in 7 Tagen beginnt die Sicherheitskonferenz, David Stein hat noch keine Spur von dem „Skorpion" und das Mädchen in der Kiste schwebt in Todesgefahr ...

Wird es David Stein gelingen, den Anschlag zu verhindern?

Welcher Zusammenhang besteht zwischen dem gefangenen Mädchen in der Kiste und dem Anschlag und wird sie überleben?

Wird die Profikillerin Leyla Khan David Stein töten oder verfolgt sie andere Pläne?

LESERSTIMMEN ZU „SCHWARZER SKORPION“

„Gute Story aber ziemlich harter Toback, nichts für schwache Nerven wie auch die anderen Bücher der Autoren. Aber Top in der Kategorie.“ —fietel

„Ein echter „Schiller“. Spannend und nervenkitzelnd bis zum Schluß. Besonders der Ermittler ist eine schillernde Figur, der man nur staunend folgen kann.“—Frank Oehlsen

„Schwarzer Skorpion“ ist ein toller Thriller: sehr spannend, rasant, brutal, schlüssig, unterhaltsam und ein wenig ironisch („Oberst Großkopf“)“—Patrici

„So muss ein spannender Thriller sein“—MKS

„Ich habe mir das Buch sofort nach der überzeugenden Lektüre des Hundeflüsterers gekauft und wurde nicht enttäuscht. Sehr spannend, ansprechend geschrieben, richtig mal was Neues.“—Monika

„Gut geschrieben, spannend, interessanter Ort. Die Hauptfigur sympathisch, die Nebenfiguren interessant. Überraschung am Ende. Und auch Supermänner haben weiche Seiten.—Detlef Passig

„Ein Thriller ganz nach meinem Geschmack. Der ausgestiegene Agent, der wahnsinnig gewordene Kollege, die Profikillerin, die Freundin mit einem dunklen Geheimnis, dass alles zusammen ergibt ein bis zum Schluss spannendes Buch welches Lust auf mehr macht.“ —Ingrid Kleser

„Dieser Thriller gehört zu den härtesten seines
Genres und lässt 3 bis 4 Stunden Lektüre wie eine einzige Minute erscheinen…"—Jouvancourt

„Das Buch packte mich von Anfang an. Die Figuren, allen voran David Stein, sind außergewöhnlich. Exotische Schauplätz wie Marrakesch ließen mich tief abtauchen in eine ferne und aufregende Welt. Hohe Suchtgefahr."—friesin

„Das erste Buch, das ich von B.C. Schiller gelesen - ach was: geradezu verschlungen habe!! Ein äußerst spannend geschriebener Thriller, der aber nicht unbedingt für zartbesaitete Leser/innen geeignet ist."
—akinom

„Sehr spannend und echt lesenswert! Vor allem sind es Autoren aus Österreich! :) Die gehören gefördert!!! Ich kann dieses Buch und alle Bände von B.C. Schiller nur weiter empfehlen!"—Birgit Sailler

„Fazit: Hart, direkt, spannend. Klare Leseempfehlung."—Krimi&Co

DIE FOTOGRAFIN

PSYCHOTHRILLER

„Mit Entsetzen wird mir klar: Diese Frau im Spiegel bin ich und ich habe gerade meinen Liebhaber getötet."

Mit diesen Gedanken im Kopf erwacht die Fotografin Adriana See zuhause an der Seite ihres Mannes in ihrem Bett. Sie kann sich nicht mehr erinnern, was genau in der Wohnung ihres Liebhabers passiert ist. Ist er tatsächlich tot oder war alles nur ein böser Traum? Als sie der Sache auf den Grund geht, stellt sie mit Schrecken fest, dass ihr Liebhaber anscheinend überhaupt nie existiert hat. War vielleicht alles nur Einbildung oder ist sie Teil eines perfiden Spiels, um sie in den Wahnsinn zu treiben? Doch Adriana See ahnt nicht, dass der richtige Alptraum noch gar nicht begonnen hat.

TÖTEN IST GANZ EINFACH

JAHRESBESTSELLER 2012
Top 20 ebook Krimi/Thriller 2012 bei Amazon.

Töten ist ganz einfach, sagen die Stimmen in meinem Kopf, während ich die Stufen nach oben schleiche und mir das Herz bis zum Hals klopft ...
In Prag wird ein Geschäftsmann brutal ermordet. Alle Spuren führen nach Linz in Österreich zu einem zwielichtigen Konzern mit großem Einfluss. Ist der psychopathische Konzernchef in den Mord verwickelt und was befindet sich auf den Fotos, die seine Schwester erhält? Und welches persönliche Interesse hat die Werbeagenturchefin Anna Lange an dem Fall, in den ihr Vater tief verwickelt ist. In seinem ERSTEN FALL muss Chefinspektor Tony Braun brutale Morde aufklären und einen Mörder bis Mallorca jagen, der nur ein Motiv kennt: Rache.
B.C. Schiller ist mit ihrem eBook Thriller ein brutal spannender Kriminalroman gelungen, der sich durch viele Wendungen und starke Charaktere auszeichnet und ein absoluter Lesetipp ist.

Der Thriller hat einen Umfang von ca. 420 Seiten, ist professionell lektoriert und kann auf jedem PC, Apple, eReader gelesen werden.

LESERSTIMMEN ZU „TÖTEN IST GANZ EINFACH"

„Großartiges Buch, fesselnde Story, packend erzählt. Ich konnte meinen Kindle nicht mehr ausschalten. Sehr, sehr gut. Problemlos kann Kommissar Braun mit Charakteren wie Harry Hole und Carl Morck mithalten. Die nächste Geschichte ist schon gekauft und runter geladen „—Susann

„Ein klasse Thriller"—Peter Zmyj

„Sehr coole Geschichte und Figuren. Absolut empfehlenswert... Ich mag persönlich ja solch verstrickte Storys, die zum Mitdenken anregen"—MelanieK

„Normalerweise lese ich gar keine Thriller, aber dieses Buch hat mich von Anfang an in seinen Bann gezogen. Es ist erstklassig geschrieben und Spannung bis zur letzten Seite ist garantiert....Entgegen anders lautender Meinung denke ich nicht, dass Tony Braun, der österreichische Schimanski ist, sondern vielmehr erinnert mich dieser an
„Der letzte Bulle", wenn gleich dieser nicht soviel harte Sachen „säuft"
„—S.Sievers

„Knallhart, brutal, spannend. Nichts für schwache Gemüter —Krimi&Co

„Wem „Harry Hole" und „Carl Morck" gefällt, dem wird auch dieser Thriller gefallen"—Ricci „Leseratte"

„Die Spannung zieht sich vom ersten Kapitel bis zum Ende durch. Die Charaktere sind zwar ein wenig gestört und brutal, aber das gehört natürlich zu einem richtigen Thriller. Die Wendung vor dem Finale war so nicht vorhersehbar, das fand ich super gut"—Mathias Zwittag

„Ein gut geschriebener Thriller. Viele Anfangsfäden, die später zu einem Faden zusammen laufen (spannend). Für alle diejenigen, die es blutig mögen. Nichts für leichte Gemüter"—Lutz

„Ein knallharter, fesselnder und mitreißender Thriller der mich richtig gefesselt hat und genau wie die anderen von B.C.Schiller an Spannung nicht zu überbieten sind ein muss für alle die spannende Thriller lieben!"—Horst Heil

„ Das Buch steht in keinster Weise hinter den großen Autoren der Szene wie z.B. Reichs oder Beckett zurück"—fred quinque

„Tolles Buch, es hat mich auf der ersten Seite gepackt und nicht mehr losgelassen!!!! Einfach genial!!! Tony Braun kommt sehr gut rüber und man fiebert mit"—Kibdleuse

„Wie in meiner Rezension zu Freunde müssen töten: Thriller, hat mich auch dieser Tony Braun Thriller mitgenommen auf die richtige Reise. Es war ja das erste Buch vom Autorenduo Schiller und es war sehr spannend mitzuverfolgen, wie sich Braun entwickelt, wie er das Sorgerecht um seinen Sohn verliert und sein Job in der Mordkommission seine Familie wird"—Mika

„Super Thriller, brutal aber sehr spannend bis zum letzten Buchstaben! Empfehlenswert für alle Leute mit nicht allzu laschen Nerven"
—Martin

FREUNDE MÜSSEN TÖTEN

JAHRESBESTSELLER 2012
Top 20 ebook Krimi/Thriller 2012 bei Amazon.

In seinem ZWEITEN FALL kämpft Chefinspektor Tony Braun gegen osteuropäische Mädchenhändler und rücksichtslose Konzernchefs, für die es keine Gesetze und moralische Schranken gibt. Als die Journalistin Kim Klinger von einer mysteriösen Informantin erfährt, dass in Linz sieben Mädchen spurlos verschwunden sind, beginnt Braun zu ermitteln und stößt bald auf eine zwielichtige Modelagentur in Bratislava und einen einflussreichen Konzern, für den tote Mädchen Routine sind. Doch dann taucht plötzlich ein psychopathischer Mörder auf, der in Braun einen Freund sieht und sich selbst als Erlöser osteuropäischer Prostituierter.

Wer ist dieser Mörder, der lebenden Mädchen Taubenflügel annäht, um sie in Engel zu verwandeln, bevor er sie tötet?

Ist es echte Freundschaft, die Tony Brauns Sohn Jimmy mit einem obdachlosen Taubenmann verbindet oder eiskalte Berechnung?

Welches Geheimnis verbirgt der Linzer Polizeipräsident und wird ihm seine Vergangenheit zum Verhängnis?

Ist die Journalistin Kim Klinger nur eine frustrierte Alkoholikerin oder ist alles bloß Tarnung?

Und welche illegalen Experimente führt der Psychiater Goldmann in seiner Klinik durch?

Je näher Tony Braun der Wahrheit kommt, desto tiefer muss er eintauchen in eine Welt aus Geld, Macht, Perversion und Tod.
Dieser ZWEITE spannende Thriller mit Chefinspektor Tony Braun baut nicht auf den ERSTEN Thriller „TÖTEN IST GANZ EINFACH“ (seit 16 Monaten in den Top 100 Bestseller Krimi/Thriller) auf, sondern ist eine in sich abgeschlossene Story.
Der ebook Thriller ist professionell lektoriert und kann auf jedem PC, Apple, eReader, Tablet, smart phone, Android...gelesen werden. Gratis Apps gibt es hier.
Seitenzahl ausgedruckt: ca. 430 Normseiten (60 Anschläge/33 Zeilen) ca. 107.000 Wörter

Leserstimmen Zu „FREUNDE MÜSSEN TÖTEN"

„Diese Bücher sind wohl im Moment eine der besten und erfolgreichsten Thriller- Reihen auf dem deutschsprachigem eBook Markt"—Krimi&Co

„Was macht einen guten Thriller aus? Die ersten Seiten! Ein cooler Bulle! Kaputte Figuren! Und eine Handlung die von A-Z gut durchdacht ist"—Mika

„Spannung bis zur letzten Seite! Der Kauf lohnt sich! Erst auf den letzten Seiten weiß man wer der böse ist!"—Hahn Alwin

„Achtung, nehmen Sie sich Zeit! Spätestens ab der Hälfte des Thrillers legen Sie das Buch nicht mehr aus der Hand. Fazit: Daumen hoch für diesen Thriller"—M.R.

„Die zwei bisherigen Krimis aus der Werkstatt von B.C.Schiller haben mich zu einem Hardcore-Fan gemacht"—Peter Zmyj

„Ein Thema, das aufwühlt und wahrscheinlich aktueller ist, als man glaubt: ein eindringliches und unglaublich spannendes Buch, das man bis zur letzten Seite nicht aus der Hand gibt. GRATULATION AN DAS AUTORENDUO!"—Erstaunlich

„Warum „Nesbo" um teures Geld kaufen, wenn es hier eine günstigere und für mich spannendere Alternative gibt"—zolhl

„Einen düsteren Thriller hat das Autorenpaar hier abgeliefert, eine Geschichte, die den Leser so schnell nicht loslässt. Die Handlung ist überraschend und auf ihre bizarre Art durchaus schlüssig - und überwiegend so packend erzählt, dass man das Buch bzw. Gerät nicht aus der Hand legen mag;"—„Tommy"

„Habe das Buch innerhalb weniger Tage ausgelesen. Es ist spannend bis zum Schluss und man kommt lange nicht dahinter wer der Mörder ist"—J.S.

„Krass, spannend, toll, Hammer, grandios, genial, umwerfend, phänomenal, Spitze, echt Spannend, Atemberaubend, ergreifend, Adrenalin pur, nicht für schwache Nerven.
LESEN !!!!!!"—Andreas

ALLE MÜSSEN STERBEN

In seinem DRITTEN FALL wird Chefinspektor Tony Braun mit einem Flammenkiller und den mörderischen Arbeitsbedingungen in osteuropäischen Textilfabriken konfrontiert.

Ein Mann wird an den Mast eines Segelbootes gekettet und bei lebendigem Leib verbrannt, während das Boot ohne Besatzung über einen schwarzen See kreuzt. Noch in derselben Nacht wird Chefinspektor Tony Braun mit den Ermittlungen beauftragt. Erste Spuren führen in die illegale Graffiti-Sprayer-Szene und zu einem mysteriösen Textilunternehmen, das in Moldawien unter unmenschlichsten Bedingungen Designermode herstellt. Als ein weiteres Opfer an ein Kreuz geschlagen, mit Benzin übergossen und lebendig verbrannt wird, steht außer Zweifel, dass der Mörder nach einem ganz speziellen Schema vorgeht. Tony Braun muss erkennen, dass er es mit einem Flammenkiller zu tun hat, der mit seinen Feuermorden noch lange nicht am Ende ist, denn es gibt noch viele Seelen, die brennen müssen ...

Welche Rolle spielt die neue Polizeipräsidentin Elena Kafka, die anscheinend ein persönliches Interesse an den Morden hat?

Warum trägt die stumme Chloe immer einen Zettel mit der Botschaft „Alle müssen sterben“ bei sich?

Weshalb kriechen aus dem Mund des Graffiti Sprayers Jonas Blau schwarze Fliegen und Hornissen?

Wer schickt Designboss Edgar Zorn geheime Videobotschaften, vor denen er sich fürchtet und die ihn gleichzeitig erregen?

Wird es der Klavierspielerin Polina gelingen, aus der brutalen Textilfabrik in Moldawien zu entkommen, ohne ihre Finger zu verlieren?

In seinem neuen Fall muss Chefinspektor Tony Braun nicht nur einen Flammenkiller zur Strecke bringen, sondern auch in den eigenen Reihen gegen Verräter kämpfen. Zu spät erkennt er, dass ihm von dieser Seite eine tödliche Falle gestellt wird ...

Der ebook Thriller ist professionell lektoriert und kann auf jedem PC, Apple, eReader, Tablet, smartphone, Android...gelesen werden.
Umfang: ca. 440 Seiten

Leserstimmen zu „ALLE MÜSSEN STERBEN"

Spannend bis zur letzten Seite.
Ein spannender, gut geschriebener Thriller mit einem raffinierten Ende. Die Figuren sind, wie in einer anderen Rezension schon bemerkt, etwas überzeichnet. Für mich aber kein Grund für eine Abwertung. Die Handlung selbst ist plausibel und überraschend. Die Lektüre sorgt für spannende Lesestunden. Sehr zu empfehlen.—H. Pieper

Lesenswert!
Ich muss persönlich sagen, dass ich bei „Alle müssen sterben" insgesamt mehr als zufrieden war. Ich habe schon fast alle erschienen Bücher der Autoren gelesen und kann die Bücher auch nur weiterempfehlen
Das Gute an dem neuen Thriller ist, dass man sowohl als Fan, der die anderen Bücher schon gelesen hat, als auch „Neuankömmling" die Handlung und Protagonisten nachempfinden und folgen kann. Zugegeben, diese Art von Thriller muss man mögen, um sie zu lesen! Viele Leute würden dies wahrscheinlich als ziemlich abschreckend bezeichnen, aber der Leser wird immer wieder in den Bann gezogen! Ich konnte das Buch kaum aus der Hand legen, so hat mich es gefesselt. Trotzdem muss ich zugeben, dass ich am Anfang bei den detailreichen Schilderungen doch etwas schlucken musste - eben nichts für schwache Nerven!
Schön zu sehen ist auch, dass Tony Braun und die anderen Protagonisten eine Entwicklung durch machen. Bei anderen Büchern fällt den Autoren meistens nichts mehr ein, hier jedoch wird (meiner Meinung nach!) genau daran gearbeitet, dass dies nicht passiert: die Charaktere bekommen Tiefe und Emotionen, in die man sich selbst gut hineinversetzten kann. Jeder der Charaktere hat seine eigene Geschichte und Situationen, die im Buch geschildert wird und man als

Leser nachvollziehen kann, warum diese sich in manchen Situationen unterschiedlich verhalten. Auch die Klimax des Thrillers ist insgesamt sehr gut aufgebaut.
Natürlich wird am Ende nicht alles beantwortet, aber irgendwie muss man ja auch auf eine Fortsetzung hoffen können :) - !—Sunshine 12

Leicht horrormässig
konnte dass Buch fast nicht aus den Fingern legen, die Grausamkeiten wurden meist nur angeschnitten,aber es reichte aus un es spannend zu halten.In manchen Teilen des Buches wurden für mich einige Wahrheiten an geschnitten. - _--_ -

B.C. Schiller - Ein super Team!
Inzwischen habe ich, bis auf die Kurzgeschichten, alle als eBook erhältlichen Bücher dieser Autoren gelesen und nehme gerne die Gelegenheit wahr, den beiden herzlich zu ihren Büchern zu gratulieren und mich vielmals zu bedanken, dass sie mir die Gelegenheit gaben, ihre kurzweilige und spannende Literatur zu lesen. Ich bitte um mehr! Danke!—bmaysb

Leider geil
Nach „Töten ist ganz einfach“ wurde ich zum B.C. Schiller Fan. Und nach „Alle müssen sterben“ wird das auch so bleiben! Die restlichen Bücher dieses genialen Autorenduos werden schon auf meinen Kindle geladen. Chefinspektor Tony Braun wirkt authentisch und B.C. Schiller verstehen es in ihren Thrillern ausgezeichnet, den Spannungsbogen aufzubauen und ihn bis zum Ende zu halten. Story, Protagonisten und Schauplätze sind super herausgearbeitet und deshalb kann ich sagen: Absolut lesenswert! Oder wie es die junge

Generation dieser Tage bezeichnen würde: B.C. Schiller schreiben „Leider geil“.—Alfred Stadlmann

PSYCHO SHOTS #1

PSYCHO SHOTS sind Psycho Stories mit Thrill- und Horrorelementen, die ihre verstörende Wirkung schon auf wenigen Seiten entfachen und den Leser mit einem Gefühl der Beklemmung zurücklassen.
Diese düsteren und ungewöhnlichen Geschichten nehmen den Leser mit auf eine Reise in die Psyche des Menschen und eignen sich optimal für den kleinen Thrill zwischendurch.

1. DIE AUFLÖSUNG
Was passiert, wenn das vermeintliche Abenteuer mit einer Zufallsbekanntschaft aus dem Ruder läuft und man plötzlich eine Leiche zuhause hat ...

2. DER PFLEGER
Ist es wirklich normal, dass ein Krankenpfleger gut bezahlt wird, nur um einem Schwerkranken beim Sterben zuzusehen oder steckt mehr dahinter ...

3. DIE ADRESSE
Gibt es Vereinbarungen für eine Top-Wohnadresse, deren tödliche Konsequenzen dem neuen Mieter erst bewusst werden, wenn es bereits zu spät ist ...

4. DIE HAUPTROLLE
Wie ist es möglich, die anspruchsvolle Hauptrolle in einem Theaterstück zu spielen, ohne den Inhalt zu kennen und nur zu wissen, dass am Schluss ein Mord passiert ...

Leserstimmen zu „PSYCHO SHOTS #1"

„Sollte man gelesen haben. Knackig, spannend, auf den Punkt gebracht. Auf meinem E- Reader, landläufig bekannt unter I-Phone, hat das E-book 68 Seiten und ist somit wirklich ein kleine, aber delikate Zwischenmahlzeit vor dem nächsten Gang im jeweils aktuellen literarischen Menü. 5/5 Sternen"—Vero Nefas „Drei Groschen Poesie"

„Vier kurze Geschichten. Stellenweise verwirrend und verstörend, auf jeden Fall aber aufwühlend und kreativ, alleine DIE ADRESSE ist den Kauf des ebooks wert und lässt auf weitere Stories der beiden Schillers hoffen."—Sara Salamander

„Der Stil der Kurzgeschichten erinnern an Edgar Allan Poe – angepasst an die heutige Zeit. Keine schlechte Idee! Wie dessen Stories gehen diese tief unter die Haut und in die Psyche. Der Titel des Buches ist also Programm. Teilweise grauenerregend eklig, krank und beklemmend, aber einfach fesselnd!"—Catmaniac

„Wer es etwas härter mag und sonst gerne verstörende blutige Horror bzw. Thrillergeschichten liest, der dürfte mit diesen Kurzgeschichten an der richtigen Adresse sein. Bei diesen vier Geschichten ist jede gestörter wie die andere - natürlich im positiven Sinne!"—Wolkentreiber „Bücherjunkie"

„Wer intelligente Psycho Horror Stories sucht, ist hier gut aufgehoben."
—Lucky

„Vier Kurzthriller, die teilweise verstören oder ängstigen und durchwegs originelle Stories haben."—MKS

„Hier wird nicht lange um den heißen Brei geredet, der Leser wird sofort in den Wahnsinn gerissen ..."—Fee

„Was aber die Geschichten so besonders macht, ist die Tatsache, dass der meiste Wahnsinn in unseren eigenen Köpfen abspielt und nicht erzählt, sondern nur kurz angeschnitten wird. Und dann noch diese genialen, abrupten Enden. Herrlich."—Michael Schmid

13726164R00162

Printed in Poland
by Amazon Fulfillment
Poland Sp. z o.o., Wrocław